上彊村民 重編
唐圭璋 箋註

# 宋詞三百首箋註

【重校本】

中華書局

# 自序

清嘉慶間，張惠言校錄《詞選》，所選宋詞只六十八首，且不錄柳永和吳文英兩家。是其所選，誠不免既狹且偏，彊村先生茲選，量既較多，而內容主旨以渾成為歸，亦較精闢。大抵宋詞專家及其代表作品俱已入錄，即次要作家如時彥、周紫芝、韓元吉、袁去華、黃孝邁等所製渾成之作，亦廣泛採及，不棄遺珠。至目次，首錄帝王，末錄女流，仍沿襲當時舊書編選體例，今亦不復改易。惟書中李重元《憶王孫》一首誤作李甲，無名氏《青玉案》一首誤作黃公紹，皆確係偶然失考，則於其詞下註明，以免一誤再誤。憶予昔為是書作箋，但側重評語一面，以後隨時增加註解，視原箋差富。今特彙刊一處，以供讀者參研。惟是原選取舍，間有不當，評語中亦不免有穿鑿附會之處，還望讀者批判抉擇，勿為所囿云。

一九五七年十二月

唐圭璋

# 原序

詞學極盛於兩宋，讀宋人詞當於體格、神致間求之，而體格尤重於神致。以渾成之一境為學人必赴之程境，更有進於渾成者，要非可躐而至，此關係學力者也。神致由性靈出，即體格之至美，積發而為清暉芳氣而不可掩者也。近世以小慧側豔為詞，致斯道為之不尊；往往塗抹半生，未窺宋賢門徑，何論堂奧！未聞有人焉，以神明與古會，而抉擇其至精，為來學周行之示也。彊邨先生嘗選《宋詞三百首》，為小阮逸馨誦習之資；大要求之體格、神致，以渾成為主旨。夫渾成未據詣極也，能循塗守轍於三百首之中，必能取精用閎於三百首之外，益神明變化於詞外求之，則夫體格、神致間尤有無形之訢合，自然之妙造，即更進於渾成，要亦未為止境。夫無止境之學，可不有以端其始基乎？則彊邨茲選，倚聲者宜人置一編矣。

中元甲子燕九日
臨桂況周頤

# 箋序

圭璋既彙校納蘭容若詞竟，又取《宋詞三百首》為之箋釋。《宋詞三百首》者，彊村先生朱古微所輯也。先生得半塘翁詞學，平生所詣，接步夢窗，所作《彊村語業》，海內奉為圭臬。此三百首者為學者端趨向，蕙風序中所謂「抉擇其至精，為來學周行之示也」。圭璋據厲、查二家箋《絕妙好詞》例，疏通而暢明之，晨夕鈔錄，多歷年所，引書至二百餘種，都若干萬言，可云勤矣。籀諷再四，有數善焉：卷中所錄半負盛名，顧如時彥名聞不著，圭璋爬梳遺逸，字里爵秩，粲然具備，其善一也。採錄諸詞，膾炙萬口，諸家評隲，有如散沙。圭璋博收廣採，萃於一編，遺事珍聞，足資譚屑，其善二也。彊村所尚在周、吳二家，故清真錄二十二首，君特錄二十五首，其義可思也。圭璋彙列宋以後各家之說，而於近人中如亦峯、夔笙、孺博、任公、壬秋、伯弢、靜安、述叔諸子之言，亦捃摭集錄，較他家尤備，力破邦彥疎儁少檢、夢窗七寶樓臺之讕言，其善三也。《四庫提要》論《絕妙好詞箋》，以為多泛濫旁涉，不盡切於本事，未免有嗜博之弊。今圭璋所作，博涉羣籍又過於厲、查二家，蓋為後學辨涇、渭，示門戶，反覆詳審，固不厭其詞之多也。昔鄭氏箋《詩》，既據《毛詩》以詮釋義理，勒成一書；復取三百篇時序先後，別為《詩譜》，漢儒詳實，有如是者。圭璋此書既名曰箋，固當取法乎前修，此正深得康成之教焉。

辛未七夕

吳梅

# 目錄

# 徽宗皇帝

帝名佶，神宗第十一子。建元建中靖國、崇寧、大觀、政和、重和、宣和。在位二十五年，內禪皇太子，尊帝為教主道君皇帝。靖康二年北狩，紹興五年崩於五國城（今吉林寧安縣附近），廟號徽宗。平生於詩文書畫之外，尤工長短句，近《彊村叢書》輯有《徽宗詞》一卷。

## 宴山亭 北行見杏花

裁翦冰綃①，輕疊數重，淡著燕脂勻注。新樣靚妝②，豔溢香融，羞殺蕊珠③宮女。易得凋零，更多少、無情風雨。愁苦，問院落淒涼，幾番春暮？　憑寄離恨重重，者④雙燕何曾，會人言語？天遙地遠，萬水千山，知他故宮何處？怎不思量？除夢裏有時曾去。無據，和夢也新來不做。

【註解】

①綃，綃似縑而疏者。冰綃，潔白之縑。王勃《七夕賦》：「引鴛杼兮割冰綃。」

②靚妝，粉黛妝飾。司馬相如《上林賦》：「靚妝刻飾。」

③蕊珠，道家謂天上宮闕。《十洲記》：「玉晨大道君治蕊珠貝闕。」

④者，同這。

**【評箋】**

宋無名氏云：「天遙地闊」，「和夢也有時不做」。真似李主：「別時容易見時難」聲調也。後顯仁歸鑾，云此為絕筆。（《朝野遺記》）

楊慎云：徽宗此詞北狩時作也，詞極悽惋，亦可憐矣。（《詞品》）

沈際飛云：猿鳴三聲，征馬踟躕，寒鳥不飛。（《草堂詩餘正集》）

賀裳云：南唐主《浪淘沙》曰：「夢裏不知身是客，一晌貪歡。」至宣和帝《燕山亭》則曰：「無據，和夢也有時不做。」其情更慘矣。嗚呼，此猶《麥秀》之後有《黍離》耶！（《皺水軒詞筌》）

萬樹云：作「天遙地遠」，誤也。宜作「天遠地遙」乃合。此即同前段之「新樣靚妝」句。（《詞律》）

徐釚云：哀情哽咽，髣髴南唐李主，令人不忍多聽。（《詞苑叢談》）

梁啓超云：昔人言宋徽宗為李後主後身，此詞感均頑豔，亦不減「簾外雨潺潺」諸作。（《藝

蘅館詞選》）

王國維云：尼采謂一切文學，余愛以血書者。後主之詞，真所謂以血書者也；宋道君皇帝《燕山亭》詞略似之。（《人間詞話》）

# 錢惟演

惟演，字希聖，吳越忠懿王俶之子。少補牙門將，歸宋累遷翰林學士樞密使，罷為鎮國軍節度觀察留後，改保大軍節度使，知河陽。入朝加同中書門下平章事，坐事落職，為崇信軍節度，歸鎮卒。謚曰思，改謚文僖。

## 木蘭花

城上風光鶯語亂，城下煙波春拍岸。綠楊芳草幾時休？淚眼愁腸先已斷。　情懷漸覺成衰晚，鸞鏡①朱顏驚暗換。昔年多病厭芳尊，今日芳尊惟恐淺。

【註解】

①鸞鏡，晉罽賓王獲一鸞鳥，不鳴，後懸鏡映之乃鳴，事見《藝文類聚》引范泰《鸞鳥詩序》，後世因稱鏡為鸞鏡。

## 【評箋】

《侍兒小名錄》云：錢思公謫漢東日，撰《玉樓春》詞，酒闌歌之，必為泣下。後閤有白髮歌妓，乃舊日鄧王舞鬟驚鴻也，言：「先王將薨，預戒挽鐸中歌《木蘭花》引紼為送，今相公其將危乎？」果薨於隨州。（《苕溪漁隱叢話》引）

黃昇云：此公暮年之作，詞極悽惋。（《花庵詞選》）

李攀龍云：妙處俱在末結語傳神。（《草堂詩餘雋》）

楊慎云：不如宋子京「為君持酒勸斜陽，且向花間留晚照」更委婉。（《詞品》）

沈際飛云：芳樽恐淺，正斷腸處，情尤真篤。（《草堂詩餘正集》）

張宗橚云：按宋人《木蘭花》詞卽《玉樓春》詞，鄧王舊曲有「帝鄉煙雨鎖春愁，故國山川空淚眼」之句。（《詞林紀事》）

# 范仲淹

仲淹，字希文。其先邠人，後徙吳縣。大中祥符八年進士。仕至樞密副使參知政事，以資政殿學士為陝西四路宣撫使。知邠州，徙鄧州、荊南、杭州、青州。卒贈兵部尚書楚國公，謚文正。近《彊村叢書》輯有《范文正公詩餘》一卷。

## 蘇幕遮

碧雲天，黃葉地，秋色連波，波上寒煙翠。山映斜陽天接水，芳草無情，更在斜陽外。　黯[①]鄉魂，追旅思[②]，夜夜除非，好夢留人睡。明月樓高休獨倚，酒入愁腸，化作相思淚。

【註解】

①黯，黯然失色。

②旅思，卽旅意。

【評箋】

《詞苑》云：范文正公《蘇幕遮》「碧雲天」云云，公之正氣塞天地，而情語入妙至此。（《歷

代詩餘》引）

鄒祗謨云：范希文《蘇幕遮》一調，前段多入麗語，後段純寫柔情，遂成絕唱。「將軍白髮征夫淚」，亦復蒼涼悲壯，慷慨生哀。永叔欲以「玉階遙獻南山壽」敵之，終覺讓一頭地。窮塞主故是雅言，非實錄也。（《遠志齋詞衷》）

沈際飛云：「芳草更在斜陽外」「行人更在春山外」兩句，不厭百回讀。又云：人但言睡不得爾，「除非好夢」，反言愈切。又云：「欲解愁腸還是酒，奈酒至愁還又」，似此註腳。（《草堂詩餘正集》）

許昂霄云：鐵石心腸人亦作此銷魂語。（《詞綜偶評》）

張惠言云：此去國之情。（《張惠言詞選》）

譚獻云：大筆振迅。（《譚評詞辨》）

王闓運云：外字，嘲者以為江西腔，今江西人支、佳卻分，且范是吳人，吳亦分真、泰也，正是宋朝京語耳。（《湘綺樓詞選》）

繼昌云：希文宋一代名臣，詞筆婉麗乃爾，比之宋廣平賦梅花，才人何所不可，不似世之頭巾氣重，無與風雅也。（《左庵詞話》）

黃蓼園云：按文正一生並非懷土之士，所為鄉魂旅思以及愁腸思淚等語，似沾沾作兒女想，何也？觀前闋可以想其寄託。開首四句，不過借秋色蒼茫以隱抒其憂國之意；「山映斜陽」三句，隱隱見世道不甚清明，而小人更為得意之象；芳草喻小人，唐人已多用之也。第二闋因心之憂愁，不自聊賴，始動其鄉魂旅思，而夢不安枕，酒皆化淚矣。其實憂愁非為思家也。文正當宋仁宗之時，敭歷中外，身肩一國之安危，雖其時不無小人，究係隆盛之日，而文正乃憂愁若此，此其所以先天下之憂而憂矣。（《蓼園詞選》）

## 御街行

紛紛墜葉飄香砌[1]，夜寂靜，寒聲碎。真珠簾捲玉樓空，天淡銀河垂地。年年今夜，月華如練[2]，長是人千里。　愁腸已斷無由醉，酒未到，先成淚。殘燈明滅枕頭攲[3]，諳[4]盡孤眠滋味。都來此事，眉間心上，無計相迴避。

## 【註解】

①香砌，即香階。
②練，素綢。
③攲，傾斜。
④諳，熟習。

## 【評箋】

徐釚云：范文正公、司馬溫公、韓魏公皆一時名德望重，范《御街行》、韓《點絳唇》、溫公《西江月》，人非太上，未免有情，當不以此類其白璧也。（《詞苑叢談》）

王士禛云：俞仲茅小詞云：「輪到相思沒處辭，眉間露一絲。」視易安「才下眉頭，卻上心頭」，可謂此兒善盜。然易安亦從希文「都來此事，眉間心上，無計相迴避」語脫胎，李特工耳。又云：「堂上簸錢堂下走」，小人以蟣歐陽；「有情爭似無情」，忌者以誣司馬；至「諳盡孤眠滋味」及「落花流水別離多」，范、趙二公作如許語，又非但廣平梅花之比矣。（《花草蒙拾》）

楊慎云：范文正公、韓魏公勳德望重，而范有《御街行》詞，韓有《點絳唇》詞，皆極情致。

予友朱良規嘗云：「天之風月，地之花柳，人之歌舞，無此不成三才。」雖戲語，亦有理也。（《詞品》）

李攀龍云：月光如晝，淚深於酒，情景兩到。（《草堂詩餘雋》）

沈際飛云：「天淡」句空靈。（《草堂詩餘正集》）

王世貞云：范希文「都來此事，眉間心上，無計相迴避」，類易安而少遜之；其「天淡銀河垂地」語卻自佳。（《藝苑卮言》）

陳廷焯云：淋漓沈著，《西廂》長亭襲之，骨力遠遜，且少味外味，此北宋所以為高。小山、永叔後，此調不復彈。（《白雨齋詞話》）

沈謙云：范希文「珍珠簾捲玉樓空，天淡銀河垂地。」及「芳草無情，又在斜陽外。」雖是賦景，情已躍然。（《填詞雜説》）

王闓運云：是壯語不嫌不入律，「都來」即「算來」也，因此處宜平，故用「都」字，究嫌不醒。（《湘綺樓詞選》）

# 張先

先，字子野，湖州人。天聖八年進士。嘗知吳江縣，仕至都官郎中。有《子野詞》一卷，見粟香室覆刻《名家詞》刊本；又二卷，補遺二卷，見《知不足齋叢書》本及《彊村叢書》本。

葉夢得云：子野能為詩及樂府，至老不衰。居錢塘，蘇子瞻作倅時，年已八十餘，視聽不衰，家猶蓄聲伎。（《石林詩話》）

《四庫全書提要》云：仁宗時有兩張先，皆字子野。其一博州人，樞密副使張遜之孫，天聖三年進士，官至知亳州，卒於寶元二年，歐陽修為作墓誌者是也。其一烏程人，天聖八年進士，官至都官郎中，即作此集者是也。《道山清話》竟以博州張先為此張先，誤之甚矣。（《子野詞提要》）

李之儀云：子野韻不足而情有餘。（《姑溪題跋》）

晁補之云：子野與耆卿齊名，而時以子野不及耆卿，然子野韻高，是耆卿所乏處。（《詩人玉屑引》）

蘇軾云：子野詩筆老，歌詞妙乃其餘事。（《子野詞跋》）

周濟云：子野清出處、生脆處，味極雋永，只是偏才，無大起落。（《宋四家詞選序論》）

陳廷焯云：張子野詞，古今一大轉移也：前此則為晏、歐，為溫、韋，體段雖具，聲色未開；後此則為秦、柳，為蘇、辛，為美成、白石，發揚蹈厲，氣局一新，而古意漸失。子野適得其中，有含蓄處，亦有發越處，但含蓄不似溫、韋，發越亦不似豪蘇、膩柳。規模雖隘，氣格卻近古。自子野後一千年來，溫、韋之風不作矣。益令我思子野不置。（《白雨齋詞話》）

## 千秋歲

數聲鶗鴂①，又報芳菲歇。惜春更選殘紅折，雨輕風色暴，梅子青時節。永豐柳②，無人盡日花飛雪。　莫把幺絃③撥，怨極絃能說。天不老，情難絕，心似雙絲網，中有千千結。夜過也，東窗未白孤燈滅。

【註解】

①鶗鴂，鳥名，《離騷》：「恐鶗鴂之先鳴兮，使夫百草為之不芳。」

②永豐柳，白居易詩：「永豐西角荒園裏，盡日無人屬阿誰。」

③幺絃，孤絃。

## 菩薩蠻

哀箏一弄《湘江曲》，聲聲寫盡湘波綠。纖指十三絃①，細將幽恨傳。　當筵秋水②慢，玉柱斜飛雁③。彈到斷腸時，春山眉黛低。

【註解】

①十三絃，箏十三絃，十二擬十二月，其一擬閏。

②秋水，眼如秋水，白居易《咏箏》詩：「雙眸剪秋水，十指剝春葱。」

③玉柱斜飛雁，箏柱斜列如雁飛。

【評箋】

沈際飛云：「斷腸」二句俊極，與「一一春鶯語」比美。（《草堂詩餘正集》）

黃蓼園云：寫箏耶？寄託耶？意致卻極悽惋。宋句意濃而韻遠，妙在能蘊藉。（《蓼園詞選》）

## 醉垂鞭

雙蝶繡羅裙，東池宴初相見。朱粉不深勻，閒花淡淡春。　細看諸處好，人人道柳腰身。昨日亂山昏，來時衣上雲。

【評箋】
周濟云：橫絕。（《宋四家詞選》）

## 一叢花

傷高懷遠幾時窮？無物似情濃。離愁正引千絲亂，更東陌，飛絮濛濛。嘶騎①漸遙，征塵不斷，何處認郎蹤？　雙鴛池沼水溶溶，南北小橈②通。梯橫畫閣黃昏後，又還是斜月簾櫳。沈恨細思，不如桃杏，猶解嫁東風。

【註解】
①騎，此作名詞。
②橈，楫也。

【評箋】
楊湜云：張先，字子野。嘗與一尼私約，其老尼性嚴，每臥於池島中一小閣，俟夜深人靜，

其尼潛下梯，俾子野登閣相遇。臨別，子野不勝惓惓，作《一叢花》詞以道其懷。（《綠窗新話》引《古今詞話》）

范公偁云：子野郎中《一叢花》詞云：「沈恨細思，不如桃杏，猶解嫁東風。」一時盛傳，永叔尤愛之，恨未識其人。子野家南地，以故至都謁永叔，閽者以通，永叔倒屣迎之，曰：「此乃『桃杏嫁東風』郎中。」東坡守杭，子野尚在，嘗預宴席，蓋年八十餘矣。（《過庭錄》）

賀裳云：唐李益詩曰：「嫁得瞿唐賈，朝朝誤妾期；早知潮有信，嫁與弄潮兒。」子野《一叢花》末句云：「沈恨細思，不如桃杏，猶解嫁東風。」此皆無理而妙，吾亦不敢定為所見略同，然較之「寒鴉數點」，則略無痕跡矣。（《皺水軒詞筌》）

## 天仙子

時為嘉禾小倅①以病眠不赴府會

《水調》②數聲持酒聽，午醉醒來愁未醒。送春春去幾時回？臨晚鏡，傷流景③，往事後期空記省。　沙上並禽池上暝，雲破月來花弄影④。重重簾幕密遮燈，風不定，人初靜，明日落紅應滿徑。

## 【註解】

①嘉禾小倅，張先為嘉禾（今嘉興）判官時，在仁宗慶曆元年，年五十二歲。

②《水調》，曲調名，《隋唐嘉話》：「煬帝鑿汴河，自製《水調歌》。」

③流景，流年，杜牧詩：「自傷臨晚鏡，誰與惜流年。」

④雲破月來花弄影，張先得句於此，並自建花月亭。《後山詩話》：「尚書郎張先善著詞，有云：『雲破月來花弄影』、『簾壓捲花影』、『墮飛絮無影』，世稱誦之，謂之『張三影』。」

## 【評箋】

《遯齋閒覽》云：張子野郎中以樂章擅名一時，宋子京尚書奇其才，先往見之。遣將命者謂曰：「尚書欲見『雲破月來花弄影』郎中。」子野屏後呼曰：「得非『紅杏枝頭春意鬧』尚書耶？」遂出置酒盡歡，蓋二人所舉，皆其警策也。（《苕溪漁隱叢話》引）

《古今詩話》云：子野嘗作《天仙子》詞云：「雲破月來花弄影」，士大夫多稱之。張初謁見歐公，迎謂曰：「好『雲破月來花弄影』」，恨相見之晚也。二說未知孰是？（《苕溪漁隱叢話》引）

《高齋詩話》云：子野嘗有詩云：「浮萍斷處見山影」，又長短句云：「雲破月來花弄影」，

又云：「隔牆送過秋千影」，並膾炙人口，世謂「張三影」。（《苕溪漁隱叢話》引）

陳師道引荊公語云：尚書郎張先善著詞，有云：「雲破月來花弄影」，不如李冠「朦朧淡月雲來去」也。（《後山詩話》）

《古今詩話》云：有客謂子野曰：「人皆謂公『張三中』，即心中事、眼中淚、意中人也。」公曰：「何不目之為『張三影』？」客不曉，公曰：「『雲破月來花弄影』；『嬌柔懶起，簾壓捲花影』；『柳徑無人，墮飛絮無影』。此余平生所得意也。」細味三說，當以《後山》、《古今》二詩話所載「三影」為勝。（《苕溪漁簾叢話》引）

吳幵云：張子野長短句「雲破月來花弄影」，往往以為古今絕唱，然予讀古樂府唐氏謠《暗別離》云：「朱絃暗度不見人，風動花枝月中影。」意子野本此。（《優古堂詩話》）

卓人月云：張先以「三影」名者，因其詞中有三「影」字，故自譽也。然以「雲破月來花弄影」為最，餘二「影」字不及。（《詞統》）

陸游云：倅廨花月亭有小碑，乃張先「雲破月來花弄影」樂章，云得句於此亭也。（《入蜀記》）

葉盛云：歐陽公《豐樂亭記》：「仰而望山，俯而聽泉」，用白樂天《廬山草堂記》：「仰觀山，

俯聽泉」語。張子野「雲破月來花弄影」，亦用白公《三遊洞序》「雲破月出」之句。（《水東日記》）

沈際飛云：「雲破月來」句，心與景會，落筆即是，着意即非，故當膾炙。（《草堂詩餘正集》）

楊慎云：「雲破月來花弄影」，景物如畫，畫亦不能至此，絕倒絕倒！（《詞品》）

李調元云：「張三影」已勝稱人口矣，尚有一詞云：「無數楊花過無影」，合之應名「四影」。（《雨村詞話》）

黃蓼園云：聽《水調》而愁，自傷卑賤也。「送春」四句，傷流光易去，後期茫茫也。「沙上」二句，言所居岑寂，以沙禽與花自喻也。「重重」三句，言多障蔽也。結句仍繳送春本題，恐其時之晚也。（《蓼園詞選》）

## 青門引

乍暖還輕冷，風雨晚來方定。庭軒寂寞近清明①，殘花中酒②，又是去年病。　樓頭畫角③風吹醒，入夜重門靜。那堪更被明月，隔牆送過鞦韆影。

【註解】

①清明，節氣名，每年四月五日或六日為清明。

②中酒，著酒。《漢書樊噲傳》：「項羽既饗，軍士中酒。」

③畫角，軍樂。以竹木或皮革製成，亦有用銅製者。因外加彩繪，故稱畫角。

【評箋】

沈際飛云：懷則自觸，觸則愈懷，未有觸之至此極者。（《草堂詩餘正集》）

黃蓼園云：落寞情懷，寫來幽雋無匹，不得志於時者，往往借閨情以寫其幽思。角聲而曰風吹醒，「醒」字極尖刻。末句「那堪送影」，真是傳神之筆，極希微窅渺之致。（《蓼園詞選》）

# 晏殊

殊，字同叔，臨川人。七歲能屬文，景德初，以神童召試，賜進士出身，屢擢知制誥翰林學士。慶曆中，拜集賢殿學士同中書門下平章事，兼樞密院使，出知永興軍，徙河南，以疾歸京師，留侍經筵。卒贈司空，兼侍中，謚元獻。有《珠玉詞》，見《六十家詞》刊本，又有晏端書刊本。

王灼云：晏元獻公長短句，風流蘊藉，一時莫及，而溫潤秀潔，亦無其比。（《碧雞漫志》）

劉攽云：元獻尤喜馮延巳歌辭，其所自作，亦不減延巳樂府。（《貢父詩話》）

《四庫全書提要》云：殊賦性剛峻，而詞語殊婉妙。（《珠玉詞》提要）

先著云：子野雅淡處，便疑是後來姜堯章出藍之功。（《詞潔》）

馮煦云：晏同叔去五代未遠，馨烈所扇，得之最先，故左宮右徵，和婉而明麗，為北宋倚聲家初祖。（《六十一家詞選例言》）

## 浣溪沙

一曲新詞酒一杯，去年天氣舊池臺，夕陽西下幾時回？無可奈何花落去，似曾相識燕歸來，小園香徑獨徘徊。

【評箋】

楊慎云：「無可奈何」二語工麗，天然奇偶。（《詞品》）

卓人月云：實處易工，虛處難工，對法之妙無兩。（《詞統》）

沈際飛云：「無可奈何花落去」，律詩俊語也，然自是天成一段詞，著詩不得。（《草堂詩餘正集》）

王士禛云：或問詩詞、詞曲分界。予曰：「無可奈何花落去，似曾相識燕歸來」，定非香奩詩。「良辰美景奈何天，賞心樂事誰家院？」定非草堂詞也。（《花草蒙拾》）

張宗橚云：元獻尚有《示張寺丞王校勘》七律一首：「元巳清明假未開，小園幽徑獨徘徊。春寒不定斑斑雨，宿醉難禁灩灩杯。無可奈何花落去，似曾相識燕歸來。遊梁賦客多風味，莫惜青錢萬選才。」中三句與此詞同，只易一字。細玩「無可奈何」一聯，意致纏綿，語調諧婉，確是倚聲家語，若作七律，未免軟弱矣。（《詞林紀事》）

《四庫全書提要》云：集中「浣溪紗」春恨詞：「無可奈何花落去，似曾相識燕歸來」二句，乃殊《示張寺丞王校勘》七言律中腹聯，《復齋漫錄》嘗述之，今復填入詞內，豈自愛其詞語之工，故不嫌複用耶？考唐許渾集中：「一尊酒盡青山暮，千里書回碧樹秋」二句，亦前後兩見，知古人原有此例矣。（《珠玉詞》提要）

劉熙載云：詞中句與字有似觸著者，所謂極煉如不煉也。晏元獻「無可奈何花落去」二句，

觸著之句也；宋景文「紅杏枝頭春意鬧」，「鬧」字，觸著之字也。（《藝概》）

## 浣溪沙

一向[1]年光有限身，等閒[2]離別易消魂，酒筵歌席莫辭頻。滿目山河空念遠，落花風雨更傷春，不如憐取眼前人[3]。

【註解】

①一向，一晌，片時也。

②等閒，平常。

③憐取眼前人，崔鶯鶯詩：「還將舊來意，憐取眼前人。」見《會真記》。

## 清平樂

紅箋小字，說盡平生意，鴻雁在雲魚在水，惆悵此情難寄。斜陽獨倚西樓，遙山恰對簾鉤。人面不知何處，綠波依舊東流。

## 清平樂

金風細細，葉葉梧桐墜。綠酒初嘗人易醉，一枕小窗濃睡。紫薇朱槿花殘，斜陽卻照闌干。雙燕欲歸時節，銀屏昨夜微寒。

【評箋】

先著云：情景相副，宛轉關生，不求工而自合，宋初所以不可及也。（《詞潔》）

## 木蘭花

燕鴻過後鶯歸去，細算浮生千萬緒。長於春夢①幾多時，散似秋雲無覓處。聞琴解佩②神仙侶，挽斷羅衣留不住。勸君莫作獨醒人，爛醉花間應有數。

【註解】

①春夢，白居易《花非花》云：「來如春夢不多時，去似朝雲無覓處。」

②聞琴，卓文君事，文君新寡，司馬相如以琴心挑之，文君夜奔相如。解佩，江妃解佩以贈鄭交甫，事見《列仙傳》。

## 木蘭花

池塘水綠風微暖，記得玉真①初見面。重頭②歌韻響琤琮，入破③舞腰紅亂旋。玉鉤闌下香階畔，醉後不知斜日晚。當時共我賞花人，點檢④如今無一半。

【註解】

①玉真，玉人。

②重頭，詞中前後闋完全相同名重頭。

③入破，樂曲之繁聲名入破。

④點檢，檢查。

【評箋】

劉攽云：重頭、入破，管絃家語也。（《貢父詩話》）

張宗橚云：東坡詩：「尊前點檢幾人非」，與此詞結句同意。往事關心，人生如夢，每讀一過，不禁惘然。（《詞林紀事》）

## 木蘭花

綠楊芳草長亭路，年少拋人容易去。樓頭殘夢五更鐘①，花底離愁三月雨。　無情不似多情苦，一寸還成千萬縷。天涯地角有窮時，只有相思無盡處。

【註解】

①五更鐘與三月雨，皆懷人之時。

【評箋】

趙與旹云：晏叔原見蒲傳正曰：「先君平日小詞雖多，未嘗作婦人語也。」傳正曰：「『綠楊芳草長亭路，年少抛人容易去』，豈非婦人語乎？」叔原曰：「公謂年少為所歡乎？因公言，遂解得樂天詩兩句：『欲留所歡待富貴，富貴不來所歡去。』」傳正笑而悟。余按全篇云云，蓋真謂所歡者，與樂天「欲留年少待富貴，富貴不來年少去」之句不同，叔原之言失之。（《賓退錄》）

李攀龍云：春景春情，句句逼真，當壓倒白玉樓矣。（《草堂詩餘雋》）

黃蓼園云：言近指遠者，善言也。年少抛人，凡羅雀之門，枯魚之泣，皆可作如是觀。「樓頭」二語，意致悽然，挈起多情苦來。末二句總見多情之苦耳。妙在意思忠厚，無怨懟口角。（《蓼園詞選》）

## 踏莎行

祖席①離歌，長亭別宴，香塵②已隔猶回面。居人匹馬映林嘶，行人去棹依波轉。　畫閣魂消，高樓目斷，斜陽只送平波遠。無窮無盡是離愁，天涯地角尋思遍。

【註解】

①祖席，餞行酒席。

②香塵，地下落花甚多，塵土都帶香氣，因稱香塵。

【評箋】

王世貞云：「斜陽只送平波遠」，又：「春來依舊生芳草」，淡語之有致者也。（《藝苑卮言》）

## 踏莎行

小徑紅稀①，芳郊綠遍②，高臺樹色陰陰見③。春風不解禁楊花，濛濛亂撲行人面。　翠葉藏鶯，朱簾隔燕，鑪香靜逐游絲轉。一場愁夢酒醒時，斜陽卻照深深院。

【註解】

①紅稀，花少。

②綠遍，草多。

③陰陰見，暗暗顯露。

## 【評箋】

沈謙云：「夕陽如有意，偏傍小窗明。」不若晏同叔「一場愁夢酒醒時，斜陽卻照深深院」，更自神到。（《填詞雜說》）

李調元云：晏殊《珠玉詞》極流麗，而以翻用成語見長。如「垂楊只解惹春風，何曾繫得行人住。」又：「東風不解禁楊花，濛濛亂撲行人面」等句是也。翻覆用之，各盡其致。（《雨村詞話》）

沈際飛云：結深深妙，着不得實字。（《草堂詩餘正集》）

張惠言云：此詞亦有所興，其歐公《蝶戀花》之流乎。（《張惠言詞選》）

譚獻云：刺詞，高臺樹色陰陰見，正與斜陽相近。（《譚評詞辨》）

黃蓼園云：首三句言花稀葉盛，喻君子少小人多也。高臺指帝閽。「東風」二句，言小人如楊花輕薄，易動搖君心也。「翠葉」二句，喻事多阻隔。「爐香」句，喻己心鬱紆也。斜陽

照深深院，言不明之日，難照此淵也。（《蓼園詞選》）

## 蝶戀花

六曲闌干偎[1]碧樹，楊柳風輕，展盡黃金縷[2]。誰把鈿箏[3]移玉柱，穿簾海燕雙飛去。　滿眼游絲兼落絮，紅杏開時，一霎[4]清明雨。濃睡覺來鶯亂語，驚殘好夢無尋處。

### 【註解】

①偎，倚靠。

②黃金縷，指柳條。

③鈿箏，箏上飾以羅鈿。

④一霎，極短之時間。

### 【評箋】

案此首一作馮延巳詞，一作歐陽修詞，未知孰是。

譚獻云：金碧山水，一片空濛，此正周氏所謂有寄託入、無寄託出也。又云：「滿眼」句，感，「一霎」句，境；「濃睡」句，人；「驚殘」句，情。（《譚評詞辨》）

# 韓縝

縝，字玉汝，靈壽人，絳、維之弟。第進士，英宗朝歷淮南轉運使，神宗朝屢知樞密院事，哲宗朝拜尚書右僕射兼中書侍郎，出知潁昌府，以太子太保致仕。卒贈司空崇國公，謚莊敏。

洪邁云：韓莊敏公縝，字玉汝，蓋取君子以玉比德，縝密以栗，及王欲玉汝之義，前人未嘗用之，最為古雅。（《容齋續筆》）

## 鳳簫吟

鎖離愁連綿無際，來時陌上初熏，繡幃人念遠，暗垂珠露，泣送征輪。長行長在眼，更重重、遠水孤雲。但望極樓高，盡日目斷王孫。　消魂，池塘別後，曾行處、綠妒輕裙。恁時攜素手，亂花飛絮裏，緩步香茵。朱顏空自改，向年年、芳意長新。遍綠野、嬉遊醉眼，莫負青春。

**【評箋】**

葉夢得云：元豐初，夏人來議地界，韓丞相玉汝出分畫，將行，與愛妾劉氏劇飲通夕，且作詞留別。翌日，忽中批步軍司遣兵為搬家追送之，初莫測所由，久之方知自樂府發也。（《石林詩話》）

《樂府紀聞》云：韓縝有愛姬能詞，韓奉使時，姬作《蝶戀花》送之云：「香作風光濃着露，正恁雙棲，又遣分飛去。密訴東君應不許，淚波一灑奴衷素。」神宗知之，遣使送行。劉貢父贈以詩：「卷耳幸容留婉孌，皇華何啻有光輝。」莫測中旨何自而出，後乃知姬人別曲傳入內廷也。韓亦有《鳳簫吟》詞咏芳草以留別，與《蘭陵王》咏柳以敘別同意。後人竟以「芳草」為調名，則失「鳳簫吟」原唱意矣。（沈雄《古今詞話》引）

# 宋祁

祁，字子京，安州安陸人，徙開封之雍邱。天聖二年，與兄庠同舉進士，奏名第一，章獻太后以為弟不可先兄，乃擢庠第一，而寘祁第十，時號大、小宋。累遷知制誥、工部尚書、翰林學士承旨。卒諡景文。近趙萬里輯《宋景文公長短句》一卷。

李之儀云：宋景文、歐陽永叔以餘力遊戲為詞，而風流閒雅，超出意表。（《姑溪題跋》）

《古今詞話》云：宋子京為天聖中翰林，以賦采侯中博學鴻詞科第，有「色映堋雲爛，聲連羽月遲」之句，時呼為宋采侯。每夕臨文，必使麗姝燃雙椽燭，卽張子野所謂「紅杏枝頭春意鬧尚書」也。（《歷代詩餘》引）

劉熙載云：宋子京詞是宋初體，張子野始創瘦硬之體，雖以佳句互相稱美，其實趣尚不同。（《藝概》）

## 木蘭花

東城漸覺風光好，縠皺波紋①迎客棹。綠楊煙外曉雲輕，紅杏枝頭春意鬧。　浮生長恨歡娛少，肯愛千金輕一笑？為君持酒勸斜陽，且向花間留晚照。

【註解】

①縠皺波紋，形容波紋細如皺紗。

【評箋】

王士禛云：「紅杏枝頭春意鬧尚書」，當時傳為美談，吾友公𢹂極歎之，以為卓絕千古，然實本《花間》「暖覺杏梢紅」，特有青藍、冰水之妙耳。（《花草蒙拾》）

沈雄云：人謂「鬧」字甚重，我覺全篇俱輕，所以成為「紅杏尚書」。（沈雄《古今詞話》）

李漁云：琢句煉字，雖貴新奇，亦須新而妥，奇而確。妥與確總不越一理字，欲望句之驚人，先求理之服眾。時賢勿論，古人多工於此技。有最服余心者，「雲破月來花弄影郎中」是也。有蜚聲千載上下而不能服強項之笠翁者，「紅杏枝頭春意鬧尚書」是也。「雲破月來」句，詞極尖新，而實為理之所有。若紅杏之在枝頭，忽然加一「鬧」字，此語殊難著解。爭鬬有聲之謂鬧，桃李爭春則有之，紅杏鬧春，予實未之見也。「鬧」字可用，則「吵」字、「鬬」字、「打」字皆可用矣。子京當日以此噪名，人不呼其姓名，竟以此作尚書美號，豈由尚書二字起見耶？予謂「鬧」字極麤俗，且聽不入耳，非但不可加於此句，並不當見之詩詞。近日詞中爭尚此字，皆子京一人之流毒也。（《窺詞管見》）

黃蓼園云：濃麗。「春意鬧」三字，尤奇闢。（《蓼園詞選》）

王國維云：「紅杏枝頭春意鬧」，著一「鬧」字，而境界全出。「雲破月來花弄影」，著一「弄」

字，而境界全出矣。（《人間詞話》）

# 歐陽修

修，字永叔，盧陵人。天聖八年省元，中進士甲科，累遷擢知制誥翰林學士，歷樞密副使參知政事。神宗朝遷兵部尚書，以太子少師致仕。卒贈太子太師，謚文忠。晚號六一居士，有《六一詞》，見《六十家詞》本，又有《歐陽文忠公近體樂府》三卷及《醉翁琴趣外篇》六卷，見雙照樓刊本。

曾慥云：歐公一代儒宗，風流自命，詞章幼眇，世所矜式。（《樂府雅詞序》）

《樂府紀聞》云：歐陽永叔中歲居潁日，自以集古一千卷，藏書一萬卷，琴一張，棋一局，酒一壺，以一翁老於五物間，稱六一居士。（沈雄《古今詞話》引）

陳振孫云：歐陽公詞多有與《花間》、《陽春》相混，亦有鄙褻之語廁其中，當是仇人無名子所為也。（《直齋書錄解題》）

羅泌云：公嘗致意於詩，為之《本義》，溫柔寬厚，所得深矣。吟咏之餘，溢為詞章，有《平山集》，盛稱於世。（《歐陽修近體樂府跋》）

羅大經云：歐陽公雖遊戲作小詞，亦無愧唐人《花間集》。（《鶴林玉露》）

周濟云：永叔詞只如無意，而沈著在和平中見。（《介存齋論詞雜著》）

馮煦云：宋至文忠公始復古，天下翕然師尊之，風尚為之一變。即以詞言，亦疏雋開子瞻，深婉開少游。（《六十一家詞選例言》）

## 采桑子

羣芳過後西湖[1]好，狼藉[2]殘紅，飛絮濛濛，垂柳闌干盡日風。　笙歌散盡遊人去，始覺春空，垂下簾櫳，雙燕歸來細雨中。

【註解】

①西湖，在安徽阜陽縣西北，十里長，二里廣，潁河諸水匯流處。

②狼藉，狼起臥遊戲多藉草，穢亂不堪，後因謂雜亂之意為狼藉。

【評箋】

先著云：「始覺春空」語拙，宋人每以「春」字替人與事，用極不妥。（《詞潔》）

譚獻云：「羣芳過後」句，埽處卽生。「笙歌散盡遊人去」句，悟語是戀語。（《譚評詞辨》）

## 訴衷情

清晨簾幕捲輕霜，呵手試梅妝[1]。都緣自有離恨，故畫作遠山長。　思往事，惜流芳②，易成傷。擬歌先斂，欲笑還顰③，最斷人腸。

【註解】

①梅妝，南朝宋武帝女壽陽公主作梅花妝。

②流芳，流光。

③顰，蹙眉。

## 踏莎行

候館①梅殘，溪橋柳細，草薰風暖②搖征轡③。離愁漸遠漸無窮，迢迢不斷如春水。寸寸柔腸，盈盈粉淚，樓高莫近危闌倚。平蕪④盡處是春山，行人更在春山外。

【註解】

①候館，能望遠之樓。

②薰，香氣。江淹《別賦》：「閨中風暖，陌上草薰。」

③征轡，馬韁，即以代表馬。

④平蕪，平坦草地。

## 【評箋】

卓人月云：「芳草更在斜陽外」「行人更在春山外」兩句，不厭百回讀。（《詞統》）

楊慎云：佛經云：「奇草芳花，能逆風聞薰。」江淹《別賦》：「閨中風暖，陌上草薰。」正用佛經語。《六一詞》云：「草薰風暖搖征轡」，又用江淹語。今《草堂詞》改「薰」作「芳」，蓋未見《文選》者也。又云：歐陽公詞：「平蕪盡處是春山，行人更在春山外。」石曼卿詩：「水盡天不盡，人在天盡頭。」歐與石同時，且為文字友，其偶同乎，抑相取乎？（《詞品》）

李攀龍云：春水寫愁，春山騁望，極切極婉。（《草堂詩餘雋》）

王士禛云：「平蕪盡處是春山，行人更在春山外。」升庵以擬石曼卿「水盡天不盡，人在天盡頭。」未免河漢。蓋意近而工拙懸殊，不啻霄壤。且此等入詞為本色，入詩即失古雅，可與知者道耳。（《花草蒙拾》）

王世貞云：「平蕪盡處是春山，行人更在春山外。」又：「郴江幸自繞郴山，為誰流下瀟湘

去。」此淡語之有情者也。（《藝苑巵言》）

許昂霄云：「春山」疑當作「青山」，否則既用「春水」，又用兩「春山」，字未免稍複矣。（《詞綜偶評》）

黃蓼園云：首闋言時物喧妍，征轡之去，自是得意，其如我之離愁不斷何？次闋言不敢遠望，愈望愈遠也。語語倩麗，情文斐亹。（《蓼園詞選》）

## 蝶戀花①

庭院深深深幾許？楊柳堆煙，簾幕無重數。玉勒雕鞍遊冶處，樓高不見章臺路②。
雨橫風狂三月暮，門掩黃昏，無計留春住。淚眼問花花不語，亂紅飛過鞦韆去。

【註解】

①李清照《詞序》：「歐陽公作《蝶戀花》有「庭院深深深幾許」之句，余酷愛之，用其語作

庭院深深數闋，其聲即《臨江仙》也。」

②章臺路，漢長安有章臺街在章臺下。《漢書》謂，張敞無威儀，罷朝以後，走馬過章臺街。唐許堯佐有《章臺柳傳》，後人因以章臺為歌妓聚居之所。

**【評箋】**

沈際飛云：末句參之點點飛紅雨句，一若關情，一若不關情，而情思舉蕩漾無邊。（《草堂詩餘正集》）

楊慎云：一句中連三字者，如「夜夜夜深聞子規」，又「日日日斜空醉歸」，又「更更更漏月明中」，又「樹樹樹梢啼曉鶯」，皆用疊字也。（《詞品》）

張宗橚云：《南部新書》記嚴惲詩：「盡日問花花不語，為誰零落為誰開？」此闋結二語似本此。（《詞林紀事》）

張惠言云：「庭院深深」，閨中既以邃遠也；「樓高不見」，哲王又不悟也。章臺遊冶，小人之徑。雨橫風狂，政令暴急也。亂紅飛去，斥逐者非一人而已。殆為韓、范作乎？又云：此詞亦見馮延巳集中，李易安《詞序》云：「歐陽公作《蝶戀花》，有「庭院深深深幾許」之句，余酷愛之，用其語作庭院深深數闋，其聲即舊《臨江仙》也。」易安去歐公未遠，其

言必非無據。（《張惠言詞選》）

毛先舒云：詞家意欲層深，語欲渾成，作詞者大抵意層深者，語便刻畫；語渾成者，意便膚淺，兩難兼也。或欲舉其似，偶拈永叔詞云：「淚眼問花花不語，亂紅飛過鞦韆去。」此可謂層深而渾成。何也？因花而有淚，此一層意也；因淚而問花，此一層意也；花竟不語，此一層意也；不但不語，且又亂落、飛過鞦韆，此一層意也。人愈傷心，花愈惱人，語愈淺而意愈入，又絕無刻畫費力之跡，謂非層深而渾成耶？然作者初非措意，直如化工生物，筍未出而苞節已具，非寸寸為之也。若先措意，便刻畫愈深，愈墮惡境矣。此等一經拈出後，便當掃去。（《古今詞論》引）

孫麟趾云：如「淚眼問花花不語，亂紅飛過鞦韆去。」「江上柳如煙，雁飛殘月天。」「西風殘照，漢家陵闕。」皆以渾厚見長者也。詞至渾，功候十分矣。（《詞逕》）

譚獻云：或曰：「非歐公不能為。」或曰：「馮敢為大言如是。」讀者審之。又云：宋刻玉氍，雙層浮起，筆墨至此，能事幾盡。（《譚評詞辨》）

黃蓼園云：首闋因楊柳煙多，若簾幕之重重者，庭院之深以此，即下句章臺不見，亦以此。總以見柳絮之迷人，加之雨橫風狂，即擬閉門，而春已去矣，不見亂紅之盡飛乎？語意如此，

通首詆斥，看來必有所指。第詞旨濃麗，卽不明所指，自是一首好詞。（《蓼園詞選》）

王國維云：固哉皋文之為詞也！飛卿《菩薩蠻》，永叔《蝶戀花》，子瞻《卜算子》，皆興到之作，有何命意，皆被皋文深文羅織。阮亭《花草蒙拾》謂坡公命宮磨蝎，生前為王珪、舒亶輩所苦，身後又硬受此差排，由今觀之，受差排者，獨一坡公已耶！（《人間詞話》）

## 蝶戀花

誰道閒情拋棄久？每到春來，惆悵還依舊。日日花前常病酒，不辭鏡裏朱顏瘦。　河畔青蕪[1]隄上柳，為問新愁，何事年年有？獨立小橋風滿袖，平林新月人歸後。

**【註解】**

①青蕪，青草，古詩：「青青河畔草。」

**【評箋】**

譚獻云：此闋敘事。（《譚評詞辨》）

梁啓超云：稼軒《摸魚兒》起處從此脱胎，文前有文，如黃河伏流，莫窮其原。（《藝蘅館詞選》）

## 蝶戀花

幾日行雲何處去？忘了歸來，不道[1]春將暮。百草千花寒食路，香車繫在誰家樹？　淚眼倚樓頻獨語，雙燕來時，陌上相逢否？撩亂春愁如柳絮，依依夢裏無尋處。

【註解】

①不道，不覺。

【評箋】

譚獻云：行雲、百草、千花、雙燕，必有所託。（《譚評詞辨》）

## 木蘭花

別後不知君遠近，觸目淒涼多少悶！漸行漸遠漸無書，水闊魚沈①何處問？　夜深風竹敲秋韻②，萬葉千聲皆是恨。故攲單枕夢中尋，夢又不成燈又燼③。

【註解】

①魚沈，魚不傳書。

②秋韻，秋聲。

③燼，結燈花。

## 浪淘沙

把酒祝東風，且共從容①。垂楊紫陌②洛城東，總是當時攜手處，遊遍芳叢。　聚散苦匆匆，此恨無窮。今年花勝去年紅，可惜明年花更好，知與誰同？

【註解】

①從容，留連。

②紫陌，有紫花之堤上。

【評箋】

李攀龍云：意自「明年此會知誰健」中來。（《草堂詩餘雋》）

沈雄云：歐陽公云：「把酒祝東風，且共從容。」與東坡《虞美人》云：「持杯邀勸天邊月，願月圓無缺。」同一意致。（沈雄《古今詞話》）

黃蓼園云：末二句憂盛危明之意，持盈保泰之心，在天道則虧盈益謙之理，俱可悟得。（《蓼園詞選》）

## 青玉案

一年春事都來幾？早過了、三之二。綠暗紅嫣渾可事[①]，綠楊庭院，暖風簾幕，有箇人憔悴。　買花載酒長安市，又爭似②家山③見桃李？不枉④東風吹客淚，相思難表，夢魂無據，惟有歸來是。

【註解】

①可事，可樂之事。
②爭似，怎似。
③家山，家鄉。
④不枉，不怪。

【評箋】

黃蓼園云：「一年」二句，言年光已去也。「綠暗」四句，言時芳菲不可玩，自己心緒憔悴也。所以憔悴，以不見家山桃李，苦欲思歸耳。（《蓼園詞選》）

# 柳永

永，字耆卿，初名三變，字景莊，崇安人。景祐元年進士，為屯田員外郎。以樂章擅名，有《樂章集》一卷，見《六十家詞》刊本；又三卷，續添曲子一卷，見《彊村叢書》刊本。

《藝苑雌黃》云：柳三變喜作小詞，薄於操行，當時有薦其才者，上曰：「得非填詞柳三變乎？」曰：「然。」上曰：「且去填詞。」由是不得志，日與儇子縱遊倡館酒樓間，無復檢率。自稱云：「奉聖旨填詞柳三變。」（《苕溪漁隱叢話》引）

曾敏行云：柳耆卿風流俊邁，聞於一時。既死，葬於棗陽縣花山，遠近之人，每遇清明日，多載酒餚飲於耆卿墓側，謂之「弔柳會」。（《獨醒雜志》）

祝穆云：范蜀公嘗曰：「仁宗四十二年太平，鎮在翰苑十餘載，不能出一語詠歌，乃於耆卿詞見之。」仁宗嘗曰：「此人任從風前月下淺斟低唱，豈可令仕宦！」遂流落不偶，卒於襄陽。死之日，家無餘財，羣妓合金葬之於南門外。每春日上冢，謂之「弔柳七」。（《方輿勝覽》）

葉夢得云：永初為上元辭，會「樂府兩籍神仙，梨園四部絃管」之句傳禁中，多稱之，後因秋晚張樂，有使作《醉蓬萊》詞以獻，語不稱旨。後改名三變，終屯田員外郎，死旅，殯潤州僧寺，王和甫為守時，求其後不得，乃為出錢葬之。（《避暑錄話》）

張宗橚云：《漁洋山人精華錄》：「殘月曉風仙掌路，何人為弔柳屯田。」今儀真西地名仙人掌，與《獨醒雜志》、《方輿勝覽》所載柳葬處不合，俟更攷之。（《詞林紀事》）

吳曾云：仁宗留意儒雅，務本向道，深斥浮豔虛華之文。初，進士柳三變好為淫冶謳歌之曲，傳播四方，嘗有《鶴沖天》詞云：「忍把浮名，換了淺斟低唱。」及臨軒放榜，特落之，曰：「且去淺斟低唱，何要浮名！」景祐元

年方及第。後改名永，方得磨勘轉官。（《能改齋漫錄》）

黃昇云：永為屯田員外郎，會太史奏老人星見，時秋霽，宴禁中，仁宗命左右詞臣為樂章，內侍屬柳應制，柳方冀進用，作此詞奏呈。上見首有「漸」字，色若不懌。讀至「宸遊鳳輦何處」，乃與御製《真宗挽詞》暗合，上慘然。又讀至「太液波翻」，曰：「何不言太液波澄？」投之於地，自此不復擢用。又云：耆卿長於纖豔之詞，然多近俚俗。（《花庵詞選》）

歐陽凱云：錦為耆卿之腸，花為耆卿之骨，名章雋語，笙簧間發。王元澤追慕其才，亦有「賴有樂章傳樂府，落落驪珠照古今」之句。劉屏山有歌云：「屯田詞，考功詩，白水之白鍾此奇。鉤章棘句凌萬象，逸興高情俱一時。」屯田指三變，考功指翁挺也。（《崇安縣志》）

劉克莊云：耆卿有教坊丁大使意。（《後村詩話》）

陳振孫云：柳詞格固不高，而音律諧婉，詞意妥帖，承平氣象，形容盡致，尤工於羈旅行役。（《直齋書錄解題》）

徐度云：劉季高侍郎，宣和間嘗飯於相國寺，因談歌詞，力詆柳耆卿，旁若無人。有老宦者聞之，默然而起，徐取紙筆，跪於季高之前請曰：「子以柳詞為不佳，盍自為一篇示我乎？」劉默然無以應，而後知稠人廣眾中慎不可有所臧否也。（《卻掃篇》）

李之儀云：耆卿詞鋪敍展衍，備足無餘，較之《花間》所集，韻終不勝。（《姑溪詞跋》）

孫敦立云：耆卿詞雖極工，然多雜以鄙語。（《歷代詩餘》引）

葉夢得云：柳耆卿為舉子時，多遊狹邪，善為歌辭，教坊樂工，每得新腔，必求永為辭，始行於世，於是聲傳一時。余仕丹徒，嘗見一西夏歸朝官云：「凡有井水處卽能歌柳詞。」（《避暑錄話》）

張炎云：柳詞亦自批風抹月中來，風月二字，在我發揮，柳則為風月所使耳。（《詞源》）

羅大經云：海陵閱柳永《望海潮》詞，有「三秋桂子，十里荷花」句，遂起立馬吳山之志。（《鶴林玉露》）

項安世云：杜詩、柳詞，皆無表德，只是實說。（《平齋雜說》）

陳師道云：柳三變作新樂府，天下咏之。（《後山詩話》）

王士禛云：柳七葬真州仙人掌，僕嘗有詩云：「殘月曉風仙掌路，何人為弔柳屯田。」（《漁洋山人精華錄》）

彭孫遹云：柳七亦自有唐人妙境，今人但從淺俚處求之，遂使金荃蘭畹之音，流入桂枝黃鶯之調，此學柳之過也。（《金粟詞話》）

宋翔鳳云：柳詞曲折委婉，而中具渾淪之氣，雖多俚語，而高處足冠羣流，倚聲家當尸而祝之。如竹垞所錄，皆精金粹玉，以屯田一生精力在是，不似東坡輩以餘力為之也。（《樂府餘論》）

《四庫全書提要》云：張端義《貴耳集》亦曰：「項平齋言：『詩當學杜詩，詞當學柳詞；杜詩、柳詞，皆無表德，只是實說』云云。」蓋詞本管絃冶蕩之音，而永所作旖旎近情，使人易入，雖頗以俗為病，然好之者終不絕也。（《樂章集》提要）

周濟云：柳詞總以平敍見長，或發端，或結尾，或換頭，以一二語勾勒提掇，有千鈞之力。（《宋四家詞選》）又云：耆卿為世訾謷久矣，然其鋪敍委婉，言近意遠，森秀幽淡之趣在骨。又云：耆卿樂府多，故惡濫可笑者多，使能珍重下筆，則北宋高手也。（《介存齋論詞雜著》）

馮煦云：耆卿詞曲處能直，密處能疏，奡處能平，狀難狀之景，達難達之情，而出之以自然，自是北宋巨手。然好為俳體，詞多媟黷，有不僅如《提

要》所云以俗為病者。(《六十一家詞選例言》)

況周頤云：柳屯田《樂章集》為詞家正體之一，又為金、元已還樂語所自出。(《蕙風詞話》)

劉熙載云：耆卿詞細密而妥溜，明白而家常，善於敘事，有過前人，惟綺羅香澤之態，所在多有，故覺風期未上耳。(《藝概》)

陳銳云：詞源於詩而流為曲，如柳三變純乎其為詞矣乎。又云：屯田詞在院本中如《琵琶記》，美成詞如《會真記》。屯田詞在小說中如《金瓶梅》，美成詞如《紅樓夢》。(《褒碧齋詞話》)

鄭文焯云：屯田北宋專家，其高渾處不減清真，長調尤能以沈雄之魄，清勁之氣，寫奇麗之情，作揮綽之聲。又云：冥探其一詞之命意所注，確有層折，如畫龍點睛，其神觀飛越，只在一二筆，便爾破壁飛去也。(《大鶴山人詞論》)

## 曲玉管

隴首[1]雲飛，江邊日晚，煙波滿目憑闌久。一望關河蕭索，千里清秋，忍凝眸。杳杳神京，盈盈仙子，別來錦字終難偶[2]。斷雁無憑，冉冉飛下汀洲，思悠悠。暗想當初，有多少、幽歡佳會；豈知聚散難期，翻成雨恨雲愁。阻追遊，每登山臨水，惹起平生心事，一場消黯[3]，永日[4]無言，卻下層樓。

【註解】

①隴首，高邱上面。

②難偶，難以相會。

③消黯，黯然消魂，

④永日，長日。

## 雨霖鈴

寒蟬淒切，對長亭晚，驟雨初歇。都門帳飲①無緒，留戀處、蘭舟催發。執手相看淚眼，竟無語凝噎②。念去去、千里煙波，暮靄沈沈③楚天闊。　多情自古傷離別，更那堪、冷落清秋節！今宵酒醒何處？楊柳岸、曉風殘月。此去經年，應是良辰好景虛設。便縱有千種風情④，更與何人說？

【註解】

①都門帳飲，在京城門外設帳餞行。

②凝噎，喉中氣塞。
③暮靄沈沈，晚間雲氣濃厚。
④風情，風流情意。

**【評箋】**

賀裳云：柳屯田「今宵酒醒何處？楊柳岸曉風殘月。」自是古今俊句。或譏為梢公登溷詩，此輕薄兒語，不足聽也。（《皺水軒詞筌》）

李攀龍云：「千里煙波」，惜別之情已騁；「千種風情」，相期之願又賒。真所謂善傳神者。（《草堂詩餘雋》）

王世貞云：「今宵酒醒何處？楊柳岸曉風殘月。」與秦少游「酒醒處，殘陽亂鴉」，同一景事，而柳尤勝。（《藝苑卮言》）

沈際飛云：唐詞「簾外曉鶯殘月」至矣，宋人讓唐詩，而詞多不讓。（《草堂詩餘正集》）

周濟云：清真詞多從耆卿奪胎，思力沈摯處，往往出藍。然耆卿秀淡幽豔，是不可及。後人摭其樂章，訾為俗筆，真瞽說也。（《宋四家詞選》）

謝章鋌云：微妙則耐思，而景中有情，「寒鴉數點，流水繞孤村」、「楊柳岸曉風殘月」，所以膾炙人口也。（《賭棋山莊詞話》）

劉熙載云：詞有點染，耆卿《雨霖鈴》「念去去」三句，點出離別冷落；「今宵」二句，乃就上三句染之。點染之間，不得有他語相隔，否則警句亦成死灰矣。（《藝概》）

江順詒評融齋語云云，案點與染分開說，而引詞以證之，閱者無不點首，得畫家三昧，亦得詞家三昧。（《詞學集成》）

黃蓼園云：送別詞清和朗暢，語不求奇，而意致綿密，自爾穩愜。（《蓼園詞選》）

## 蝶戀花

佇倚危樓風細細，望極春愁，黯黯生天際。草色煙光殘照裏，無言誰會憑闌意？　擬把①疏狂圖一醉，對酒當歌，強②樂還無味。衣帶漸寬終不悔，為伊消得③人憔悴。

【註解】

①擬把，打算。

②強，勉強。

③消得，值得。

【評箋】

賀裳云：小詞以含蓄為佳，亦有作決絕語而妙者。如韋莊「誰家年少足風流，妾擬將身嫁與一生休。縱被無情棄，不能羞」之類是也。牛嶠「須作一生拚，盡君今日歡。」抑亦其次。柳耆卿：「衣帶漸寬終不悔，為伊消得人憔悴。」亦即韋意，而氣加婉矣。（《皺水軒詞筌》）

## 采蓮令

月華收，雲淡霜天曙。西征客、此時情苦。翠娥執手，送臨歧①、軋軋②開朱戶。千嬌面、盈盈佇立，無言有淚，斷腸爭忍回顧？　一葉蘭舟，便恁急槳凌波去。貪行色、豈知離緒，萬般方寸③，但飲恨、脈脈同誰語？更回首、重城不見，寒江天外，隱隱兩三煙樹。

【註解】

①臨歧，歧路分別。

②軋軋，開門聲。

③方寸，相心。

## 浪淘沙慢

夢覺透窗風一線，寒燈吹息。那堪酒醒，又聞空階夜雨頻滴。嗟因循①、久作天涯客。負佳人、幾許盟言，便忍把、從前歡會，陡頓②翻成憂戚。　愁極，再三追思，洞房深處，幾度飲散歌闌，香暖鴛鴦被。豈暫時疏散，費伊心力。殢雲尤雨③，有萬般千種，相憐相惜。　恰到如今，天長漏永，無端自家疏隔。知何時、卻擁秦雲④態？願低幃昵⑤枕，輕輕細說與，江鄉夜夜，數寒更思憶。

【註解】

①因循，不振作之意，

②陡頓，突然。

③殢，困極。殢雲尤雨，貪戀歡情。

④秦雲，秦樓雲雨。

⑤昵，親近。

【評箋】

龔頤正云：陰鏗有「夜雨滴空階」，柳耆卿用其語，人但知為柳詞耳。（《芥隱筆記》）

## 定風波

自春來、慘綠愁紅，芳心是事可可[1]。日上花梢，鶯穿柳帶，猶壓香衾臥。暖酥[2]消、膩雲[3]嚲、終日厭厭倦梳裹。無那[4]。恨薄情一去，音書無箇。　早知恁麼[5]，悔當初、不把雕鞍鎖。向雞窗[6]，只與蠻箋象管[7]，拘束教吟課。鎮相隨、莫拋躲，針線閒拈伴伊坐。和我，免使年少光陰虛過。

【註解】

①可可，平常。

②暖酥，指皮膚。

③膩雲，指頭髮。

④無那，無聊。

⑤恁麽，如此。

⑥雞窗，書室。羅隱詩：「雞窗夜靜開書卷。」

⑦蠻箋象管，紙筆。

【評箋】

張舜民云：柳三變既以詞忤仁廟，吏部不放改官，三變不能堪，詣政府，晏公曰：「賢俊作曲子麽？」三變曰：「祗如相公亦作曲子。」公曰：「殊雖作曲子，不曾道『綵線慵拈伴伊坐』。」柳遂退。（《畫墁錄》）

## 少年遊

長安古道馬遲遲，高柳亂蟬嘶。夕陽島外，秋風原上，目斷四天垂。　歸雲一去無蹤迹，何處是前期？狎興[1]生疏，酒徒蕭索，不似去年時。

【註解】

①狎興，治遊之興。

## 戚氏

晚秋天，一霎微雨灑庭軒。檻菊蕭疏，井梧零亂，惹殘煙。淒然，望江關，飛雲黯淡夕陽閒。當時宋玉[1]悲感，向此臨水與登山。遠道迢遞，行人淒楚，倦聽隴水潺湲。正蟬吟敗葉，蛩響衰草，相應喧喧。　孤館度日如年，風露漸變，悄悄至更闌。長天淨，絳河[2]清淺，皓月嬋娟。思綿綿，夜永對景，那堪屈指暗想從前。未名未祿，綺陌紅樓，往往經歲遷延。　帝里風光好，當年少日，暮宴朝歡。況有狂朋怪侶，遇當歌對酒競留連。別來迅景如梭，舊遊似夢，煙水程何限？念利名、憔悴長縈絆，追往事、空慘愁顏。漏箭移，稍覺輕寒，漸嗚咽、畫角數聲殘。對閒窗畔，停燈向曉，抱影無眠。

【註解】

①宋玉，楚屈原弟子，作《九辯》，有「悲哉秋之為氣也」語。

②絳河，銀河，天稱絳霄，銀河稱絳河，蓋借南方之色以為喻。

【評箋】

李攀龍云：首敍悲秋情緒，次敍永夜幽思，末勘破名利關頭更透。（《草堂詩餘雋》）

沈際飛云：插字之妥，撰句之雋，耆卿所長。「未名未祿」一段，寫我輩落魄時悵悵靡託，借一個紅粉佳人作知己，將白日消磨，哭不得，笑不得，如是如是！（《草堂詩餘正集》）

## 夜半樂

凍雲黯淡天氣，扁舟一葉，乘興離江渚。度萬壑千巖，越溪深處。怒濤漸息，樵風乍起，更聞商旅相呼。片帆高舉，泛畫鷁①、翩翩過南浦。 望中酒旆②閃閃，一簇煙村，數行霜樹。殘日下、漁人鳴榔③歸去。敗荷零落，衰楊掩映。岸邊兩兩三三，浣紗遊女，避行客、含羞笑相語。 到此因念，繡閣輕拋，浪萍難駐。歎後約丁寧竟何據？慘離懷、空恨歲晚歸期阻。凝淚眼、杳杳神京④路，斷鴻聲遠長天暮。

**【註解】**

①鷁，鳥名，形如鷺而大。畫鷁，古船家於船頭畫鷁首怪獸以懼江神，後人因指船為畫鷁。

②酒旆，酒旗。

③鳴榔，擊木梆驚魚，使魚聚於一處，易於取得。

④神京，指汴京。

**【評箋】**

許昂霄云：第一疊言道途所經，第二疊言目中所見，第三疊乃言去國離鄉之感。（《詞綜偶評》）

陳鋭云：此種長調不能不有此大開大闔之筆。（《褒碧齋詞話》）

## 玉蝴蝶

望處雨收雲斷，憑闌悄悄，目送秋光。晚景蕭疏，堪動宋玉悲涼。水風輕、蘋花漸老；月露冷、梧葉飄黃。遣情傷，故人何在？煙水茫茫。　難忘，文期酒會，幾孤風月，屢變星霜①。海闊山遙，未知何處是瀟湘②？念雙燕、難憑音信；指暮天、空識歸航。黯相望，斷鴻聲裏，立盡斜陽。

【註解】

①星一年一周天，霜每年而降，因稱一年為一星霜。

②瀟湘，原是瀟水和湘水之稱，後泛指為所思之處。

【評箋】

許昂霄云：與《雪梅香》、《八聲甘州》數首，蹊徑彷佛。（《詞綜偶評》）

## 八聲甘州

對瀟瀟暮雨灑江天，一番洗清秋。漸霜風淒緊，關河冷落，殘照當樓。是處紅衰翠減[1]，苒苒物華休[2]。惟有長江水，無語東流。　不忍登高臨遠，望故鄉渺邈[3]，歸思[4]難收。歎年來蹤跡，何事苦淹留？想佳人、妝樓凝望，誤幾回、天際識歸[5]舟？爭知我、倚闌干處，正恁凝愁？

【註解】

①紅衰翠減，指花落葉少。

②苒苒，漸漸；物華休，景物凋殘。

③渺邈，遙遠。

④歸思，歸家心情。

⑤「天際識歸舟」，見謝朓詩。

【評箋】

蘇軾云：人皆言柳耆卿詞俗，然如「霜風淒緊，關河冷落，殘照當樓」，唐人佳處，不過如此。

（《侯鯖錄》）案《能改齋漫錄》以此為晁補之語。

劉體仁云：詞有與古詩同妙者，如「問甚時三十六陂秋色」，卽灞岸之興也。「關何冷落，殘照當樓」，卽《勅勒》之歌也。（《七頌堂詞繹》）

梁啟超云：飛卿詞：「照花前後鏡，花面交相映」，此詞境頗似之。（《藝蘅館詞選》）

## 迷神引

一葉扁舟輕帆捲，暫泊楚江南岸。孤城暮角，引胡笳怨。水茫茫，平沙雁。旋驚散。煙斂寒林簇，畫屏展，天際遙山小，黛眉淺①。　舊賞輕拋，到此成遊宦。覺客程勞，年光晚。異鄉風物，忍蕭索，當愁眼。帝城賒②，秦樓阻，旅魂亂。芳草連空闊，殘照滿，佳人無消息，斷雲遠。

【註解】

①黛眉淺，形容遙山。

②賒，遠。

## 竹馬子

登孤壘荒涼，危亭曠望，靜臨煙渚。對雌霓①掛雨，雄風②拂檻，微收殘暑。漸覺一葉驚秋，殘蟬噪晚，素商③時序。覽景想前歡，指神京、非霧非煙深處。

向此成追感，新愁易積，故人難聚。憑高盡日凝佇，贏得消魂無語。極目霽靄④霏微，暝鴉零亂，蕭索江城暮。南樓畫角，又送殘陽去。

**【註解】**

①雌霓，虹雙出，色鮮艷者為雄，色暗淡者為雌，雄曰虹，雌曰霓。

②雄風，雄駿之風，宋玉《風賦》：「此大王之雄風也。」

③素商，秋日。秋色尚白，音屬商，見《禮記·月令》。

④霽靄，晴煙。

# 王安石

安石，字介甫，臨川人。慶曆二年進士，神宗朝累除知制誥翰林學士，拜同中書門下平章事，加尚書左僕射，兼門下侍郎，封荊國公。卒謚曰文，崇寧間追封舒王。有《臨川先生歌曲》一卷，《補遺》一卷，見《彊村叢書》。

王灼云：王荊公長短句不多，合繩墨處，自雍容奇特。(《碧雞漫志》)

劉熙載云：王半山詞瘦削雅素，一洗五代舊習，惟未能涉樂必笑，言哀已歎，故深情之士，不無間然。(《藝概》)

## 桂枝香

登臨送目，正故國晚秋，天氣初肅。千里澄江似練，翠峯如簇。歸帆去棹斜陽裏，背西風，酒旗斜矗。彩舟雲淡，星河鷺起①，畫圖難足。念往昔、繁華競逐，歎門外樓頭②，悲恨相續。千古憑高，對此漫嗟榮辱。六朝③舊事如流水，但寒煙、衰草凝綠④。至今商女，時時猶唱，《後庭》遺曲⑤。

【註解】

①星河即銀河。李白詩：「三山半落青天外，二水中分白鷺洲。」

②門外樓頭，用杜牧「門外韓擒虎，樓頭張麗華」詩意。

③六朝，指吳、東晉、宋、齊、梁、陳。

④衰草凝綠，竇鞏詩：「傷心欲問南朝事，惟見江流去不回。日暮春風春草綠，鷓鴣飛上越王臺。」二句本此。

⑤《後庭》遺曲，陳後主遊宴後庭，其曲有《玉樹後庭花》，見《南史張貴妃傳》。杜牧詩：「商女不知亡國恨，隔江猶唱《後庭花》。」

【評箋】

楊湜云：金陵懷古，諸公寄調《桂枝香》者，三十餘家，惟王介甫為絕唱，東坡見之，歎曰：「此老乃野狐精也。」（《景定建康志》引《古今詞話》）

梁啓超云：李易安謂介甫文章似西漢，然以作歌詞，則入必絕倒。但此作卻頡頏清真、稼軒，未可漫詆也。（《藝蘅館詞選》）

## 千秋歲引

別館寒砧[1]，孤城畫角，一派秋聲入寥廓。東歸燕從海上去，南來雁向沙頭落。

楚臺風②，庾樓月③，宛如昨。無奈被些名利縛，無奈被他情擔閣，可惜風流總閒卻。當初漫留華表語④，而今誤我秦樓約。夢闌時，酒醒後，思量著。

【註解】

①砧，擣衣石。

②《宋玉傳》云：楚王遊於蘭臺，有風颯至，王乃披襟以當之曰：「快哉此風！」

③庾樓月，《世說》云：晉庾亮在武昌，與諸佐吏殷浩之徒乘夜月共上南樓，據胡牀咏謔。

④華表語，《續搜神記》云：遼東城門有華表柱，有白鶴集其上言曰：「有鳥有鳥丁令威，去家千年今來歸；城中如故人民非，何不學仙冢纍纍！」

【評箋】

楊慎云：荊公此詞，大有感慨，大有見道語，既勘破乃爾，何執拗新法，鏟滅正人哉？（《詞品》）

李攀龍云：不着一愁語，而寂寂景色，隱隱在目，洵一幅秋光圖，最堪把玩。（《草堂詩餘雋》）

沈際飛云：媚出於老，流動出於整齊，其筆墨自不可議。（《草堂詩餘正集》）

先著云：無奈數語鄙俚，然首尾實是詞家法門。閱北宋詞須放一線道，往往北宋人一二語，又是南渡以後丹頭，故不可輕棄也。（《詞潔》）

黃蓼園云：意致清迥，翛然有出塵之致。（《蓼園詞選》）

## 王安國

安國，字平甫，臨川人，安石弟。舉進士，又舉茂才異等。熙寧初，除西京國子教授，終祕閣校理。有詞見《花庵詞選》。

### 清平樂

留春不住，費盡鶯兒語。滿地殘紅宮錦①汙，昨夜南園風雨。　小憐②初上琵琶，曉來思繞天涯。不肯畫堂朱戶，春風自在楊花。

【註解】

①宮錦，宮中錦繡，此喻落花。

②小憐，原為北朝馮淑妃之名，此泛指歌女。

【評箋】

周紫芝云：大梁羅叔共為余言：頃在建康士人家見王荊公親寫小詞一紙，其家藏之甚珍，其詞即《清平樂》云云。儀真沈彥述謂非荊公詞，乃平甫詞也。（《竹坡詩話》）

譚獻云：「滿地」二句，倒裝見筆力。末二句見其品格之高。（《譚評詞辨》）

# 晏幾道

幾道，字叔原，號小山，殊幼子。監潁昌許田鎮。有《小山詞》，見《六十家詞》及《彊村叢書》，又有晏端書刊本。

黃庭堅云：叔原樂府寓以詩人句法，清壯頓挫，能動搖人心。合者《高唐洛神》之流，下者不減《桃葉》、《團扇》。（《小山詞序》）

陳振孫云：叔原詞在諸名勝中獨可追步《花間》，高處或過之。（《直齋書錄解題》）

王灼云：叔原詞如金陵王、謝子弟，秀氣勝韻，得之天然，殆不可學。（《碧雞漫志》）

程頤云：伊川聞誦叔原詞「夢魂慣得無拘檢，又踏楊花過謝橋」，乃笑曰：

「鬼語也。」意頗賞之。（沈雄《古今詞話》引）

陸友仁云：叔原監潁昌府許田鎮，手寫自作長短句上府帥韓持國，持國報書：「得新詞盈卷，蓋才有餘而德不足者，願捐有餘之才，補不足之德，不勝門下老吏之望云。」一鎮監敢於杯酒間自作長短句示本道，大帥之嚴，猶盡門生忠於郎君之意；在叔原為甚豪，在韓公為甚德也。（《硯北雜志》）

毛晉云：《小山詞》字字娉娉嫋嫋，如挽嬙、施之袂，恨不能起蓮、鴻、蘋、雲，按紅牙板唱和一過。（《小山詞跋》）

周濟云：晏氏父子仍步溫、韋，小晏精力尤勝。（《介存齋論詞雜著》）

陳廷焯云：《詩》三百篇大旨歸於無邪，北宋晏小山工於言情，出文獻、文忠之右，然不免思涉於邪，有失風人之旨，而措詞婉妙，則一時獨步。（《白雨齋詞話》）

馮煦云：淮海、小山，古之傷心人也。其淡語皆有味，淺語皆有致，求之兩宋詞人，實罕其匹。子晉欲以晏氏父子追配李氏父子，誠為知言。（《六十一家詞選例言》）

況周頤云：小山詞從《珠玉》出，而成就不同，體貌各具。《珠玉》比花中之牡丹，小山其文杏乎。（《蕙風詞話》）

## 臨江仙

夢後樓臺高鎖，酒醒簾幕低垂。去年春恨卻來時，落花[1]人獨立，微雨燕雙飛。記得小蘋②初見，兩重心字③羅衣。琵琶絃上說相思，當時明月在，曾照彩雲④歸。

【註解】

①兩句原為五代翁宏詩。
②小蘋，歌女名。
③心字，衣領屈曲如心字，見沈雄《古今詞話》。
④彩雲，指小蘋。

【評箋】

范成大云：番禺人作心字香，用素馨、末利半開者著淨器，薄劈沈香，層層相間封，日一易，不待花萎，花過香成。蔣捷詞：「銀字笙調，心字香燒。」晏小山詞：「記得年時初見，兩重心字羅衣。」（《驂鸞錄》）

楊萬里云：近世詞人，閒情之靡，如伯有所賦，趙武所不得聞者，有過之無不及焉，是得為好色而不淫乎？惟晏叔原云：「落花人獨立，微雨燕雙飛」，可謂好色而不淫矣。（《誠齋

詩話》）

張宗橚云：按小山詞跋：「始時沈十二廉叔、陳十君寵家有蓮、鴻、蘋、雲，品清謳娛客，每得一解，卽以草授諸兒，吾三人持酒聽之，為一笑樂。已而君寵疾廢臥家，廉叔下世，昔之狂篇醉句，遂與兩家歌兒酒使俱流轉人間」云云。此詞當是追憶蘋、雲而作。又按小山詞尚有《玉樓春》兩闋，一云：「小蘋若解愁春暮」，一云：「小蓮未解論心素」，其人之娟姿豔態，一座皆傾，可想見矣。（《詞林紀事》）

譚獻云：「落花」兩句，名句千古，不能有二。末二句正以見其柔厚。（《譚評詞辨》）

陳廷焯云：小山詞如：「去年春恨卻來時，落花人獨立，微雨燕雙飛。」又：「當時明月在，曾照彩雲歸。」既閒婉，又沈着，當時更無敵手。（《白雨齋詞話》）

康有為云：起二句純是華嚴境界。（《藝蘅館詞選》）

## 蝶戀花

夢入江南煙水路，行盡江南，不與離人遇。睡裏消魂無說處，覺來惆悵消魂誤。欲盡此情書尺素①，浮雁沈魚，終了②無憑據。卻倚緩絃歌別緒，斷腸移破秦箏③柱。

【註解】

①素，絹也，古人為書，多書於絹，故稱書簡為尺素。

②終了，終於。

③秦箏，見前張先《菩薩蠻》註。

## 蝶戀花

醉別西樓醒不記，春夢秋雲①，聚散真容易。斜月半窗還少睡，畫屏閒展吳山翠。衣上酒痕詩裏字，點點行行，總是淒涼意。紅燭自憐無好計，夜寒空替人垂淚。

【註解】

①春夢秋雲，見白居易詩：「來如春夢不多時，去似秋雲無覓處。」

## 鷓鴣天

彩袖①殷勤捧玉鍾，當年拚卻②醉顏紅。舞低楊柳樓心月，歌盡桃花扇底風。　從別後，憶相逢，幾回魂夢與君同。今宵賸把③銀釭照，猶恐相逢是夢中。

【註解】

①彩袖，指歌女。

②拚卻，甘願之辭。

③賸把，儘把。

【評箋】

晁補之云：晏元獻不蹈襲人語，風度閒雅，自是一家。如「舞低楊柳樓心月，歌盡桃花扇底

風」，知此人必不生於三家村中者。（《侯鯖錄》）

《雪浪齋日記》云：晏叔原工於小詞，「舞低楊柳樓心月，歌盡桃花扇底風」，不愧六朝宮掖體。无咎評樂章，乃以為元獻，誤也。（《苕溪漁隱叢話》引）

胡仔云：詞情婉麗。（《苕溪漁隱叢話》）

王楙云：晏叔原：「今宵剩把銀釭照，猶恐相逢是夢中」，蓋出於老杜「夜闌更秉燭，相對如夢寐。」戴叔倫「還作江南夢，翻疑夢裏逢。」司空曙「乍見翻疑夢，相悲各問年」之意。（《野客叢書》）

劉體仁云：「夜闌更秉燭，相對如夢寐」，叔原則云：「今宵剩把銀釭照，猶恐相逢是夢中。」此詩與詞之分疆也。（《七頌堂詞繹》）

沈際飛云：末二句驚喜儼然。（《草堂詩餘正集》）

陳廷焯云：下半闋曲折深婉，自有豔詞，更不得不讓伊獨步。（《白雨齋詞話》）

黃蓼園云：「舞低」二句，比白香山「笙歌歸院落，燈火下樓臺」，更覺濃至。（《蓼園詞選》）

## 生查子

關山魂夢長，塞雁音書少。兩鬢可憐青，只為相思老。　歸傍碧紗窗，說與人人①道：「真箇②別離難，不似相逢好。」

【註解】

①人人，稱所愛之人。

②真箇，真正。

## 木蘭花

東風又作無情計，豔粉嬌紅①吹滿地。碧樓簾影不遮愁，還似去年今日意。　誰知錯管春殘事，到處登臨曾費淚。此時金盞直須②深，看盡落花能幾醉。

【註解】

①豔粉嬌紅，指落花。
②直須，就要。

## 木蘭花

鞦韆院落重簾暮，彩筆閒來題繡戶。牆頭丹杏雨餘花，門外綠楊風後絮。　朝雲信斷知何處？應作襄王春夢①去。紫騮認得舊遊蹤，嘶過畫橋東畔路。

**【註解】**

①襄王春夢：楚襄王遊高唐，夢神女荐枕，臨去，有「旦為行雲，暮為行雨」語，見宋玉《高唐賦序》。

**【評箋】**

沈謙云：填詞結句，或以動蕩見奇，或以迷離稱勝，著一實語敗矣。康伯可「正是銷魂時候也，撩亂花飛。」晏叔原「紫騮認得舊遊蹤，嘶過畫橋東畔路。」秦少游「放花無語對斜暉，

此恨誰知。」深得此法。（《填詞雜說》）

沈際飛云：雨餘花、風後絮，入江雲、黏地絮，如出一手。（《草堂詩餘正集》）

黃蓼園云：首二句別後，想其院宇深沈，門闌緊閉。接言牆內之人，如雨餘之花；門外行蹤，如風後之絮。後段起二句言此後杳無音信，末二句言重經其地，馬尚有情，況於人乎？（《蓼園詞選》）

## 清平樂

留人不住，醉解蘭舟去。一棹碧濤春水路，過盡曉鶯啼處。　渡頭楊柳青青，枝枝葉葉離情。此後錦書休寄，畫樓雲雨無憑。

【評箋】

周濟云：結語殊怨，然不忍割。（《宋四家詞選》）

## 阮郎歸

舊香殘粉似當初，人情恨不如。一春猶有數行書，秋來書更疏。衾鳳①冷，枕鴛孤，愁腸待酒舒。夢魂縱有也成虛，那堪和夢無。

【註解】

①衾鳳，即鳳衾。枕鴛即鴛枕。

## 阮郎歸

天邊金掌①露成霜，雲隨雁字長。綠杯紅袖趁重陽，人情似故鄉。蘭佩紫，菊簪黃，殷勤理舊狂。欲將沈醉換悲涼，清歌莫斷腸。

【註解】

①金掌，漢武帝作柏梁臺，上建銅柱，有仙人掌擎盤承露。

【評箋】

況周頤云：「綠杯」二句，意已厚矣。「殷勤理舊狂」五字三層意：狂者，所謂一肚皮不合時宜，發見於外者也。狂已舊矣，而理之，而殷勤理之，其狂若有甚不得已者。「欲將沈醉換悲涼」是上句註腳。「清歌莫斷腸」，仍含不盡之意。此詞沈着厚重，得此結句，便覺竟體空靈。小晏神仙中人，重以名父之貽，賢師友相與沆瀣，其獨造處豈凡夫肉眼所能見及。「夢魂慣得無拘管，又逐楊花過謝橋」，以是為至，烏足以論小山詞耶！（《蕙風詞話》）

## 六幺令

綠陰春盡，飛絮繞香閣。晚來翠眉宮樣，巧把遠山學①。一寸狂心未說，已向橫波②覺。畫簾遮帀③，新翻曲妙，暗許閒人帶偷掐④。

前度書多隱語，意淺愁難答。昨夜詩有回文⑤，韻險還慵押。都待笙歌散了，記取來時霎。不消紅蠟，閒雲歸後，月在庭花舊闌角。

【註解】

①遠山學，見前歐陽修《訴衷情》註。
②橫波，目邪視如水波之橫流。
③遮帀，周圍之意。
④掐，入聲。
⑤回文，詩中字句，回環讀之，無不成文。

## 御街行

街南綠樹春饒絮，雪滿遊春路。樹頭花豔雜嬌雲，樹底人家朱戶。北樓閒上，疏簾高捲，直見街南樹。　闌干倚盡猶慵去，幾度黃昏雨。晚春盤馬踏青苔，曾傍綠陰深駐。落花猶在，香屏空掩，人面知何處？

## 虞美人

曲闌干外天如水，昨夜還曾倚。初將明月比佳期，長向月圓時候、望人歸。　羅衣著破前香在，舊意誰教改。一春離恨懶調絃，猶有兩行閒淚、寶箏前。

## 留春令

畫屏天畔，夢回依約，十洲①雲水。手撚紅箋寄人書，寫無限、傷春事。　別浦高樓曾漫倚，對江南千里。樓下分流水聲中，有當日、憑高淚。

### 【註解】

①十洲，神仙之所居，在八方巨海之中。漢東方朔有《十洲記》，謂祖洲、瀛洲、玄洲、炎洲、長洲、元洲、流洲、生洲、鳳麟洲、聚窟洲。

### 【評箋】

楊慎云：晁元忠詩：「安得龍湖潮，駕回安河水。水從樓前來，中有美人淚。人生高唐觀，有情何能已！」晏小山《留春令》全用其語。（《詞品》）

鄭文焯云：晏小山《留春令》：「樓下分流水聲中，有當日憑高淚」二語，亦襲馮延巳「三

臺令」：「流水、流水，中有傷心雙淚。」宋人所承如是，但乏質茂氣耳。（《評小山詞》）

## 思遠人

紅葉黃花秋意晚，千里念行客。飛雲過盡，歸鴻無信，何處寄書得？ 淚彈不盡臨窗滴，就硯旋研墨。漸寫到別來，此情深處，紅箋為無色。

# 蘇軾

軾，字子瞻，洵長子，眉山人。嘉祐二年進士，累除中書舍人翰林學士，歷端明殿學士禮部尚書。紹聖初，坐訕謗，安置惠州，徙昌化。徽宗立，赦還，提舉玉局觀。建中靖國元年，卒於常州。高宗朝贈太師，謚文忠。有《東坡詞》一卷，見《六十家詞》本。又《東坡樂府》二卷，有四印齋所刻詞本。又三卷，有《彊村叢書》本。

晁无咎云：居士詞人謂多不諧音律，然橫放傑出，自是曲子中縛不住者。（《復齋漫錄》引）

陳師道云：子瞻以詩為詞，如教坊雷大使之舞，雖極天下之工，要非本色。（《後山詩話》）

王直方云：東坡嘗以所作小詞示无咎、文潛曰：「何如少游？」二人皆對曰：「少游詩似詞，先生詞似詩。」（《王直方詩話》）

陸游云：世言東坡不能歌，故所作樂府辭多不協。（《渭南文集》）

晁以道云：紹聖初，與東坡別於汴上，東坡酒酣，自歌《古陽關》，則公非不能歌，但豪放，不喜裁剪以就聲律耳。試取東坡諸詞歌之，曲終，覺天風海雨逼人。（《歷代詩餘》引）

周煇云：居士詞豈無去國懷鄉之感，殊覺哀而不傷。（《清波雜志》）

胡仔云：東坡詞皆絕去筆墨畦徑間，直造古人不到處，真可使人一唱而三歎。（《苕溪漁隱叢話》）

彭乘云：子瞻嘗自言平生有三不如人，謂著棋、喫酒、唱曲也。然三者亦何用如人。子瞻之詞雖工，而不入腔，正以不能唱曲耳。（《墨客揮犀》）

胡寅云：眉山蘇氏，一洗綺羅香澤之態，擺脫綢繆宛轉之度，使人登高望遠，舉首高歌，而逸懷浩氣，超乎塵垢之外，於是《花間》為皂隸，而耆卿為輿臺矣。（《酒邊詞序》）

張炎云：詞須要出新意，能如東坡清麗舒徐，出人意表，不求新而自新，為周、秦諸人所不能到。（《詞源》）

王若虛云：晁无咎云：「眉山公之詞短於情，蓋不更此境耳。」陳後山曰：「宋玉不識巫山神女而能賦之，豈待更而後知？是直以公為不及情也。嗚呼！風韻如東坡，而謂不及於情，可乎！彼高人逸士，正當如是，其溢為小詞，而閒及於脂粉之間，所謂滑稽玩戲，聊復爾爾者也。若乃纖艷淫媟，入人骨髓，如田中行、柳耆卿輩，豈公之雅趣也哉！」又云：「公雄文大手，樂府乃其遊戲，顧豈與流俗爭勝哉！蓋其天資不凡，辭氣邁往，故落筆皆絕塵耳。」（《滹南詩話》）

王灼云：東坡先生以文章餘事作詩，溢而作詞曲，高處出神入天，平處尚臨鏡笑春，不顧儕輩。又云：長短句雖至本朝而盛，然前人自立與真情衰矣。東坡先生非心醉於音律者，偶爾作歌，指出向上一路，新天下耳目，弄筆者始知自振。（《碧雞漫志》）

俞文豹云：東坡在玉堂日，有幕士善歌，因問：「我詞何如耆卿？」對曰：「郎中詞，只好十七八女子，執紅牙板，歌『楊柳岸曉風殘月』；學士詞，須關西大漢，綽鐵板，唱『大江東去』。」為之絕倒。（《吹劍錄》）

王士禛云：山谷云：「東坡書挾海上風濤之氣，讀坡詞當作如是觀。瑣瑣與柳七較錙銖，無乃為髯公所笑。」（《花草蒙拾》）

樓敬思云：東坡老人故自靈氣仙才，所作小詞，衝口而出，無窮清新，不獨寓以詩人句法，能一洗綺羅香澤之態也。（《詞林紀事》引）

俞彥云：子瞻詞無一語著人間煙火，此大羅天上一種，不必與少游、易安輩較量體裁也。其豪放亦止「大江東去」一詞，何物袁綯，妄加品隲！後代奉為美談，似欲以概子瞻生平，不知萬頃波濤，來自萬里，吞天浴月。古豪傑英爽都在，使屯田此際操觚，果可以「楊柳外曉風殘月」命句否？且柳詞亦只此佳句，餘皆未稱，而亦有本，祖魏承班《漁歌子》：「窗外曉鶯殘月」，第改二字，增一字耳。（《爰園詞話》）

許昂霄云：子瞻自評其文如萬斛泉源，不擇地皆可出，唯詞亦然。（《詞綜偶評》）

《四庫全書提要》云：詞自晚唐、五代以來，以清切婉麗為宗，至柳永而一變，如詩家之有白居易；至軾而又一變，如詩家之有韓愈，遂開南宋辛棄疾等一派。尋源溯流，不能不謂之別格，然謂之不工則不可。故今日尚與《花間》一派並行，而不能偏廢。（《東坡詞》提要）

周濟云：人賞東坡粗豪，吾賞東坡韶秀。韶秀是東坡佳處，粗豪則病也。又云：東坡每事俱不十分用力，古文、書、畫皆爾，詞亦爾。（《介存齋論詞雜著》）

吳衡照云：王從之著有《滹南詩話》，間及詩餘，亦往往中肯。云：「陳後山謂坡公以詩為詞，大是妄論。蓋詞與詩只一理，自世之末作，習為纖豔柔脆，以投流俗之好，高人勝士，或亦以是相矜，日趨於委靡，遂謂其體當然，而不知其弊至於此也。顧或謂先生慮其不幸而溺焉，故援而止之，特寓以詩之法，斯又不然。公以文章餘事作詩，又溢而作詞，其揮霍遊戲所及，何矜心作意於其間哉！要其天資高，落筆自超凡耳。」此條論坡公詞極透澈，髯翁樂府之妙，得滹南而論定也。（《蓮子居詞話》）

劉熙載云：東坡詞頗似老杜詩，以其無意不可入，無事不可言也。若其豪放之致，則時與太白為近。又云：東坡詞具神仙之姿，方外白玉蟾諸家，惜未詣此。（《藝概》）

陳廷焯云：太白之詩，東坡之詞，皆是異樣出色，只是人不能學，烏得議其非正聲！（《白雨齋詞話》）

馮煦云：詞家之有南、北宋，以世言也。曰秦、柳，曰姜、張，以人言也。若東坡之於北宋，稼軒之於南宋，並獨樹一幟，不域於世，亦與他家絕殊，世第以豪放目之，非知蘇、辛者也。（《六十一家詞選例言》）

王鵬運云：北宋人詞如潘逍遙之超逸，宋子京之華貴，歐陽文忠公之騷雅，柳屯田之廣博，晏小山之疏俊，秦太虛之婉約，張子野之流麗，黃文節之雋上，賀方回之醇肆，皆可模擬，得其彷彿，惟蘇文忠之清雄，敻乎軼塵絕跡，令人無從步趨。蓋霄壤相懸，寧止才華而已！其性情，其學問，其襟抱，舉非恆流所能夢見。詞家蘇、辛並稱，其實辛猶人境也，蘇其殆仙乎！（《半塘老人遺稿》）

## 水調歌頭

丙辰①中秋，歡飲達旦，作此篇兼懷子由②。

明月幾時有③，把酒問青天。不知天上宮闕，今夕是何年。我欲乘風歸去，惟恐瓊樓玉宇④，高處不勝寒。起舞弄清影，何似在人間。　轉朱閣，低綺戶⑤，照無眠。不應有恨，何事長向別時圓？人有悲歡離合，月有陰晴圓缺，此事古難全。但願人長久，千里共嬋娟⑥。

### 【註解】

①丙辰，宋神宗熙寧九年。

②子由，蘇軾弟名轍，字子由。

③明月幾時有，見李白詩：「青天有月來幾時？我今停杯一問之。」

④玉宇，《雲笈七籤》：「太微之所館，天帝之玉宇也。」

⑤綺戶，繡戶。

⑥嬋娟，美麗之月光。

### 【評箋】

楊湜云：神宗讀至「瓊樓玉宇，高處不勝寒」，乃歎曰：「蘇軾終是愛君。」卽量移汝州。（《歲時廣記》引《古今詞話》）

蔡絛云：歌者袁綯，乃天寶之李龜年也。宣和間，供奉九重。嘗為吾言：東坡公者與客遊金山，適中秋夕，天宇四垂，一碧無際，如江流傾湧。俄月色如晝，遂共登金山山頂之妙高臺，命綯歌其《水調歌頭》曰：「明月幾時有？把酒問青天。」歌罷，坡為起舞，而顧問曰：「此便是神仙矣，吾輩文章人物，誠千載一時，後世安所得乎？」（《鐵圍山叢談》）

胡仔云：中秋詞自東坡《水調歌頭》一出，餘詞盡廢。又云：先君嘗云：「坡詞『低綺戶』當云『窺綺戶』。」二字既改，其詞愈佳。（《苕溪漁隱叢話》）

曾季貍云：「但願人長久，千里共嬋娟。」本謝莊《月賦》：「隔千里兮共明月。」（《艇齋詩話》）

李治云：東坡《水調歌頭》：「我欲乘風歸去，只恐瓊樓玉宇，高處不勝寒。起舞弄清影，何似在人間。」一時詞手，多用此格。如魯直云：「我欲穿花尋路，直入白雲深處，浩氣展虹蜺。只恐花深裏，紅露濕人衣。」蓋效坡語也。近世閒閒老亦云：「我欲騎鯨歸去，只恐神仙官府，嫌我醉時真。笑拍羣仙手，幾度夢中身。」（《敬齋古今註》）

卓人月云：「明月幾時有」一詞，畫家大斧皴，書家劈窠體也。（《詞統》）

劉體仁云：「瓊樓玉宇」，《天問》之遺也。（《七頌堂詞繹》）

沈雄云：《水調歌頭》間有藏韻者，東坡明月詞：「我欲乘風歸去，惟恐瓊樓玉宇」，後段：「人有悲歡離合，月有陰晴圓缺」，謂之偶然暗合則可，若以多者證之，則問之箋體家，未曾立法於嚴也。（沈雄《古今詞話》）

董毅云：忠愛之言，惻然動人。神宗讀「瓊樓玉宇，高處不勝寒」之句，以為終是愛君，宜矣。（《續詞選》）

先著云：此詞前半自是天仙化人之筆，惟後半悲歡離合、陰晴圓缺等字，苛求者未免指此為累。然再三讀去，摶捖運動，何損其佳。少陵《咏懷古跡》詩云：「支離東北風塵際，漂泊西南天地間。」未嘗以風塵天地、西南東北等字空塞，有傷是詩之妙。詩家最上一乘，固有以神仙者矣，於詞何獨不然！（《詞潔》）

劉熙載云：詞以不犯本位為高，東坡《滿庭芳》：「老去君恩未報，空回首，彈鋏悲歌。」語誠慷慨，然不若《水調歌頭》「我欲乘風歸去，惟恐瓊樓玉宇，高處不勝寒。」尤覺空靈蘊藉。（《藝概》）

黃蓼園云：按通首只是咏月耳。前闋是見月思君，言天上宮闕，高不勝寒，但彷彿神魂歸去，幾不知身在人間也。次闋言月何不照人歡洽，何事有恨，偏於人離索之時而圓乎？復又自解，人有離合，月有圓缺，皆是常事，惟望長久共嬋娟耳。纏綿惋惻之思，愈轉愈曲，愈曲愈深，忠愛之思，令人玩味不盡。（《蓼園詞選》）

鄭文焯云：發端從太白仙心脫化，頓成奇逸之筆。湘綺誦此詞，以為此全字韻可當三語掾，自來未經人道。（《手批東坡樂府》）

王闓運云：「人有」三句，大開大合之筆，他人所不能。（《湘綺樓詞選》）

繼昌云：此老不特興會高騫，直覺有仙氣縹緲於毫端。（《左庵詞話》）

張德瀛云：蘇子瞻《水調歌頭》前闋云：「我欲乘風歸去，又恐瓊樓玉宇」，後闋云：「月有陰晴圓缺，人有悲歡離合。」宇、去、缺、合，均叶短韻，人皆以為偶合。然檢韓无咎賦此詞云：「放目蒼崖萬仞，雲護曉霜城陣」，仞、陣是韻。後闋云：「落日平原西望，鼓角秋聲悲壯」，望、壯是韻。蔡伯堅詞賦此調云：「燈火春城咫尺，曉夢梅花消息」，尺、息是韻。後闋云：「翠竹江村月上，但要綸巾鶴氅」，上、氅是韻。迺知《水調歌頭》實有此一體也。（《詞徵》）

## 水龍吟 次韻章質夫《楊花詞》①

似花還似非花，也無人惜從教墜②。拋家傍路，思量卻是，無情有思③。縈損柔腸，困酣嬌眼，欲開還閉。夢隨風萬里，尋郎去處，又還被鶯呼起。　不恨此花飛盡，恨西園、落紅難綴④。曉來雨過，遺蹤何在？一池萍碎⑤。春色三分，二分塵土，一分流水。細看來不是楊花，點點是離人淚。

【註解】

①章質夫，名楶，浦城人，仕至樞密院事。《楊花詞》云：「燕忙鶯懶花殘，正隄上柳花飄墜。輕飛點畫青林，誰道全無才思。閒趁游絲，靜臨深院，日長門閉。傍珠簾散漫，垂垂欲下，依前被風扶起。　蘭帳玉人睡覺，怪春衣雪霑瓊綴。繡牀漸滿，香毬無數，才圓卻碎。時見蜂兒，仰黏輕粉，魚吞池水。望章臺路杳，金鞍遊蕩，有盈盈淚。」

②從教墜，任楊花墜落。

③有思，即有情。思，讀去聲。韓愈詩：「楊花榆莢無情思，惟解漫天作雪飛。」

④綴，連接。

⑤萍碎，舊註：「楊花落水為浮萍，驗之信然。」

【評箋】

朱孝臧云：是詞和章楶作，仍用王説編丁卯。（朱編《東坡樂府》）

沈義父云：近世作詞者不曉音律，乃故為豪放不羈之語，遂借東坡、稼軒諸賢自諉。諸賢之詞，固豪放矣，不放處未嘗不叶律也。如東坡之《哨遍》、《楊花》、《水龍吟》，稼軒之《摸魚兒》之類，則知諸賢非不能也。（《樂府指迷》）

姚寬云：楊柳二種，楊樹葉短，柳樹葉長，花初發時，黃蕊子為飛絮，今絮中有小青子，著水泥沙灘上即生小青芽，乃柳之苗也。東坡謂絮化為浮萍，誤矣。（《西溪叢話》）

朱弁云：章質夫《楊花詞》，命意用事，瀟灑可喜。東坡和之，若豪放不入律呂。徐而視之，聲韻諧婉，反覺章詞有織繡工夫。（《曲洧舊聞》）

魏慶之云：章質夫咏《楊花詞》，東坡和之，晁叔用以為：「東坡如王嬙、西施，淨洗腳面，與天下婦人鬪好，質夫豈可比哉！」是則然矣。余以為質夫詞中所謂「傍珠簾散漫，垂垂欲下，依前被風扶起」，亦可謂曲盡楊花妙處，東坡所和雖高，恐未能及，詩人議論不公如此。（《詩

人玉屑》）

張炎云：後段愈出愈奇，真是壓倒今古。（《詞源》）

曾季貍云：東坡和章質夫《楊花詞》云：「思量卻是，無情有思。」用老杜：「落絮游絲亦有情」也。「夢隨風萬里，尋郎去處，依前被鶯呼起。」即唐人詩云：「打起黃鶯兒，莫教枝上啼；啼時驚妾夢，不得到遼西。」「細看來不是楊花，點點是離人淚。」即唐人詩云：「時人有酒送張八，惟我無酒送張八。君有陌上梅花紅，盡是離人眼中血。」皆脫胎換骨。（《艇齋詩話》）

沈謙云：東坡「似花還似非花」一篇，幽怨纏綿，直是言情，非復賦物。（《填詞雜說》）

李攀龍云：如虢國夫人不施粉黛，而一段天姿，自是傾城。（《草堂詩餘雋》）

沈際飛云：隨風萬里尋郎，悉楊花神魂。又云：讀他文字，精靈尚在文字裏面。此老只見精靈，不見文字。（《草堂詩餘正集》）

許昂霄云：與原作均是絕唱，不容妄為軒輊。（《詞綜偶評》）

王國維云：東坡《水龍吟》詠楊花和韻而似原唱，章質夫詞原唱而似和韻，才之不可強也如是。

（《人間詞話》）

先著云：《水龍吟》末後十三字，多作五四四，此作七六，有何不可。近見論譜者於「細看來不是」及「楊花點點」下分句，以就立四四之印板死格，遂令坡公絕妙好詞，不成文理。又云：起句入魔，非花矣，而又似，不成句也；「拋家傍路」四字欠雅；「綴」字趁韻不穩；「曉來」以下，真是化工神品。（《詞潔》）

劉熙載云：東坡《水龍吟》起句云：「似花還似非花。」此句可作全詞評語，蓋不離不即也。（《藝概》）

鄭文焯云：煞拍畫龍點睛，此亦詞中一格。（《手批東坡樂府》）

繼昌云：東坡詞：「春色三分，二分塵土，一分流水。」葉清臣詞：「三分春色二分愁，更一分風雨。」蒙亦有句云：「十分春色，欣賞三分；二分懊惱，五分拋擲。」用意不同而同。（《左庵詞話》）

## 永遇樂 彭城夜宿燕子樓，夢盼盼，因作此詞。①

明月如霜，好風如水，清景無限。曲港跳魚，圓荷瀉露，寂寞無人見。紞②如三鼓，鏗③然一葉，黯黯夢雲驚斷。夜茫茫、重尋無處，覺來小園行遍。　天涯倦客，山中歸路，望斷故園心眼。燕子樓空，佳人何在？空鎖樓中燕。古今如夢，何曾夢覺，但有舊歡新怨。異時對、黃樓④夜景，為余浩嘆。

【註解】

①白居易《燕子樓詩序》云：徐州故尚書有愛妓曰盼盼，善歌舞，雅多風態，尚書既沒，彭城有舊第，第中有小樓名燕子，盼盼念舊愛而不嫁，居是樓十餘年。

②紞，擊鼓聲。

③鏗，金石聲，此指葉聲。韓愈詩：「空階一片下，錚若摧琅玕。」

④黃樓，在銅山縣東門，蘇軾守徐州時建。

【評箋】

王文誥云：戊午十月，夢登燕子樓，翌日往尋其地作。（《蘇詩總案》）

曾敏行云：東坡守徐州，作燕子樓樂章。方具藁，人未知之，一日忽鬨傳於城中。東坡訝焉，詰其所從來，乃謂發端於邏卒。東坡召而問之，對曰：「某稍知音律，嘗夜宿張建封廟，聞有歌聲，細聽乃此詞也。記而傳之，初不知何謂。」東坡笑而遣之。（《獨醒雜志》）

先著云：野雲孤飛，去留無跡，石帚之詞也，此詞亦當不愧此品目。僅歎賞「燕子樓空」十三字者，猶屬附會淺夫。（《詞潔》）

黃昇云：東坡問少游別作何詞，秦舉「小樓連苑橫空，下窺繡轂彫鞍驟。」坡云：「十三個字，只說得一個人騎馬樓前過。」秦問先生近著，坡云：「亦有一詞說樓上事。」乃舉「燕子樓空，佳人何在？空鎖樓中燕。」晁无咎在座云：「三句說盡張建封燕子樓一段事，奇哉！」（《花庵詞選》）

劉體仁云：「燕子樓空，佳人何在？空鎖樓中燕。」平生少年之篇也。（《七頌堂詞繹》）

鄭文焯云：公「燕子樓空」三句語淮海，殆以示咏古之超宕，貴神情不貴跡象也。（《手批東坡樂府》）

## 洞仙歌

余七歲時，見眉州老尼，姓朱，忘其名，年九十歲。自言嘗隨其師入蜀主孟昶宮中，一日大熱，蜀主與花蕊夫人夜納涼摩訶池上，作一詞，朱具能記之。今四十年，朱已死久矣，人無知此詞者，但記其首兩句，暇日尋味，豈《洞仙歌》令乎？乃為足之云。

**冰肌玉骨，自清涼無汗。水殿風來暗香滿。繡簾開、一點明月窺人，人未寢，欹枕釵橫雲鬢亂。　起來攜素手，庭戶無聲，時見疏星度河漢。試問夜如何？夜已三更，金波①淡、玉繩②低轉。但屈指、西風幾時來，又不道③流年、暗中偷換。**

## 【註解】

①金波，月光。《漢書禮樂志郊祀歌》：「月穆穆以金波。」

②玉繩，星名，《文選．西京賦》：「正睹瑤光與玉繩。」李善註以為玉衡北兩星為玉繩。

③不道，不覺。

## 【評箋】

朱孝臧案：公生丙子七歲為壬午，又四十年為壬戌也。（朱編《東坡樂府》）

《漫叟詩話》云：楊元素作《本事曲》，記《洞仙歌》云云。錢塘有老尼能誦後主詩首章兩句，後人為足其意，以填其詞。予嘗見一士人誦全篇云：「冰肌玉骨清無汗，水殿風來暗香暖。簾開明月獨窺人，欹枕釵橫雲鬢亂。起來瓊戶悄無聲，時見疏星度河漢。屈指西風幾時來，只恐流年暗中換。」漁隱曰：漫叟所載《本事曲》云：「錢塘老尼能誦後主詩首兩句」，與東坡《洞仙歌》序全然不同，當以序為正也。（《苕溪漁隱叢話》）

趙聞禮云：宜春潘明叔云：「蜀主與花蕊夫人避暑摩訶池上，賦《洞仙歌》，詞不見於世。東坡得老尼口誦兩句，遂足之。蜀帥謝元明因開摩訶池，得古石刻，遂見全篇。詞曰：『冰肌玉骨，自清涼無汗。貝闕琳宮恨初遠。玉闌干倚遍，怯盡朝寒；回首處，何必留連穆滿。芙蓉開過也，樓閣香融，千片紅英泛波面。洞房深深鎖，莫放輕舟；瑤臺去，甘與塵寰路斷。更莫遣流紅到人間，怕一似當時誤他劉阮。』」（《陽春白雪》）

張邦基云：東坡作長短句《洞仙歌》，所謂「冰肌玉骨，自清涼無汗」者，公自敍云：「予幼時見一老人，年九十餘，能言孟蜀主時事，云蜀主嘗與花蕊夫人夜起納涼摩訶池上，作《洞仙歌》令。老人能歌之，予今但記其首兩句，乃為足之。」近有李公彥《季成詩話》乃云：「楊元素作《本事曲》，記《洞仙歌》『冰肌玉骨，自清涼無汗』，錢塘有老尼能誦後主詩首章兩句，後人為足其意，以填此詞。」其說不同。余友陳興祖德昭云：「頃見一詩話，亦題云李季成作，乃全載孟蜀主一詩：『冰肌玉骨清無汗，水殿風來暗香滿。簾間明月獨窺人，欹枕釵橫雲鬢亂。三更庭院悄無聲，時見疏星度河漢。屈指西風幾時來，只恐流年暗中換。』云：『東坡少年遇老人喜《洞仙歌》，又邂逅處，景色暗相似，故檃栝稍協律以贈之也。』予謂此說近之。」據此，乃詩耳，而東坡自序乃云是《洞仙歌》令，蓋公以此自敘自晦耳。《洞仙歌》腔出近世，五代及國初皆未之有也。（《墨莊漫錄》）

田藝蘅云：杜工部「關山同一點。」岑嘉州「嚴灘一點舟中月。」又《赤驃馬歌》「草頭一點疾如飛。」又「西看一點是關樓。」朱灣《白鳥翔翠微》詩：「淨中雲一點。」花蕊夫人云：「冰肌玉骨清無汗，水殿風來暗香滿。繡簾一點月窺人，欹枕釵橫雲鬢亂。起來庭戶悄無聲，時見疏星度河漢。屈指西風幾時來，不道流年暗中換。」宋張安國詞：「洞庭青草，近中秋，更無一點風色。玉界瓊田三萬頃，著我扁舟一葉。」夫月、雲、風也，馬也，樓也，皆謂之一點，甚奇。（《留青日札》）

沈際飛云：清越之音，解煩滌苛。（《草堂詩餘正集》）

朱彝尊云：蜀主孟昶夜起避暑摩訶池上，作《玉樓春》云云。按蘇子瞻《洞仙歌》本檃栝此詞，未免反有點金之憾。（《詞綜》）

鄭文焯云：坡老改添此詞數字，誠覺意象萬千，其聲亦如空山鳴泉，琴筑並奏。（《手批東坡樂府》）

## 卜算子　黃州定惠院寓居作①

缺月掛疏桐，漏斷人初靜。誰見幽人獨往來，飄渺孤鴻影。　驚起卻回頭，有恨無人省。揀盡寒枝不肯棲，寂寞沙洲冷。

【註解】

①定惠院，在黃岡縣東南。

【評箋】

王文誥云：壬戌十二月作。（《蘇詩總案》）

吳曾云：東坡謫居黃州，作《卜算子》詞云云，其託意蓋自有在，讀者不能解。張右史文潛繼貶黃州，訪潘邠老，嘗得其詳，題詩以誌之云：「空江月明魚龍眠，月中孤鴻影翩翩。有人清吟立江邊，葛巾藜杖眼窺天。夜冷月墮秋蟲泣，鴻影翹沙衣露濕。仙人採詩作步虛，玉皇飲之碧琳腴。」（《能改齋漫錄》）

胡仔云：「揀盡寒枝不肯棲」之句，或云鴻雁未嘗棲宿樹枝，唯在田野葦叢間，此亦語病也。

此詞本咏夜景，至換頭但只說鴻。正如《賀新郎》詞：「乳燕飛華屋」，本咏夏景，至換頭但只說榴花。蓋其文章之妙，語意到處卽為之，不可限以繩墨也。（《苕溪漁隱叢話》）

王楙云：東坡《卜算子》詞，漁隱謂：「或云鴻雁未嘗棲宿樹枝，唯在田葦間。『揀盡寒枝不肯棲』，此語亦病。」僕謂人讀書不多，不可妄議前輩詞句。觀隋李元操《鳴雁行》曰：「夕宿寒枝上，朝飛空井傍。」坡語豈無自耶！（《野客叢書》）

王若虛云：東坡《雁》詞云：「揀盡寒枝不肯棲。」以其不棲木，故云爾。蓋激詭之致，詞人正貴其如此。而或者以為語病，是尚可與言哉！近日張吉甫復以「鴻漸於木」為辯，而怪昔人之寡聞，此益可笑。《易》象之言，不當援引為證也，其實雁何嘗棲木哉！（《滹南詩話》）

龍輔《女紅餘志》云：惠州溫氏女超超，年及笄，不肯字人，聞東坡至，喜曰：「我婿也！」日徘徊窗外，聽公吟咏，覺則亟去。東坡知之，乃曰：「吾將呼王郎與子為姻。」及東坡渡海歸，超超已卒，葬於沙際。公因作《卜算子》詞。有「揀盡寒枝不肯棲」之句，按詞為咏雁，當別有寄託，何得以俗情傅會也。（《歷代詩餘》引《古今詞話》）

《梅墩詞話》云：超超既鍾情於公，余哀其能具隻眼，知公之為舉世無雙，知公之堪為吾婿，是以不得親近，寧死不願居人間世也。卽呼王郎為姻，彼且必死，彼知有坡公也。（沈雄《古

今詞話》引）

黃庭堅云：語意高妙，似非喫煙火食人語。非胸中有數萬卷書，筆下無一點塵俗氣，孰能至此！（《山谷題跋》）

陳鵠云：「揀盡寒枝不肯棲」，取興鳥擇木之意，所以山谷謂之高妙。又云：趙右史家有顧禧景蕃補註東坡長短句真蹟云：「余頃於鄭公實處見東坡親蹟書《卜算子》斷句云：『寂寞沙汀冷』，今本作『楓落吳江冷』，詞意全不相屬。」（《耆舊續聞》）

王士禛云：坡《孤鴻詞》，山谷以為非喫煙火食人句，良然。鮦陽居士云：「缺月，刺明微也。漏斷，暗時也。幽人，不得志也。獨往來，無助也。驚鴻，賢人不安也。此與《考槃》相似」（案：鮦陽居士語，見《類編草堂詩餘》引《復雅歌詞》）云云。村夫子強作解事，令人欲嘔。韋蘇州《滁州西澗詩》，疊山亦以為小人在朝，賢人在野之象，令韋郎有知，豈不叫屈！僕嘗戲謂坡公命宮磨蝎，湖州詩案，生前為王珪、舒亶輩所苦，身後又硬受此差排耶？（《花草蒙拾》）

張惠言云：此詞與《考槃》詩極相似。（《張惠言詞選》）

譚獻云：以《考槃》為比，其言非河漢也。此亦鄙人所謂作者未必然，讀者何必不然。（《譚

評詞辨》）

黃蓼園云：此東坡自寫在黃州之寂寞耳，初從人說起，言如孤鴻之冷落；下專就鴻說。語語雙關，格奇而語雋，斯為超詣神品。（《蓼園詞選》）

謝章鋌云：鮦陽居士所釋字箋句解，果誰語而誰知之？雖作者未必無此意，而作者亦未必定有此意，可神會而不可言傳。斷章取義，則是刻舟求劍，則大非矣。（《賭棋山莊詞話》）

鄭文焯云：此亦有所感觸，不必附會溫都監女故事，自成馨逸。（《手批東坡樂府》）

## 青玉案 送伯固歸吳中①

三年枕上吳中路，遣黃犬②、隨君去。若到松江呼小渡，莫驚鴛鷺，四橋③盡是、老子經行處。《輞川圖》④上看春暮，常記高人右丞句。作箇歸期天定許，春衫猶是，小蠻⑤針線，曾溼西湖雨。

【註解】

①蘇堅，字伯固，蘇軾與講宗盟。此時蘇堅從蘇軾於杭州三年未歸。
②黃犬，晉陸機有犬名黃耳，機在洛時，曾繫書其頸，致松江家中，並得報還洛。事見《晉書陸機傳》。
③四橋，姑蘇有四橋。
④《輞川圖》，唐王維官尚書右丞，有別墅在輞川，維於藍田清涼寺壁上嘗畫《輞川圖》。
⑤小蠻，唐白居易有姬樊素善歌，妓小蠻善舞，有詩云：「櫻桃樊素口，楊柳小蠻腰。」

【評箋】

況周頤云：「『曾溼西湖雨』是情語，非豔語。與上三句相連屬，遂成奇豔絕豔，令人愛不忍釋。坡公天仙化人，此等詞猶為非其至者，後學已未易摹仿其萬一。（《蕙風詞話》）

孝臧案：伯固於己巳年從公杭州，至壬申三年未歸，故首句云然。王文誥案：壬申八月，謂以兵部尚書召還。

## 臨江仙

夜飲東坡醒復醉，歸來彷彿三更。家童鼻息已雷鳴①，敲門都不應，倚杖聽江聲。長恨此身非我有②，何時忘卻營營③。夜闌風靜縠紋④平，小舟從此逝，江海⑤寄餘生。

【註解】

①鼻息雷鳴，唐衡山道士軒轅彌明與進士劉師服等聯句畢，倚牆而睡，鼻息如雷鳴。見韓愈《石鼎聯句序》。

②此身非我有，舜問丞吾身孰有，丞謂是天地之委形。見《莊子》。

③營營，紛亂意。

④縠紋，見前宋祁《木蘭花》註。

⑤江海，見高適詩：「江海一扁舟。」

【評箋】

王文誥云：壬戌九月，雪堂夜醉歸臨皋作。（《蘇詩總案》）

葉夢得云：子瞻在黃州病赤眼，踰月不愈，或疑有他疾，過客遂傳以為死矣。有語范景文於許昌者，景文絕不寘疑，即舉袂大慟，召子弟景仁當遣人賙其家。子弟徐言：「此傳聞未審得實否？若果其安否得實，弔之未晚。」乃走僕以往，子瞻譁然大笑。故後量移汝州謝表有云：「疾病連年，人皆相傳為已死。」未幾，復與客飲江上，夜歸，江面際天，風露浩然，有當其意，乃作歌詞，所謂「夜闌風靜縠紋平，小舟從此逝，江海寄餘生」者，與客大歌數過而散。翌日暄傳子瞻夜作此詞，掛冠服江邊，拏舟長嘯去矣。郡守徐君猷聞之，驚且懼，以為州失罪人，急命駕往謁，則子瞻鼻鼾如雷猶未興。然此語卒傳至京師，雖裕陵亦聞而疑之。（《避暑錄話》）

## 定風波

三月三日沙湖道中遇雨，雨具先去，同行皆狼狽，余不覺。已而遂晴，故作此。

莫聽穿林打葉聲，何妨吟嘯且徐行。竹杖芒鞋[1]輕勝馬，誰怕？一蓑煙雨任平生。

料峭[2]春風吹酒醒，微冷，山頭斜照卻相迎。回首向來蕭瑟處，歸去，也無風雨也無晴。

【註解】

①芒鞋，草鞋。

②料峭，風寒貌。

【評箋】

王文誥云：壬戌相田至沙湖道中過雨作。（《蘇詩總案》）

鄭文焯云：此足徵是翁坦蕩之懷，任天而動。琢句亦瘦逸，能道眼前景，以曲筆直寫胸臆，倚聲能事盡之矣。（《手批東坡樂府》）

## 江城子　乙卯正月二十日夜記夢①

十年②生死兩茫茫，不思量，自難忘。千里孤墳③，無處話淒涼。縱使相逢應不識，塵滿面、鬢如霜。　夜來幽夢忽還鄉，小軒窗，正梳妝。相顧無言，惟有淚千行。料得年年腸斷處，明月夜、短松岡。

【註解】

①乙卯，宋神宗熙寧八年。

②十年，蘇軾妻王氏卒於宋英宗治平二年五月，到熙寧八年，正十年。

③千里孤墳，王氏葬於四川彭山縣安鎮鄉可龍里。

【評箋】

王文誥云：詞註謂公悼亡之作，考通義君卒於治平二年乙巳，至是熙寧八年乙卯，正十年也。（《蘇詩總案》）

本集《亡妻王氏墓志銘》：「治平二年五月丁亥，趙郡蘇軾之妻卒於京師。其明年六月壬子，葬於眉之東北彭山縣安鎮鄉可龍里先君夫人墓之西北。」

## 賀新郎

乳燕飛華屋，悄無人、槐陰轉午，晚涼新浴。手弄生綃白團扇①，扇手一時似玉②。漸困倚、孤眠清熟，簾外誰來推繡戶？枉教人、夢斷《瑤臺曲》，又卻是、風敲竹。　石榴半吐紅巾蹙③，待浮花、浪蕊④都盡，伴君幽獨。穠豔一枝細看取，芳意千重似束。又恐被西風驚綠⑤，若待得君來向此，花前對酒不忍觸。共粉淚、兩簌簌。

【註解】

①晉中書令王珉與嫂婢有情，珉好執白團扇，婢作《白團扇歌》贈珉。

②扇手似玉，晉王衍每執玉柄麈尾玄談，與手同色。

③紅巾蹙，見白居易《石榴詩》：「山榴花似結紅巾。」

④浮花浪蕊，見韓愈詩：「浮花浪蕊鎮長有。」傅幹註：「石榴繁盛時，百花零落盡矣。」

⑤西風驚綠，見皮日休《石榴詩》：「石榴香老愁寒霜。」

【評箋】

楊湜云：蘇子瞻守錢塘，有官妓秀蘭，天性黠慧，善於應對。一日，湖中有宴會，羣妓畢集，唯秀蘭不至，督之良久方來。問其故，對以沐浴倦睡，忽聞叩門甚急，起而問之，乃樂營將催督也。子瞻已恕之，坐中一倅怒其晚至，詰之不已。時榴花盛開，秀蘭折一枝藉手告倅，倅愈怒，子瞻因作《賀新郎》令歌以送酒，倅怒頓止。（《苕溪漁隱叢話》引《古今詞話》）

陳鵠云：曩見陸辰州，語余以《賀新郎》詞用榴花事，乃妾名也，退而書其語，今十年矣，亦未嘗深考。近觀顧景藩續註，因悟東坡詞中用《白團扇》、《瑤臺曲》，皆侍妾故事。按晉中書令王珉好執白團扇，婢作《白團扇歌》以贈珉。又唐《逸史》許檀暴卒復寤，作詩云：「曉入瑤臺露氣清，坐中惟見許飛瓊。塵心未盡俗緣重，十里下山空月明。」復寢，驚起，改第二句云：「昨日夢到瑤池，飛瓊令改之，云：不欲世間知我也。」按《漢武帝內傳》所載董雙成、飛瓊，皆西王母侍兒，東坡用此事，迺知陸辰州得榴花之事於晁氏為不妄也。至《本事詞》載榴花事極鄙俚，誠為妄誕。（《耆舊續聞》）

胡仔云：東坡此詞，冠絕古今，託意高遠，寧為一妓而發耶！「簾外」三句用古詩：「捲簾風動竹，疑是故人來」之意。「石榴半吐」五句，蓋初夏之時，千花事退，榴花獨芳，因以寫幽閨之情也。野哉楊湜之言，真可入笑林矣！（《苕溪漁隱叢話》）

曾季貍云：東坡《賀新郎》在杭州萬頃寺作，寺有榴花樹，故詞中云石榴。又是日有歌者晝寢，故詞中云：「漸困倚孤眠清熟。」其真本云「乳燕棲華屋」，今本作「飛」字，非是。（《艇齋詩話》）

吳師道云：東坡《賀新郎》詞「乳燕華屋」云云，後段「石榴半吐紅巾蹙」以下，皆咏榴。《卜算子》「缺月掛疏桐」云云，「飄渺孤鴻影」以下，皆說鴻，別一格也。（《吳禮部詩話》）

沈際飛云：換頭單說榴花。高手作文，語意到處即為之，不當限以繩墨。又云：榴花開，榴花謝，以芳心共粉淚想像，咏物妙境。又云：凡作事或具深衷，或卽時事，工與不工，則作手之本色，自莫可掩。《賀新郎》一解，苕溪正之誠然，而為秀蘭非為秀蘭，不必論也。兩家紛然，子瞻在泉，不笑其多事耶？（《草堂詩餘正集》）

黃蓼園云：末四句是花是人，婉曲纏綿，耐人尋味不盡。（《蓼園詞選》）

譚獻云：頗欲與少陵佳人一篇互證。後半闋別開異境，南宋惟稼軒有之。變而近正。（《譚評詞辨》）

# 秦觀

觀，字少游，一字太虛，號淮海居士，高郵人。舉進士。元祐初，蘇軾以賢良方正薦除祕書省正字，兼國史院編修官。紹聖初，坐黨籍削秩，監處州酒稅，徙郴州，編管橫州，又徙雷州；放還，至藤州卒。有《淮海詞》一卷，見《六十家詞》刊本。又《淮海居士長短句》三卷，有《四部叢刊》本及《彊村叢書》本。又有王敬之刊本、北平圖書館影印宋本、葉遐庵影宋校本。

蔡伯世云：子瞻辭勝乎情，耆卿情勝乎詞，辭情相稱者，唯少游一人而已。（沈雄《古今詞話》引）

胡仔云：少游詞雖婉美，然格力失之弱。（《苕溪漁隱叢話》）

李清照云：秦詞專主情致，而少故實，譬如貧家美女，雖極妍麗丰逸，而終

乏富貴態。(《苕溪漁隱叢話》引)

蘇籀云：秦校理詞，落盡畦畛，天心月脅，逸格超絕，妙中之妙；議者謂前無倫而後無繼。(《詞林紀事》引)

張炎云：秦少游詞體制淡雅，氣骨不衰，清麗中不斷意脈，咀嚼無滓，久而知味。(《詞源》)

釋覺範云：少游小詞奇麗，咏歌之，想見神情在絳闕道山之間。(《冷齋夜話》)

張綖云：少游多婉約，子瞻多豪放，當以婉約為主。(張刻《淮海集》)

賀裳云：少游能為曼聲以合律，寫景極淒惋動人，然形容處殊無刻肌入骨之言，去韋莊歐陽炯諸家，尚隔一塵。(《皺水軒詞筌》)

彭孫遹云：詞家每以秦七、黃九並稱，其實黃不及秦甚遠，猶高之視史，劉之視辛，雖齊名一時，而優劣自不可掩。(《金粟詞話》)

樓敬思云：淮海詞風骨自高，如紅梅作花，能以韻勝；覺清真亦無此氣味也。(《詞林紀事》引)

《四庫全書提要》云：觀詩格不及蘇、黃，而詞則情韻兼勝，在蘇、黃之上；流傳雖少，要為倚聲家一作手。(《淮海詞》提要)

晉卿曰：少游正以平易近人，故用力者終不能到。(《介存齋論詞雜著》引)

良卿曰：少游詞如花含苞，故不甚見其力量，其實後來作手，無不胚胎於此。(《介存齋論詞雜著》引)

周濟云：少游最和婉醇正，稍遜清真者，辣耳！又云：少游意在含蓄，如花初胎，故少重筆。(《宋四家詞選序論》)

劉熙載云：少游詞有小晏之妍，其幽趣則過之。又云：秦少游詞得《花間》、《尊前》遺韻，卻能自得清新。(《藝概》)

馮煦云：少游以絕塵之才，早與勝流，不可一世；而一謫南荒，遽喪靈寶。故所為詞寄慨身世，閒雅有情思，酒邊花下，一往而深；而怨悱不亂，悄乎得《小雅》之遺，後主而後，一人而已。昔張天如論相如之賦云：「他人之賦，賦才也；長卿、賦心也。」予於少游之詞亦云：他人之詞，詞才也；少游，詞心也。得之於內，不可以傳，雖子瞻之明儁，耆卿之幽秀，猶若有瞠乎後者，況其下耶！（《宋六十一家詞選例言》）

況周頤云：有宋熙豐間，詞學稱極盛，蘇長公提倡風雅，為一代斗山。黃山谷、秦少游、晁无咎，皆長公之客也。山谷、无咎皆工倚聲，體格於長公為近；唯少游自闢蹊徑，卓然名家，蓋其天分高，故能抽祕騁妍於尋常濡染之外，而其所以契合長公者獨深。張文潛贈李德載詩有云：「秦文倩麗舒桃李」，所謂文，固指一切文字而言；若以其詞論，直是初日芙蓉，曉風楊柳，倩麗之桃李，猶當之有愧色焉。王晦叔《碧雞漫志》云：黃晁二家詞皆學坡公，尋其七八；而於少游，獨稱其俊逸精妙，與張子野並論，不言其學坡公，可謂知少游者矣。（《蕙風詞話》）

陳廷焯云：秦少游自是作手，近開美成，導其先路；遠祖溫、韋，取其神、不襲其貌。詞至是乃一變焉，然變而不失其正，遂令議者不病其變，而轉覺有不得不變者。（《白雨齋詞話》）

## 望海潮

梅英疏淡，冰澌溶洩，東風暗換年華。金谷俊游，銅駝①巷陌，新晴細履平沙。

長記誤隨車，正絮翻蝶舞，芳思交加。柳下桃蹊②，亂分春色到人家。西園③夜飲鳴笳，有華燈礙月，飛蓋妨花。蘭苑④未空，行人漸老，重來是事堪嗟。煙暝酒旗斜。但倚樓極目，時見棲鴉。無奈歸心，暗隨流水到天涯。

【註解】

①金谷，洛陽園名；銅駝，洛陽街名。駱賓王詩：「金谷園中花幾色，銅駝路上柳千條。」

②桃蹊，有桃樹的路，《史記李廣傳》引諺語：「桃李不言，下自成蹊。」

③西園，曹植詩：「清夜遊西園，飛蓋相追隨。」

④蘭苑，美麗的花園，此處卽指金谷園。

【評箋】

周濟云：兩兩相形，以整見勁，以兩到字作眼，點出換字精神。（《宋四家詞選》）

譚獻云：「長記誤隨車」句，頓宕。「柳下桃溪」二句，旋斷仍連。後半闋若陳、隋小賦縮本，填詞家不以唐人為止境也。（《譚評詞辨》）

陳廷焯云：少游詞最深厚、最沈着。如「柳下桃溪，亂分春色到人家。」思路幽絕，其妙令

人不能思議。（《白雨齋詞話》）

## 八六子

倚危亭、恨如芳草①，萋萋剗盡還生。念柳外青驄別後，水邊紅袂分時，愴然暗驚。　無端天與娉婷②，夜月一簾幽夢，春風十里柔情。怎奈向③、歡娛漸隨流水，素絃聲斷，翠綃香減。那堪片片飛花弄晚，濛濛殘雨籠晴。正銷凝④，黃鸝又啼數聲⑤。

【註解】

①恨如芳草，李煜詞：「離恨恰如芳草，漸行漸遠還生。」

②娉婷，美貌，卽以指美人。杜甫詩：「不惜嫁娉婷。」

③怎奈向，宋人方言，向卽向來意，向字語尾，後人誤改作怎奈何。

④銷凝，含悶。

⑤黃鸝又啼數聲，杜牧《八六子》末句：「正銷魂，梧桐又移翠陰。」秦觀摹仿杜詞，見洪邁

《容齋四筆》。

【評箋】

洪邁云：秦少游《八六子》詞云：「片片飛花弄晚，濛濛殘雨籠晴；正銷凝，黃鸝又啼數聲。」語句清峭，為名流推激。予家舊有建本《蘭畹曲集》，載杜牧之一詞，但記其末句云：「正銷魂，梧桐又移翠陰。」秦公蓋效之，似差不及也。（《容齋四筆》）

張炎云：離情當如此作，全在情景交煉，得言外意。（《詞源》）

陳霆云：少游《八六子》尾闋云：「正銷凝，黃鸝又啼數聲。」唐杜牧之一詞，其末云：「正銷魂，梧桐又移翠陰。」秦詞全用杜格，然秦首句云：「倚危亭、恨如芳草，萋萋剗盡還生。」二語妙甚，故非杜可及也。（《渚山堂詞話》）

沈際飛云：恨如剗草還生，愁如春絮相接；言愁，愁不可斷；言恨，恨不可已。又云：長短句偏入四六，《何滿子》之外，復見此。（《草堂詩餘正集》）

先著云：周美成詞：「愁如春後絮來相接。」與「恨如芳草，剗盡還生」，可謂極善形容。（《詞潔》）

周濟云：起處神來之筆。（《宋四家詞選》）

黃蓼園云：寄託耶？懷人耶？詞旨纏綿，音調淒婉如此。（《蓼園詞選》）

## 滿庭芳

山抹微雲，天黏衰草，畫角①聲斷譙門②。暫停征棹，聊共引離尊。多少蓬萊舊事，空回首、煙靄紛紛。斜陽外，寒鴉萬點，流水繞孤村。　消魂，當此際，香囊③暗解，羅帶輕分。漫贏得青樓，薄倖名存④。此去何時見也？襟袖上、空惹啼痕。傷情處，高城望斷，燈火已黃昏。

【註解】

①畫角，見前張先《青門引》註。

②譙門，高樓上之門，可以眺望遠方，今各城市中有鼓樓，正與譙門同。

③香囊，繁欽詩：「何以致叩叩，番囊繫肘後。」

④薄倖名存，杜牧詩：「十年一覺揚州夢，贏得青樓薄倖名。」

## 【評箋】

曾季貍云：少游詞「高城望斷，燈火已黄昏。」用歐陽詹詩云：「高城已不見，況復城中人？」（《艇齋詩話》）

《藝苑雌黃》云：程公闢守會稽，少游客焉，館之蓬萊閣；一日，席上有所悦，自爾眷眷不能忘情，因賦長短句。所謂「多少蓬萊舊事，空回首、煙靄紛紛」也。極為東坡所稱道，取其首句，呼之為「山抹微雲」。中間有「寒鴉數點，流水繞孤村」之句，人皆以為少游自造此語，殊不知亦有所本。予在臨安，見平江梅知錄隋煬帝詩云：「寒鴉千萬點，流水繞孤村。」少游用此語也。（《苕溪漁隱叢話》引）

蔡絛云：范仲温字元實，嘗預貴人家會；有侍兒喜歌秦少游長短句，坐中累不顧及。酒酣懽洽，侍兒始問此郎何人，仲温遽起，叉手而對曰：「某乃山抹微雲女婿也。」聞者為之絶倒。（《鐵圍山叢談》）

葉夢得云：秦少游亦善為樂府，語工而入律，知樂者謂之作家歌，元豐間盛行於淮、楚。「寒鴉萬點，流水繞孤村。」本隋煬帝詩也，少游取以為《滿庭芳》辭，而首言：「山抹微雲，天黏衰草。」尤為當時所傳。蘇子瞻於四學士中，最善少游，故他文未嘗不極口稱賞，豈特

樂府？然猶以氣格為病，故嘗戲云：「山抹微雲秦學士，露花倒影柳屯田。」「露花倒影」，柳永《破陣子》語也。（《避暑錄話》）

黃昇云：秦少游自會稽入京，見東坡，坡曰：「久別當作文甚勝，都下盛唱公『山抹微雲』之詞。」秦遜謝。坡遽云：「不意別後，公卻學柳七作詞。」秦答曰：「某雖無識，亦不至是，先生之言，無乃過乎！」坡云：「『銷魂當此際。』非柳詞句法乎？」秦慚服，然已流傳，不復可改矣。（《花庵詞選》）

吳曾云：杭之西湖有一倅，閒唱少游《滿庭芳》，偶然誤舉一韻云：「畫角聲斷斜陽。」妓琴操在側云：「『山抹微雲，天連衰草，畫角聲斷譙門。』非『斜陽』也。」倅因戲之曰：「爾可改韻否？」琴即改作陽字韻云：「山抹微雲，天連衰草，畫角聲斷斜陽。暫停征轡，聊共飲離觴。多少蓬萊舊侶，空回首、煙靄茫茫。孤村裏，寒鴉萬點，流水繞空牆。魂傷，當此際，輕分羅帶，暗解香囊。漫贏得秦樓薄倖名狂。此去何時見也？襟袖上空有餘香。傷情處，高城望斷，燈火已昏黃。」（《能改齋漫錄》）

晁補之云：少游如《寒景》詞云：「斜陽外，寒鴉數點，流水繞孤村。」雖不識字人，亦知是天生好言語。苕溪漁隱曰：「其褒之如此，蓋不曾見煬帝詩耳。」（《苕溪漁隱叢話》引評《復齋漫錄》）

鈕琇云：少游詞「山抹微雲，天黏衰草」，其用意在「抹」字、「黏」字；況庾闡賦：「浪勢黏天。」張祜詩：「草色黏天鶗鴂恨。」俱有來歷；俗以「黏」作「連」，益信其謬。（《詞林紀事》引）

王世貞云：「寒鴉千萬點，流水繞孤村。」隋煬帝詩也。「寒鴉數點，流水繞孤村。」少游詞也。語雖蹈襲，然入詞尤是當家。（《藝苑卮言》）

沈際飛云：「黏」字工、且有出處，趙文鼎「玉關芳草黏天碧」，劉叔安「暮煙細草黏天遠」，葉夢得「浪黏天葡桃漲綠」，皆用之。又云：人之情，至少游而極，結句「已」字，情波幾疊。（《草堂詩餘正集》）

周濟云：將身世之感，打併入豔情，又是一法。（《宋四家詞選》）

譚獻云：淮海在北宋，如唐之劉文房。下闋不假雕琢，水到渠成，非平鈍所能藉口。（《譚評詞辨》）

## 滿庭芳

曉色雲開，春隨人意，驟雨纔過還晴。古臺芳榭，飛燕蹴紅英。舞困榆錢①自落，鞦韆外、綠水橋平。東風裏，朱門映柳，低按小秦箏。　多情，行樂處，珠鈿翠蓋，玉轡紅纓。漸酒空金榼②，花困蓬瀛③。豆蔻④梢頭舊恨，十年夢、屈指堪驚。憑闌久，疏煙淡日，寂寞下蕪城⑤。

## 【註解】

①榆錢，榆莢成串如錢，因稱榆錢。

②榼，酒器。

③蓬、瀛，蓬萊、瀛州，皆仙山。

④豆蔻，杜牧詩：「娉娉嫋嫋十三餘，豆蔻梢頭二月初。春風十里揚州路，卷上珠簾總不如。」楊慎《丹鉛總錄》云：「牧之詩咏娼女，言美而少，如豆蔻花之未開。」

⑤蕪城，指揚州城。南朝宋竟陵王亂後，城邑荒蕪，鮑照作《蕪城賦》憑弔。

## 【評箋】

宋本《淮海集詞》註云：此詞正少游所作，人傳王觀撰，非也。

許昂霄云：「曉色雲開」三句，天氣；「古臺芳榭」四句，景物；「東風裏」三句，漸説到人事；

「珠鈿翠蓋」二句，會合「漸酒空」四句，離別；「疏煙淡日」二句，與起處反照作收。（《詞綜偶評》）

黃蓼園云：「雨過還晴」，承恩未久也。「燕蹴紅英」，小人讒構也。「榆錢」，自喻也。「綠水橘平」，隨所適也。「朱門秦箏」，彼得意者自得意也。前段敍事，後段則事後追憶之詞。「行樂」三句，追從前也。「酒空」二句，言被謫也。「豆蔻」三句，言為日已久也。「憑闌」二句結。通首黯然自傷也，章法極綿密。（《蓼園詞選》）

陳廷焯云：少游《滿庭芳》諸闋，大半被放後作，戀戀故國，不勝熱中；其用心不逮東坡之忠厚，而寄情之遠，措語之工，則各有千古。（《白雨齋詞話》）

## 減字木蘭花

天涯舊恨，獨自淒涼人不問。欲見回腸，斷盡金鑪小篆香[1]。黛蛾[2]長斂，任是春風吹不展。困倚危樓，過盡飛鴻字字愁。

【註解】

①篆香，將香做成篆文，準十二辰，凡一百刻，可燃一晝夜。見《香譜》。
②黛蛾，指眉，漢宮人掃青黛蛾眉。見《事文類聚》。

## 浣溪沙

漠漠輕寒上小樓，曉陰無賴似窮秋，淡煙流水畫屏幽。　自在飛花輕似夢，無邊絲雨細如愁，寶簾閒掛小銀鉤。

【評箋】
卓人月云：「自在」二語，奪南唐席。（《詞統》）
梁啓超云：奇語。（《藝蘅館詞選》）

## 阮郎歸

湘天風雨破寒初，深沈庭院虛。麗譙①吹罷小單于②，迢迢清夜徂③。　鄉夢斷，旅魂孤，崢嶸④歲又除。衡陽猶有雁傳書，郴陽⑤和雁無。

【註解】

①麗譙，美麗的樓門。

②唐曲有《小單于》。

③徂，過去。

④崢嶸，凛冽意，杜甫詩：「崢嶸歲又除。」

⑤郴陽，今湖南郴縣，在衡陽南。

## 晁元禮

元禮一作端禮，字次膺，其先澶州清豐人，徙家彭門。熙寧六年進士，兩為縣令，忤上官坐廢。晚以承事郎為大晟府協律。有《閒齋琴趣》六卷。

### 綠頭鴨

晚雲收，淡天一片琉璃。爛銀盤①、來從海底，皓色千里澄輝。瑩無塵、素娥淡佇，靜可數、丹桂參差。玉露初零，金風未凜，一年無似此佳時。露坐久、疏螢時度，烏鵲②正南飛。瑤臺冷，闌干憑暖，欲下遲遲。　念佳人、音塵別後，對此應解相思。最關情、漏聲正永，暗斷腸、花陰偷移。料得來宵，清光未減，陰晴天氣又爭知。共凝戀、如今別後，還是隔年期。人強健，清尊素影，長願相隨。

**【註解】**

①爛銀盤，見盧仝詩：「爛銀盤從海底出。」

②烏鵲，見曹操詩：「月明星稀，烏鵲南飛。」

## 趙令畤

令畤，字德麟，太祖次子，燕王德昭元孫。元祐中簽書潁州公事，坐與蘇軾交通，罰金，入黨籍。紹興初，襲封安定郡王同知行在大宗正事。薨，贈開府儀同三司。有《聊復集》。近趙萬里輯得一卷。先著云：趙令畤，賀方回之亞；毛澤民亦三影郎中之次也。清超絕俗，詞中固自難。（《詞潔》）

## 蝶戀花

欲減羅衣寒未去，不捲珠簾，人在深深處。紅杏枝頭花幾許？啼痕止恨清明雨。　盡日沈煙香[1]一縷，宿酒醒遲，惱破春情緒。飛燕又將歸信誤，小屏風上西江路。

【註解】

①沈煙香，沈香乃植物名，瑞香科，木材可作熏香料。又名沈水香。

【評箋】

李攀龍云：託杏寫興，託燕傳情，懷春幾許衷腸。（《草堂詩餘雋》）

沈際飛云：開口澹冶鬆秀。又云：末路情景，若近若遠，低徊不能去。（《草堂詩餘正集》）

## 蝶戀花

捲絮風頭寒欲盡，墜粉飄香，日日紅成陣。新酒又添殘酒困，今春不減前春恨。　蝶去鶯飛無處問，隔水高樓，望斷雙魚[1]信。惱亂橫波秋一寸[2]，斜陽只與黃昏近。

【註解】

①雙魚，代表書簡。古詩：「客從遠方來，遺我雙鯉魚，呼兒烹鯉魚，中有尺素書。」

②秋一寸，謂目。

【評箋】

李攀龍云：妙在寫情語，語不在多，而情更無窮。（《草堂詩餘雋》）

沈際飛云：恨春日又恨黃昏，黃昏滋味更覺難嘗耳。又云：斜陽在目，各有其境，不必相同。一云「卻照深深院」，一云「只送平波遠」，一云「只與黃昏近」，句句沁人毛孔皆透。（《草堂詩餘正集》）

沈雄云：山谷謂好詞惟取陡健圓轉。屯田意過久許，筆猶未休。待制滔滔漭漭，不能盡變。如趙德麟云：「新酒又添殘酒困，今春不減前春恨。」陸放翁云：「只有夢魂能再遇，堪嗟夢不由人做。」又黃山谷云：「春未透，花枝瘦，正是愁時候。」粱貢父云：「拚一醉留春，

留春不住，醉裏春歸。」此則陸健圓轉之榜樣也。（沈雄《古今詞話》）

按以上二首又入《小山詞》。

## 清平樂

春風依舊，著意隋堤柳①。搓得鵝兒黃②欲就，天氣清明時候。　去年紫陌青門③，今宵雨魄雲魂④。斷送一生憔悴，只消幾箇黃昏？

### 【註解】

①隋堤柳，隋煬帝開通濟渠，沿渠築堤，沿堤植柳。

②鵝兒黃，指柳條似鵝黃。

③紫陌青門，指遊冶之處。

④雨魄雲魂，人去似雨收雲散。

### 【評箋】

卓人月云：韋莊云：「春雨足，染就一溪新綠。」合作可作一聯：「新雨染成溪水綠，舊風搓得柳條黃。」（《詞統》）

李攀龍云：對景傷春，至「斷送一生」語，最為悲切。（《草堂詩餘雋》）

王世貞云：「斷送一生憔悴，能消幾個黃昏。」此恆語之有情者也。（《藝苑卮言》）

按此首一作劉弇詞。

## 晁補之

補之，字无咎，鉅野人。年十七，從父端友宰杭州之新城，著《錢塘七述》，受知蘇軾。舉進士，試開封及禮部別院，皆第一。元祐中，為著作郎。紹聖末，謫監信州酒稅，起知泗州，入黨籍。有《琴趣外篇》六卷，見汲古閣刊本，又見雙照樓景宋、元、明本詞本。

陳振孫云：无咎嘗云：「今代詞手，唯秦七、黃九。然兩公之詞，亦自有不同。若无咎佳者，固未多遜也。」（《直齋書錄解題》）

毛晉云：无咎雖遊戲小詞，不作綺豔語。（《琴趣外篇跋》）

馮煦云：晁无咎為蘇門四士之一，所為詩餘，無子瞻之高華，而沈咽則過之。（《六十一家詞選例言》）

劉熙載云：无咎詞堂廡頗大，人知辛稼軒《摸魚兒》「更能消幾番風雨」一闋，為後來名家所競效，其實辛詞即无咎《摸魚兒》「買陂塘旋栽楊柳」之波瀾也。（《藝概》）

## 水龍吟 次韻林聖予《惜春》

問春何苦匆匆，帶風伴雨如馳驟。幽葩細萼，小園低檻，壅培未就。吹盡繁紅，占春長久，不如垂柳。算春長不老，人愁春老，愁只是、人間有。　春恨十常八九，忍輕孤、芳醪①經口。那知自是、桃花結子，不因春瘦。世上功名，老來風味，春歸時候。最多情猶有，尊前青眼②，相逢依舊。

【註解】

①醪，酒。

②青眼，喜悅時正目而視，眼多青處。晉阮籍能為青白眼。

## 憶少年 別歷下①

無窮官柳，無情畫舸，無根行客。南山尚相送，只高城人隔。　罨畫②園林溪紺③碧，算重來、盡成陳跡。劉郎④鬢如此，況桃花顏色。

【註解】

①歷下，山東歷城縣。

②罨畫，畫家謂雜彩色之畫為罨畫。

③紺，紅青色。

④劉郎，劉禹錫詩：「玄都觀裏桃千樹，盡是劉郎去後栽。」

【評箋】

沈雄云：結句如《水龍吟》之「作霜天曉」「繫斜陽纜」亦是一法，如《憶少年》之「況桃花顏色」，《好事近》之「放真珠簾隔」，緊要處，前結如奔馬收繮，須勒得住，又似住而未住；後結如泉流歸海，要收得盡，又似盡而不盡者。（沈雄《古今詞話》）

卓人月云：謝逸《柳梢青》「無限離情，無窮江水」類此。（《詞統》）

先著云：「花無人戴，酒無人勸，醉也無人管。」與此詞起處同一警絕。唐以後特地有詞，正以有如許妙語，詩家收拾不盡耳。（《詞潔》）

## 洞仙歌　泗州中秋作

青煙冪①處，碧海飛金鏡。永夜閒階臥桂影。露涼時，零亂多少寒螿②，神京遠，惟有藍橋③路近。　水晶簾不下，雲母屏④開，冷浸佳人淡脂粉。待都將許多明，付與金尊，投曉共流霞⑤傾盡。更攜取胡牀上南樓⑥，看玉做人間，素秋千頃。

### 【註解】

①冪，遮蓋。

②寒螿，寒蟲。

③藍橋，在陝西省藍田縣東南，唐裴航過雲英處。

④雲母屏，雲母為花崗巖，晶體透明，可以作屏。
⑤流霞，仙酒名，見《抱朴子》。
⑥南樓，見前王安石《千秋歲引》註。

## 【評箋】

胡仔云：凡作詩詞，要當如常山之蛇，救首救尾，不可偏也。如晁无咎作《洞仙歌》，其首云：「青煙冪處」三句，固已佳矣；其後闋「待都將」至末，若此可謂善救首尾者矣。（《苕溪漁隱叢話》）

毛晉云：无咎，大觀四年卒於泗州官舍，自畫山水留春堂大屏，上題云：「胸中正可吞雲夢，盞底何妨對聖賢；有意清秋入衡霍，為君無盡寫江天。」又咏《洞仙歌》一闋，遂絕筆。（《琴趣外編跋》）

李攀龍云：此詞前後照應，如織錦然，真天孫手也。（《草堂詩餘雋》）

黃蓼園云：前段從無月看到有月，後段從有月看到月滿，層次井然，而詞致奇傑。各段俱有新警語，自覺冰魂玉魄，氣象萬千，興乃不淺。（《蓼園詞選》）

# 晁沖之

沖之，字叔用，一字用道，鉅野人。第進士，坐黨籍，廢居具茨山下。近趙萬里輯有《晁叔用詞》一卷。

陳鵠云：晁沖之，政和間作《漢宮春》咏梅獻蔡攸，攸進其父京曰：「今日於樂府中得一人。」因以大晟府丞用之。（《耆舊續聞》）

## 臨江仙

憶昔西池池上飲，年年多少歡娛。別來不寄一行書，尋常相見了，猶道不如初。　安穩錦衾今夜夢，月明好渡江湖。相思休問定何如？情知春去後，管得落花無。

【評箋】

許昂霄云：淡語有深致，咀之無窮。（《詞綜偶評》）

# 舒亶

宣，字信道，明州慈溪人。治平二年進士，試禮部第一。神宗朝，為御史中丞。徽宗朝，累除龍圖閣待制。近趙萬里輯有《舒學士詞》一卷。

## 虞美人

芙蓉落盡天涵水，日暮滄波起。背飛雙燕貼雲寒，獨向小樓東畔倚闌看。浮生只合尊前老，雪滿長安道。故人早晚上高臺，寄我江南春色一枝梅。

# 朱服

服，字行中，烏程人。熙寧六年進士。哲宗朝，歷中書舍人、禮部侍郎。徽宗朝，加集賢殿修撰。知廣州，黜知袁州，再貶蘄州。

## 漁家傲

小雨纖纖風細細，萬家楊柳青煙裏。戀樹溼花飛不起，愁無際，和春付與東流水。九十光陰能有幾？金龜①解盡留無計。寄語東陽②沽酒市，拚一醉，而今樂事他年淚。

【註解】

①金龜，唐三品以上官佩金龜。

②東陽，今浙江金華縣。

【評箋】

方勺云：朱行中自右史出典數郡，是時年尚少，風采才藻皆秀整。守東陽日，嘗作《漁家傲．春詞》云云。予以門下士，每或從公。公往往乘醉大言：「你曾見我『而今樂事他年淚』否？」蓋公自謂好句，故誇之也。予嘗心惡之而不敢言。行中後歷中書舍人，帥番禺，遂得罪，安置興國軍以死。流落之兆，已見於此詞。（《泊宅篇》）

《烏程舊志》云：朱行中坐與蘇軾遊，貶海州，至東郡，作《漁家傲》詞。讀其詞，想見其人不愧為蘇軾黨也。

況周頤云：白石詞：「少年情事老來悲。」宋朱服句：「而今樂事他年淚。」二語合參，可

悟一意化兩之法。宋周端臣《木蘭花慢》云：「料今朝別後，他時應夢今朝。」與「而今」句同意。（《蕙風詞話》）

## 毛滂

滂，字澤民，衢州人。為杭州法曹，受知東坡，後乃出京、𢖟之門。嘗知武康縣。政和中，守嘉禾。有《東堂詞》，見《六十家詞》刊本及《彊村叢書》刊本。

蔡絛云：昔我先人魯公遭逢聖主，立政建事，以致康泰，每區區其間。有毛滂澤民者，有時名，上十詞，甚偉麗，而驟得進用。（《鐵圍山叢談》）

《四庫全書提要》云：滂詞情韻特勝，陳振孫謂滂他詞雖工，終無及蘇軾所賞一首者，亦隨人之見，非篤論也。（《東堂詞》提要）

### 惜分飛　富陽僧舍作別語贈妓瓊芳

淚溼闌干①花著露，愁到眉峯碧聚。此恨平分取，更無言語空相覷②。　斷雨殘雲無意緒，寂寞朝朝暮暮。今夜山深處，斷魂分付潮回去。

## 【註解】

①闌干，眼淚縱橫貌，白居易《長恨歌》：「玉容寂寞淚闌干。」

②覷，視也。

## 【評箋】

樓敬思書毛滂《惜分飛》詞後云：《東堂集》「淚溼闌干」詞，花庵詞客採入《唐宋絕妙詞》。其《詞話》云：「元祐中，東坡守錢塘，澤民為法曹掾，秩滿辭去。是夕宴客，有妓歌此詞，坡問誰所作？妓以毛法曹對。坡語坐客曰：『郡寮有詞人不及知，某之罪也。』翌日，折柬追還，留連數日。澤民因此得名。」余謂黃昇宋人，其援據不應若是之疎也。按蘇公詩集有《次韻毛滂法曹感雨詩》：「公子豈我徒，衣鉢傳一簞。定非郊與島，筆勢江湖寬。悲吟古寺中，穿帷雪漫漫。他年記此味，芋火對懶殘。」所謂古寺，度即富陽之寺也。公以郊、島目滂，以韓自況，衣鉢云云，傾倒者至矣。然則蘇公知滂不在《惜分飛》詞，而滂之受知於蘇公，又豈待《惜分飛》哉！（《詞林紀事》引）

沈際飛云：第一個相別情態，一筆描來，不可思議。（《草堂詩餘正集》）

周煇云：語盡而意不盡，意盡而情不盡，何酷似乎少游也！（《清波雜志》）

# 陳克

克，字子高，自號赤城居士，臨海人，僑居金陵。紹興中為勅令所刪定官。有《赤城詞》一卷，見《彊村叢書》刊本，又有趙萬里輯本。
李庚云：刪定，余鄉人也。詩多情致，詞尤工。（《詞跋》）
陳振孫云：子高詞格頗高，晏、周之流亞也。（《直齋書錄解題》）
周濟云：子高亦甚有重名，然格韻絕高，昔人謂晏、周之流亞；晏氏父子俱非其敵，以方美成，則又擬不以倫，其溫、韋高弟乎？比溫則薄，比韋則悍，故當出入二氏之門。（《介存齋論詞雜著》）
陳廷焯云：陳子高詞婉雅閒麗，暗合溫、韋之旨，晁无咎、毛澤民、万俟雅言等遠不逮也。（《白雨齋詞話》）

## 菩薩蠻

赤闌橋盡香街直，籠街細柳嬌無力。金碧上青空，花晴簾影紅。　黃衫[1]飛白馬，日日青樓下。醉眼不逢人，午香吹暗塵。

【註解】

①黃衫，隋、唐時少年華貴之服。《唐書禮樂志》言明皇嘗以馬百匹施三重榻，舞傾杯數十回。又以樂工少年姿秀者十餘人衣黃衫文玉帶立左右。

## 菩薩蠻

綠蕪牆繞青苔院，中庭日淡芭蕉捲。蝴蝶上階飛，烘簾自在垂。　玉鉤雙語燕，寶甃[1]楊花轉。幾處簸錢[2]聲，綠窗春睡輕。

【註解】

①甃，瓦溝。

②簸錢，古代一種遊戲，王建《宮詞》云：「暫向玉華階上坐，簸錢贏得兩三籌。」

【評箋】

卓人月云：一「輕」字全首俱靈。（《詞統》）

張惠言云：此自寓。（《張惠言詞選》）

譚獻云：「烘簾自在垂」，以見不聞不見之無窮也。（《譚評詞辨》）

梁啓超云：亡友陳通甫最賞此語。（《藝蘅館詞選》）

# 李元膺

元膺，東平人，南京教官。紹聖間，李孝美作《墨譜法式》，元膺為序，蓋此時人也。趙萬里輯有《李元膺詞》一卷。

## 洞仙歌

一年春物，惟梅柳間意味最深，至鶯花爛漫時，則春已衰遲，使人無復新意，余作《洞仙歌》，使探春者歌之，無後時之悔。

雪雲散盡，放曉晴庭院。楊柳於人便青眼①。更風流多處，一點梅心，相映遠，約略顰輕笑淺。　一年春好處，不在濃芳，小豔疏香最嬌軟。到清明時候，百紫千紅花正亂，已失春風一半。早占取、韶光共追遊，但莫管春寒，醉紅自暖。

【註解】

①青眼，見前晁補之《水龍吟》註。

【評箋】

楊慎云：南唐潘佑嘗應後主令作詞云：「樓上春寒山四面，桃李不須誇爛漫，已失了春風一半。」蓋諷其地漸侵削也，李元膺詞用之。（《詞品》）

卓人月云：「於人」二字，本杜詩「竹葉於人既無分，菊花從此不須開。」一半句似黃玉林「夜來能有幾多寒，已瘦了梨花一半。」（《詞統》）

沈際飛云：不在濃芳，在疏香小豔，獨識春光之微；至已失一半句，誰不猛省。（《草堂詩餘正集》）

李攀龍云：梅心映遠，一字一珠，春寒醉紅自暖，得暘谷初回趣。（《草堂詩餘雋》）

黃蓼園云：隨分自得，有知足持盈意，說來亹亹可聽，知此可以養福，亦可以養德。（《蓼園詞選》）

# 時彥

字邦美，開封人。舉進士第，累官吏部尚書，嘗為開封尹。《宋史》有傳。

## 青門飲

胡馬嘶風，漢旗翻雪，彤雲又吐，一竿殘照。古木連空，亂山無數，行盡暮沙衰草。星斗橫幽館，夜無眠燈花空老。霧濃香鴨，冰凝淚燭，霜天難曉。　長記小妝纔老，一杯未盡，離懷多少。醉裏秋波，夢中朝雨，都是醒時煩惱，料有牽情處，忍思量耳邊曾道。甚時躍馬歸來，認得迎門輕笑。

## 李之儀

之儀，字端叔，自號姑溪居士。之純從弟，滄州無棣人。元豐中舉進士。元祐初為樞密院編修官，從蘇軾於定州幕府。元符中監內香藥庫。徽宗朝提舉河東常平，坐草范純仁遺表，編管太平州卒。有《姑溪詞》，見《六十家詞》刊本。

《四庫全書提要》云：之儀以尺牘擅名，而其詞亦工，小令尤清婉峭蒨，殆不減秦觀。（《姑溪詞》提要）

馮煦云：姑溪詞長調近柳，短調近秦，而均有未至。（《六十一家詞選例言》）

### 謝池春

殘寒消盡，疏雨過、清明後。花徑款餘紅，風沼縈新皺。乳燕穿庭戶，飛絮沾襟袖。正佳時仍晚晝，著人滋味，真箇濃如酒。　頻移帶眼①，空只恁厭厭瘦。不見又思量，見了還依舊，為問頻相見，何似長相守。天不老，人未偶，且將此恨，分付庭前柳。

【註解】

①帶眼，沈約與徐勉書：「老病百日數旬，革帶常應移孔。」見《南史》本傳。

## 卜算子

我住長江頭，君住長江尾；日日思君不見君，共飲長江水。　此水幾時休？此恨何時已？只願君心似我心，定不負相思意。

【評箋】

毛晉云：姑溪詞多次韻，小令更長於淡語、景語、情語。如「鴛衾半擁空牀月」；又如「步懶恰尋牀，臥看游絲到地長」，又如「時時浸手心頭慰，受盡無人知處涼」，卽置之《片玉》、

《漱玉集》中，莫能伯仲。至若「我住長江頭」云云，直是古樂府俊語矣。（《姑溪詞跋》）

## 周邦彥

邦彥，字美成，錢塘人。元豐中獻《汴都賦》，召為太樂正。徽宗朝仕至徽猷閣待制，提舉大晟府。出知順昌府，提舉洞霄宮。晚居明州卒。自號清真居士。有《片玉詞》二卷，《補遺》一卷，見《六十家詞》刊本。又有《西泠詞萃》本，又《清真詞》二卷、附《集外詞》一卷，有四印齋所刻本。又《詳註片玉集》十卷，有涉園景宋金元明本詞續刊本及《彊村叢書》本。又大鶴山人有《清真詞》校本。

劉肅云：周美成以旁搜遠紹之才，寄情長短句，縝密典麗，流風可仰；其徵辭引類，推古誇今，或借字用意，言言皆有來歷，真足冠冕詞林。（《片玉集》註）

陳郁云：美成自號清真，二百年來以樂府獨步；貴人、學士、市儈、妓女，皆知美成詞為可愛。（《藏一話腴》）

樓鑰云：清真樂府播傳，風流自命，顧曲名堂，不能自已。（《清真先生文集序》）

張端義云：美成以詞行，當時皆稱之，不知美成文章大有可觀，可惜以詞掩其他文也。（《貴耳錄》）

強煥云：美成撫寫物態，曲盡其妙。（《詞集序》）

劉克莊云：美成頗偷古句。（《後村詩話》）

陳振孫云：美成詞多用唐人詩隱括入律，混然天成。長調尤善鋪敍，富豔精工，詞人之甲乙也。（《直齋書錄解題》）

張炎云：美成詞渾厚和雅，善於融化詩句。（《詞源》）

王灼云：邦彥能得騷人意旨，此其詞格之所以特高歟？（《碧雞漫志》）

沈義父云：作詞當以清真為主，下字運意，皆有法度，往往自唐、宋諸賢詩詞中來，而不用經史中生硬字面，此所以為冠絕也。（《樂府指迷》）

沈雄云：徽廟時，邦彥提舉大晟樂府，每製一詞，名流輒為賡和，東楚方千里、樂安楊澤民全和之，合為《三英集》行世。（沈雄《古今詞話》）

嚴沆云：詩降而為詞，自《花間集》出而倚聲始盛，其人雖有南唐、楚、蜀之殊，叩其音節，靡有異也。迨至宋，同叔、永叔、方回、叔原、子野，咸本《花間》而漸近流暢；耆卿專主溫麗，或失之俚；子瞻專主雄渾，或失之肆；當其時少游、魯直、補之盡出其門，而正伯蘇氏中表，獨於詞未嘗師蘇氏，寧闌入耆卿之調，工者無論，俚者殆有甚焉。故論詞於北宋自當以美成為最醇。南渡以後，幼安負青兕之力，一意奔放，用事不休；改之、潛夫、經國尤而效之，無復詞人之旨；由是堯章、邦卿，別裁風格，極其爽逸芊豔；宗瑞、賓王、幾叔、勝欲、碧山、叔夏繼之，要其原皆自美成出。（《古今詞選序》）

彭孫遹云：美成詞如十三女子，玉豔珠鮮，政未可以其軟媚而少之也。（《金粟詞話》）

賀裳云：周清真有柳欹花嚲之致，沁人肌骨，視淮海不特娣姒而已。（《皺水軒詞筌》）

《四庫全書提要》云：邦彥妙解聲律，為詞家之冠，所製諸調，非獨音之平仄宜遵，即仄字中上、去、入三音，亦不容相混，所謂分刌節度，深契微

芒，故千里和詞，字字奉為標準。（《片玉詞》提要）

先著云：美成詞乍近之，覺疏樸苦澀，不甚悅口，含咀之久，則舌本生津。又云：詞家正宗，則秦少游、周美成，然秦之去周不止三舍，宋末諸家，皆從美成出。（《詞潔》）

周濟云：美成思力，獨絕千古，如顏平原書，雖未臻兩晉，而唐初之法，至此大備；後有作者，莫能出其範圍矣。又云：讀得清真詞多，覺他人所作，都不十分經意。又云：鉤勒之妙，無如清真，他人一鉤勒便薄，清真愈鉤勒愈渾厚。（《介存齋論詞雜著》）

劉熙載云：周美成詞或稱其無美不備，余謂論詞莫先於品；美成詞信富艷精工，只是當不得箇貞字，是以士大夫不肯學之，學之則不知終日意縈何處矣。又云：周美成律最精審，史邦卿句最警煉，然未得為君子之詞者，周旨蕩而史意貪也。（《藝概》）

戈載云：清真之詞，其意淡遠，其氣渾厚，其音節又復清妍和雅，最為詞家之正宗。（《七家詞選》）

陳廷焯云：詞至美成，乃有大宗，前收蘇、秦之終，後開姜、史之始；自有詞人以來，不得不推為巨擘，後之為詞者，亦難出其範圍。然其妙處，亦不外沈鬱、頓挫，頓挫則有姿態，沈鬱則極深厚；既有姿態、又極深厚，詞中三昧，亦盡於此。（《白雨齋詞話》）

王國維云：美成深遠之致，不及歐、秦，唯言情體物，窮極工巧，故不失為第一流之作者；但恨創調之才多，創意之才少耳。（《人間詞話》）又云：以宋詞比唐詩，則東坡似太白，歐、秦似摩詰，耆卿似樂天，方回、叔原則大曆十子之流，南宋唯一稼軒可比昌黎，而詞中老杜，非先生不可。（《清真先生遺事》）

陳洵云：宋詞既昌，唐音斯暢，二晏濟美，六一專家，爰逮崇寧，大晟立府，制作之事，用集美成；此猶治道之隆於成康，禮樂之備於公旦，且監殷、監夏，無間然矣。又云：清真格調天成，離合順逆，自然中度；夢窗神力獨運，飛沈起伏，實處皆空；夢窗可謂大，清真則幾於化矣。由大而幾化，故當由吳以希周。（《海綃說詞》）
朱孝臧云：兩宋詞人，約可分為疏、密兩派，清真介在疏、密之間，與東坡、夢窗，分鼎三足。（朱評《清真詞》）

## 瑞龍吟

章臺①路，還見褪粉梅梢，試花桃樹。愔愔②坊陌人家，定巢燕子，歸來舊處。　黯凝佇，因念箇人③癡小，乍窺門戶。侵晨淺約宮黃④，障風映袖，盈盈笑語。　前度劉郎重到⑤，訪鄰尋里，同時歌舞，惟有舊家秋娘⑥，聲價如故。吟箋賦筆，猶記燕臺句⑦。知誰伴，名園露飲⑧，東城閒步？事與孤鴻去⑨，探春盡是，傷離意緒。官柳低金縷⑩，歸騎晚、纖纖池塘飛雨。斷腸院落，一簾風絮。

【註解】

①章臺，見前歐陽修《蝶戀花》註。

②愔愔，安靜貌。

③箇人，伊人。

④宮黃，宮人用以塗眉之黃粉。梁簡文帝詩：「約黃能效月。」蜀張泌詞：「依約殘眉理舊黃。」

⑤前度劉郎重到，唐劉禹錫自朗州召回，重過玄都觀，只見兔葵燕麥，動搖春風，因題詩道：「種桃道士知何處，前度劉郎今獨來。」

⑥秋娘，唐金陵歌妓，杜牧有《贈杜秋娘》詩，並有序。

⑦燕臺句，李商隱《贈柳枝》詩：「長吟遠下燕臺句，惟有花香染未消。」

⑧露飲，露頂飲酒。陳元龍註引《筆談》石曼卿露頂而飲。

⑨事與孤鴻去，杜牧詩：「恨如春草多，事逐孤鴻去。」

⑩金縷，形容柳條如金綫。

**【評箋】**

楊慎云：唐制：妓女所居曰坊曲，《北里志》有南曲、北曲，如今之南院北院也。宋陳敬叟詞：「窈窕青門紫曲。」周美成詞：「小曲幽坊月暗。」又「愔愔坊曲人家。」近刻《草堂詩餘》改作「坊陌」，非也。（《詞品》）

黃昇云：此詞自「章臺路」至「歸來舊處」是第一段，自「黯凝佇」至「盈盈笑語」是第二段，此之謂雙拽頭，屬正平調。自「前度劉郎」以下即犯大石，係第三段。至「歸騎」以下四句，再歸正平。諸本皆於吟箋賦筆處分段，非也。（《花庵詞選》）

沈義父云：結句須要放開，合有餘不盡之意，以景烘情最好，如清真之「斷腸院落，一簾風絮」；又「掩重關，遍城鐘鼓」之類是也。或以情結尾亦好，如清真之「天使教人，霎時廝見何妨。」又云：「夢魂凝想鴛侶」之類，便無意思。（《樂府指迷》）

周濟云：「事與孤鴻去」一句，化去町畦。又云：不過桃花人面、舊曲翻新耳，看其由無情入，結歸無情，層層脱換，筆筆往復處。（《宋四家詞選》）

陳洵云：第一段地，「還見」逆入，「舊處」平出。第二段入，「因記」逆入，「重到」平出；第三段換頭。以下撫今追昔，「訪鄰尋里」，今；「同時歌舞」，昔；「惟有舊家秋娘，聲價如故」，今猶昔；而秋娘已去，卻不説出，乃吾所謂留字訣者。於是吟箋、賦筆、露飲、閒步與窺戶、約黃、障袖、笑語皆如在目前矣，又吾所謂能留，則離合順逆皆可隨意指揮也。「事與孤鴻去」，咽住；「探春盡是，傷離意緒」，轉出官柳以下，風景依稀，與梅梢桃樹映照，詞境渾融，大而化矣。（《海綃説詞》）

## 風流子

新綠小池塘，風簾動、碎影舞斜陽。羨金屋去來，舊時巢燕；土花①繚繞，前度莓牆②。繡閣裏、鳳幃深幾許？聽得理絲簧③。欲說又休，慮乖芳信；未歌先噎，愁近清觴④。遙知新妝了，開朱戶、應自待月⑤西廂。最苦夢魂，今宵不到伊行。問甚時說與，佳音密耗，寄將秦鏡⑥，偷換韓香⑦？天便教人，霎時廝見何妨！

**【註解】**

①土花，土中之花，李賀詩：「三十六宮土花碧。」王建詩：「水中荷葉土中花。」

②莓牆，滿生青苔之牆。

③絲簧，管弦樂器。

④清觴，潔淨酒杯。

⑤待月，鶯鶯與張生詩：「待月西廂下，迎風戶半開。」見《會真記》。

⑥秦鏡，漢秦嘉妻徐淑贈秦嘉明鏡，秦嘉賦詩答謝。樂府：「盤龍明鏡餉秦嘉，辟惡生香寄

韓壽。」

⑦韓香，晉賈充女賈午愛韓壽，贈香與壽，賈充聞壽身有香，知午所贈，因以午與壽。見《晉書》。

【評箋】

王明清云：美成為溧水令，主簿之姬有色而慧，每出侑酒，美成為《風流子》以寄意。新綠、待月，皆主簿廳軒名。（《揮麈餘話》）

沈謙云：「天便教人，霎時廝見何妨。」「花前月下，見了不教歸去。」卞急迂妄，各極其妙，美成真深於情者。（《填詞雜說》）

沈際飛云：「土花」對「金屋」工。（《草堂詩餘正集》）

況周頤云：「最苦」二句，「天便」二句，亦愈樸愈厚，愈厚愈雅。（《蕙風詞話》）

黃蓼園云：因見舊燕度莓牆而巢於金屋，乃思自身已在鳳幃之外，而聽別人理絲簧，未免悲咽耳。（《蓼園詞選》）

## 蘭陵王

柳陰直，煙裏絲絲弄碧。隋堤上、曾見幾番，拂水飄綿送行色。登臨望故國，誰識、京華倦客。長亭路、年去歲來，應折柔條過千尺。　閒尋舊蹤跡，又酒趁哀絃，燈照離席，梨花榆火[1]催寒食。愁一箭風快，半篙波暖，回頭迢遞便數驛，望人在天北。　悽惻，恨堆積。漸別浦縈回，津堠[2]岑寂，斜陽冉冉春無極。念月榭攜手，露橋聞笛，沈思前事，似夢裏、淚暗滴。

【註解】

①榆火，清明取榆柳之火賜近臣，順陽氣。見《唐會要》。《雲笈七籤》：「清明一日取榆柳作薪煮食名曰換薪火，以取一年之利。」

②津堠，水邊土堡。

【評箋】

張端義云：道君幸李師師家，偶周邦彥先在焉，知道君至，遂匿牀下。道君自攜橙一顆，云江南初進來，遂與師師謔語，邦彥悉聞之，櫽括成《少年遊》云：「并刀如水，吳鹽勝雪，纖指破新橙；錦幄初溫，獸香不斷，相對坐調笙。低聲問向誰行宿？城上已三更，馬滑霜濃，不如休去，直是少人行。」師師因歌此詞，道君問：「誰作？」師師奏云：「周邦彥詞。」道君大怒，宣諭蔡京：「周邦彥職事廢弛，可日下押出國外。」隔一二日，道君復幸李師師家，不見師師，問其家，知送周監稅；坐久，至更初，李始歸，愁眉淚睫，憔悴可掬；道君大怒云：「爾往那裏去？」李奏：「臣妾萬死，知周邦彥得罪，押出國外，累致一杯相別，不知官家來。」道君問：「曾有詞否？」李奏云：「有《蘭陵王》詞。」即《柳陰直》者是也。道君云：「唱一遍看。」李奏云：「容臣妾奉一杯，歌此詞為官家壽。」曲終，道君大喜，復召為大晟樂正。（《貴耳集》）

毛幵云：紹興初，都下盛行周清真《蘭陵王慢》，西樓南瓦皆歌之，謂之「渭城三疊」。以周詞凡三換頭，至末段聲尤激越，唯教坊老笛師能倚之以節歌者。其譜傳自趙忠簡家，忠簡於建炎丁未九日南渡，泊舟儀真江口，遇宣和大晟樂府協律郎某，叩獲九重故譜，因令家伎習之，遂流傳於外。（《樵隱筆錄》）

賀裳云：周清真避道君，匿李師師榻下，作《少年遊》以咏其事，吾極喜其「錦幄初溫，獸煙不斷，相對坐調笙」，情事如見。至：「低聲問向誰行宿？城上已三更，馬滑霜濃，不如休去」等語，幾於魂搖目蕩矣。及被謫後，師師持酒餞別，復作《蘭陵王》贈之，中云：「愁一箭風快，半篙波暖，回頭迢遞便數驛。」酷盡別離之慘；而題作咏柳，不書自事，則意趣索然，不見其妙矣。（《皺水軒詞筌》）

沈際飛云：閒尋舊跡以下，不沾題而宣寫別懷，無抑塞。（《草堂詩餘正集》）

周濟云：客中送客，一「愁」字代行者設想；以下不辨是情是景，但覺煙靄蒼茫。「望」字、「念」字尤幻。（《宋四家詞選》）

陳廷焯云：美成詞極其感慨，而無處不鬱，令人不能遽窺其旨。如《蘭陵王》云：「登臨望故國，誰識京華倦客？」二語是一篇之主，上有「隋堤上，曾見幾番，拂水飄綿送行色」之句，暗伏倦容之根，是其法密處。故下文接云：「長亭路，年去歲來、應折柔條過千尺。」久客淹留之感，和盤托出。他手至此，以下便直抒憤懣矣。美成則不然，「閒尋舊蹤跡」二疊，無一語不吞吐，只就眼前景物，約略點綴，更不寫淹留之故，卻無處非淹留之苦；直至收筆云：「沈思前事，似夢裏，淚暗滴。」遙遙挽合，妙在才欲說破，便自咽住，其味正自無窮。（《白雨齋詞話》）

譚獻云：已是磨杵成針手段，用筆欲落不落，「愁一箭風快」等句之噴醒，非玉田所知。「斜

陽冉冉春無極」七字，微吟千百遍，當入三昧，出三昧。（《譚評詞辨》）

梁啓超云：「斜陽」七字，綺麗中帶悲壯，全首精神振起。（《藝蘅館詞選》）

陳洵云：託柳起興，非咏柳也。「弄碧」一留，卻出「隋堤」；「行色」一留，卻出「故國」；「長亭路」應「隋堤上」，「年去歲來」應「拂水飄綿」，全為「京華倦客」四字出力。第二段「舊蹤」，往事，一留；「離席」今情，一留；於是以「梨花榆火催寒食」一句脱開。「愁一箭」至「數驛」三句逆提，然後以「望人在天北」合上「離席」作歇拍。第三段「漸別浦」至「岑寂」，乃證上「愁一箭」至「波暖」二句；蓋有此「漸」，乃有此「愁」也。「愁」是逆提，「漸」是順應，「春無極」正應上「催寒食」。「催寒食」是脱，「春無極」是復。「月榭攜手、露橋聞笛」是離席前事。「似夢裏淚暗滴」，仍用逆挽。周止庵謂復處無脱不縮，故脱處如望海上神山。詞境至此，謂之不神，不可也。（《海綃説詞》）

## 瑣窗寒

暗柳啼鴉，單衣佇立，小簾朱戶。桐花半畝，靜鎖一庭愁雨。灑空階、夜闌未休，故人翦燭西窗語①。似楚江暝宿，風燈零亂②，少年羈旅。遲暮，嬉遊處。

正店舍無煙，禁城百五③。旗亭④喚酒，付與高陽儔侶⑤。想東園、桃李自春，小唇秀靨⑥今在否？到歸時、定有殘英，待客攜尊俎。

## 【註解】

①剪燭西窗語，李商隱詩：「何當共剪西窗燭，卻話巴山夜雨時。」

②風燈零亂，杜甫詩：「風起春燈亂。」

③禁城百五，《荊楚歲時記》說，去冬節一百五日，有疾風甚雨，謂之「寒食」。元稹詩：「初過寒食一百六，店舍無煙宮樹綠。」

④旗亭，市樓立旗於上。

⑤高陽儔侶，漢酈食其以儒冠見沛公劉邦，劉邦以其為儒生，不見，食其按劍大呼，我非儒生，乃高陽酒徒也。劉邦因見之，見《史記》。

⑥小唇秀靨，李賀詩：「濃眉籠小唇」，又「晚奩妝秀靨」。

## 【評箋】

李攀龍云：上描旅思最無聊，下描酒興最無聊，又云：寒窗獨坐，對此禁煙時光，呼盧浮白，寧多遜高陽生哉！（《草堂詩餘雋》）

周濟云：奇橫。（《宋四家詞選》）

黃蓼園云：前寫宦況淒清，後段起處點清寒食，以下引到思家。（《蓼園詞選》）

陳洵云：由戶而庭，由昏而夜，一步一境，總趨歸故人剪燭一句。「楚江瞑宿，少年羈旅」，又換一境。二「似」字極幻，「遲暮」鉤轉，渾化無跡。以下設景、設情，層層脫換，皆收入「西窗語」三字中。美成藏此金針，不輕與人。（《海綃說詞》）

## 六醜　薔薇謝後作

正單衣試酒，悵客裏、光陰虛擲。願春暫留，春歸如過翼①，一去無跡。為問家何在？夜來風雨，葬楚宮傾國②。釵鈿墮處遺香澤，亂點桃蹊，輕翻柳陌。多情為誰追惜？但蜂媒蝶使，時叩窗槅。　東園岑寂，漸蒙籠暗碧③，靜繞珍叢④底。成歎息：長條故惹行客，似牽衣待話，別情無極。殘英小、強簪巾幘⑤，終不似、一朵釵頭顫裊，向人欹側。漂流處、莫趁潮汐，恐斷紅⑥、尚有相思字，何由見得？

## 【註解】

①過翼，飛鳥。

②楚宮傾國，喻落花，温庭筠詩：「夜來風雨落殘花。」

③蒙籠暗碧，指綠葉。

④珍叢，指花叢。

⑤巾幘，布帽。

⑥斷紅，唐盧渥應舉，偶到御溝，見紅葉上題詩云：「流水何太急，深宮竟日閒。殷勤謝紅葉，好去到人間。」事見《雲溪友議》。

## 【評箋】

龐元英云：唐小説記紅葉事凡四，其二《雲溪友議》，盧渥舍人應舉之歲，偶臨御溝，見紅葉上有詩云：「流水何太急，深宮竟日閒；殷勤謝紅葉，好去到人間。」本朝詞人，罕用此事，惟周清真樂府兩用之。《六醜》咏落花云：「飄流處，莫趁潮汐，恐斷紅尚有相思字，何由見得？」脱胎換骨之妙極矣。（《談藪》）

周密云：宣和中，以李師師能歌舞稱；時周邦彥為太學生，時遊其家，一夕，祐陵臨幸，倉卒避去。既而賦小詞，所謂「并刀如水，吳鹽勝雪」者。蓋紀此夕事也。未幾李被宣喚，遂歌於上前，問：「誰作？」以邦彥對，遂以解褐，自此通顯。既而朝廷賜酺，師師又歌《大酺》、《六醜》二解，上顧教坊使袁綯問，綯曰：「此起居舍人新知潞州周邦彥作也。」問《六醜》之義，莫能對。召邦彥問之，對曰：「此犯六調，皆聲之美者，然絕難歌。」上喜，意將留行，且以近多祥瑞，將使播之樂章，命蔡元長叩之；邦彥云：「某老矣，頗悔少作。」會起居郎張果廉知邦彥嘗於親王席上作小詞贈舞鬟，云：「歌席上，無賴是橫波。寶髻玲瓏欹玉燕，繡巾柔膩掩香羅；何況會婆娑？無箇事，因甚斂雙蛾？淺淡梳妝疑是畫，惺忪言語勝聞歌；好處是情多。」為蔡道其事，上知之，由是得罪。（《浩然齋雅談》）

沈際飛云：真愛花者，一花將萼，移枕攜襆睡臥其下，以觀花之由微至盛、至落，至於萎地而後已，善哉。又云：漂流一段，節起新枝，枝發奇萼，長調不可得矣。（《草堂詩餘正集》）

周濟云：「願春暫留，春歸如過翼，一去無跡。」十三字千回百折，千錘百煉，以下乃鵬羽自逝。又云：不說人惜花，卻說花戀人；不從無花惜春，卻從有花惜春；不惜已簪之殘英，偏惜欲去之斷紅。（《宋四家詞選》）

陳廷焯云：「為問家何在」，上文有「悵客裏光陰虛擲」之句，此處點醒題旨，既突兀，又綿密，妙只五字束住。下文反覆纏綿，更不糾纏一筆，卻滿紙是羈愁抑鬱，且有許多不敢說處；

言中有物，吞吐盡致。（《白雨齋詞話》）

譚獻云：「願春」二句，逆入平出，亦平入逆出。「為問」三句，搏兔用全力。「靜繞」三句，處處斷、處處連。「殘英」句卽願春暫留也。「飄流」句卽春歸如過翼也。末二句仍在逆挽。《片玉》所獨。（《譚評詞辨》）

黃蓼園云：自歎年老遠宦，意境落寞；借花起興，以下是花、是自己，比興無端，指與物化，奇情四溢，不可方物，人巧極而天工生矣！結處意致尤纏綿無已。（《蓼園詞選》）

蔣敦復云：清真《六醜》一詞，精深華妙，後來作者，罕能繼蹤。（《芬陀利室詞話》）

## 夜飛鵲

河橋送人處，涼夜何其。斜月遠、墜餘輝，銅盤燭淚已流盡，霏霏涼露沾衣。相將散離會，探風前津鼓，樹杪參旗①。花驄會意，縱揚鞭、亦自行遲。　迢遞路回清野，人語漸無聞，空帶愁歸。何意重經前地，遺鈿不見，斜徑都迷。兔葵燕麥，向斜陽欲與人齊。但徘徊班草②，欷歔③酹酒，極望天西。

## 【註解】

①參，星名。參旗，旗上畫有星辰。

②班草，佈草而坐。

③欷歔，揚雄《方言》：「哀而不泣曰欷歔。」

## 【評箋】

沈際飛云：今之人，務為欲別不別之狀，以博人懽、避人議，而真情什無二三矣。能使華騮會意，非真情所潛格乎？（《草堂詩餘正集》）

陳元龍云：王介甫詩：「班草數行衣上淚」，又：「待追西路聊班草」，或即如班荊之義也。（《片玉詞》註）

黃蓼園云：自將行至遠送，又自去後寫懷望之情，層次井然而意致綿密，詞采穠深，時出雄厚之句，耐人咀嚼。（《蓼園詞選》）

周濟云：班草是散會處，酹酒是送人處，二處皆前地也，雙起故須雙結。（《宋四家詞選》）

梁啓超云：「兔葵燕麥」二語，與柳屯田之「曉風殘月」，可稱送別詞中雙絕，皆鎔情入景也。

（《藝蘅館詞選》）

陳洵云：「河橋送人處」逆入，「何意重經前地」平出。換頭三句，將上闋盡化煙雲，然後轉出下句，事過情留，低徊無盡。（《海綃說詞》）

## 滿庭芳

夏日溧水無想山作

風老鶯雛，雨肥梅子①，午陰嘉樹清圓。地卑山近，衣潤費鑪煙。人靜烏鳶自樂②，小橋外、新綠濺濺。憑闌久，黃蘆苦竹，疑泛九江船③。　年年，如社燕④，飄流瀚海⑤，來寄修椽⑥。且莫思身外⑦，長近尊前。憔悴江南倦客，不堪聽、急管繁絃。歌筵畔，先安枕簟⑧，容我醉時眠。

【註解】

①雨肥梅子，杜甫詩：「紅綻雨肥梅。」

②人靜烏鳶自樂，杜甫詩：「人靜烏鳶樂。」

③疑泛九江船，白居易《琵琶行》：「住近湓江地低溼，黃蘆苦竹繞宅生。」

④社燕，燕春社來，秋社去，故稱社燕。
⑤瀚海，今蒙古大沙漠，古稱瀚海，又作翰海。《名義考》：「以飛沙若浪，人馬相失若沈，視猶海然，非真有水之海也。」
⑥修椽，高大屋簷。
⑦莫思身外，杜甫詩：「莫思身外無窮事。」
⑧簟，蓆也。

## 【評箋】

沈義父云：詞中多有句中韻，人多不曉，不惟讀之可聽，而歌詩最要叶韻應拍，不可以為閒字而不押。如《木蘭花慢》云：「傾城盡尋勝去」，「城」字是韻。又如《滿庭芳》過處「年年如社燕」，「年」字是韻，不可不察也。（《樂府指迷》）

沈際飛云：「衣潤費爐煙」，景語也，景在「費」字。（《草堂詩餘正集》）

許昂霄云：通首疏快，實開南宋諸公之先聲。「人靜烏鳶樂」，杜句也；「黃蘆苦竹」，出香山《琵琶行》。（《詞綜偶評》）

陳廷焯云：美成詞有前後若不相蒙者，正是頓挫之妙。如《滿庭芳》上半闋云：「人靜烏鳶自樂，小橋外新綠濺濺；凭闌久，黃蘆苦竹，擬泛九江船。」正擬縱樂矣；下忽接云：「年年如社燕，飄流瀚海，來寄修椽。且莫思身外，長近樽前。憔悴江南倦容，不堪聽急管繁絃。歌筵畔，先安枕簟，容我醉時眠。」是烏鳶雖樂，社燕自苦；九江之船，卒未嘗泛。此中有多少說不出處；或是依人之苦，或有患失之心，但說得雖哀怨卻不激烈；沈鬱頓挫中別饒蘊藉。後人為詞，好作盡頭語，令人一覽無餘，有何趣味？（《白雨齋詞話》）

譚獻云：「地卑」二句，覺《離騷》廿五，去人不遠。「且莫」二句，杜詩韓筆。（《譚評詞辨》）

周濟云：體物入微，夾入上下文，中似褒似貶，神味最遠。（《宋四家詞選》）

先著云：黃蘆苦竹，此非詞家所常設字面，至張玉田「意難忘」詞猶特見之，可見當時推許大家者自有在，決非後人以土泥脂粉為詞耳。（《詞潔》）

黃蓼園云：此必其出知順昌後作。前三句見春光已去。地卑至九江船，言其地之僻也。「年年」三句，見宦情如逆旅。「且莫思」句至末，寫其心之難遣也。末句妙於語言。（《蓼園詞選》）

鄭文焯云：案《清真集》強煥序云：「溧水為負山之邑，待制周公元祐癸酉為邑長於斯；所治後圃有亭曰「姑射」，有堂曰「蕭閒」，皆取神仙中事，揭而名之。」此云無想山，蓋亦美成所名，亦神仙家言也。（鄭校《清真集》）

梁啓超云：最頹唐語最含蓄。（《藝蘅館詞選》）

陳洵云：方喜嘉樹，旋苦地卑；正羨烏鳶，又懷蘆竹；人生苦樂萬變，年年為客，何時了乎！且莫思身外，則一齊放下。急管繁絃，徒增煩惱，固不如醉眠之自在耳。詞境靜穆，想見襟度，柳七所不能為也。（《海綃說詞》）

## 過秦樓

水浴清蟾①，葉喧涼吹，巷陌馬聲初斷。閒依露井，笑撲流螢②，惹破畫羅輕扇。人靜夜久憑闌，愁不歸眠，立殘更箭③。歎年華一瞬，人今千里，夢沈書遠。　空見說鬢怯瓊梳，容消金鏡，漸懶趁時勻染。梅風地溽，虹雨苔滋，一架舞紅④都變。誰信無聊為伊，才減江淹⑤，情傷荀倩⑥。但明河影下，還看稀星數點。

【註解】

①清蟾，明月。
②笑撲流螢，杜牧詩：「輕羅小扇撲流螢。」
③更箭，古代以銅壺盛水，壺中立箭以計時刻。《周禮》：「挈壺氏漏水法，更箭以漆桐為之。」
④舞紅，指落花。
⑤才減江淹，《南史》云：「江淹少時，宿於江亭，夢人授五色筆，因而有文章。後夢郭璞取其筆，自此為詩無美句，人稱才盡。」
⑥情傷荀倩，《世說》云：「荀奉倩妻曹氏有豔色，妻常病熱，奉倩以冷身熨之。妻亡，嘆曰：『佳人難再得。』人弔之，不哭而神傷，未幾，奉倩亦亡。」

【評箋】

周濟云：「梅風地溽，虹雨苔滋，一架舞紅都變」三句意味深厚。（《宋四家詞選》）

陳洵云：換頭三句，承「人今千里」，「梅風」三句，承「年華一瞬」，然後以「無聊為伊」三句結情，以「明河影下」兩句結景。篇法之妙，不可思議。（《海綃説詞》）

# 花犯

粉牆低，梅花照眼，依然舊風味。露痕輕綴，疑淨洗鉛華①，無限佳麗。去年勝賞曾孤倚，冰盤同燕喜②。更可惜、雪中高樹，香篝③熏素被。 今年對花最匆匆，相逢似有恨，依依愁悴。吟望久，青苔上，旋看飛墜。相將見、翠丸④薦酒，人正在、空江煙浪裏。但夢想、一枝瀟灑，黃昏斜照水⑤。

## 【註解】

①淨洗鉛華，王安石梅詩：「不御鉛華知國色。」

②冰盤同燕喜，指梅子薦酒，韓愈詩：「冰盤夏薦碧實脆。」

③香篝，即薰籠，「香篝薰素被」喻「梅花如篝雪如被」。

④翠丸，指梅子。

⑤黃昏斜照水，用林逋「疏影橫斜水清淺，暗香浮動月黃昏」咏梅詩句。

## 【評箋】

鄭文焯云：「同燕喜」，《草堂》作「共」。案「共」卽「供」字。杜詩：「開筵得屢供。」此蓋言梅花供一醉之意，較「同」字意長；後人因此字宜平，誤會「共」意，遂改作「同」，不知「同」字與上句「孤倚」義未洽也。（鄭校《清真集》）

林洪云：剝梅浸雪釀之，露一宿，取去，蜜漬之，可薦酒，詞正用此意。（《山家清供》）

黃昇云：此只咏梅花而紆徐反覆，道盡三年間事，圓美流轉如彈丸。（《花庵詞選》）

周濟云：清真詞之清婉者如此，故知建章千門，非一匠所營。（《宋四家詞選》）

黃蓼園云：總是見宦跡無常，情懷落寞耳。忽借梅花以寫，意超而思永。言梅猶是舊風情，而人則離合無常；去年與梅共安冷淡，今年梅正開而人欲遠別，梅似含愁悴之意而飛墜；梅子將圓，而人在空江中，時夢想梅影而已。（《蓼園詞選》）

譚獻云：「依然」句逆入。「去年」句平出。「今年」句放筆為直幹。「吟望久」以下，筋搖脈動。「相將見」二句，如顏魯公書，力透紙背。（《譚評詞辨》）

陳洵云：只「梅花」一句點題，以下卻在題前盤旋。換頭一筆鉤轉。「相將」以下，卻在題後盤旋。收處復一筆鉤轉。往來順逆，磐控自如，圓美不難，難在拙厚。又云：「正在」應「相逢」，「夢想」應「照眼」；結構天然，渾然無跡。又云：此詞體備剛柔，手段開闊，後來稼軒有此手段，無此氣韻，若白石則並不能開闊矣。（《海綃説詞》）

## 大酺

對宿煙收，春禽靜，飛雨時鳴高屋。牆頭青玉旆①，洗鉛霜都盡，嫩梢相觸。潤逼琴絲②，寒侵枕障，蟲網吹黏簾竹。郵亭無人處，聽檐聲不斷，困眠初熟。奈愁極頻驚，夢輕難記，自憐幽獨。行人歸意速，最先念、流潦妨車轂③。怎奈向蘭成④憔悴，衞玠清羸⑤，等閒時、易傷心目。未怪平陽客⑥，雙淚落、笛中哀曲。況蕭索、青蕪國⑦，紅糝⑧鋪地，門外荊桃如菽⑨。夜遊共誰秉燭？

【註解】

①青玉旆，形容新竹。

②潤逼琴絲，王充《論衡》：「天且雨，琴弦緩。」

③流潦妨車轂，途中積水，車不能行。

④蘭成，庾信小字蘭成，有《哀江南》賦。

⑤衛玠，晉人，人聞其名，觀者如堵。先有羸疾，成病而死，年二十七，人以為看殺衛玠。見《世說》。

⑥平陽客，漢馬融，性好音樂，能鼓琴吹笛，臥平陽時，聽客舍有人吹笛甚悲，因作《笛賦》。見《文選》。

⑦青蕪國，雜草叢生地區。溫庭筠詩：「花庭忽作青蕪國。」

⑧紅糝，米粒。紅糝指落花。

⑨菽，豆類。

**【評箋】**

王灼云：世間有離騷，惟賀方回、周美成時時得之。賀《六州歌頭》、《望湘人》、《吳音子》諸曲，周《大酺》、《蘭陵王》諸曲，最奇崛。（《碧雞漫志》）

沈義父云：詞中用事，使人姓名，須委曲得不用出最好。清真詞多要兩人名對使，亦不可學他。如《宴清都》云：「庾信愁多，江淹恨極。」《西平樂》云：「東陵晦跡，彭澤歸來。」《大酺》云：「蘭成憔悴，衛玠清羸。」《過秦樓》云：「才減江淹，情傷荀倩」之類是也。（《樂府指迷》）

李攀龍云：「自憐幽獨」，又「共誰秉燭」，如常山蛇勢，首尾自相擊應。（《草堂詩餘雋》）

周濟云：「怎奈向」，宋人語「向」作「一向」二字解，今語向來也。（《宋四家詞選》）

譚獻云：「牆頭」三句，辟灌皆有賦心，前周後吳，所以為大家也。「行人」二句，亦新亭之淚。「況蕭索」下，一句一折，一步一態，然周昉美人，非時世妝也。（《譚評詞辨》）

陳銳云：清真詞《大酺》云：「牆頭青玉旆。」「玉」字以入代平。下文云「郵亭無人處」，句法皆四平仄。夢窗此句，第四字亦用入聲，守律之嚴如此。（《褒碧齋詞話》）

梁啓超云：「流潦妨車轂」句，託想奇拙，清真最善用之。（《藝蘅館詞選》）

許昂霄云：通首俱寫雨中情景。（《詞綜偶評》）

陳洵云：自「宿煙收」至「相觸」六句，屋外景。「潤逼」至「簾竹」三句，屋內景。「困眠初熟」四字逆出，「聽簷聲不斷」，是未眠熟前情景。「郵亭」上九句是驚覺後情事。困眠則聽，驚覺則愁；「郵亭」一句，作中間停頓；「奈愁極」二句，作兩邊照應。曰「煙收」、曰「禽靜」，則不特無人。蟲網吹黏，鉛霜洗盡；靜中始見，總趨歸「幽獨」二字。「行人歸意速」陡接，「最先念流潦妨車轂」倒提；復以「怎奈向」三字鉤轉，將上闋有情事總納入「傷心目」三字中。「未怪平陽客」塾起，「況蕭索青蕪國」跌落，「共誰秉燭」與「自憐幽獨」，顧盼含情，神光離合，乍陰乍陽，美成信天人也。（《海綃說詞》）

## 解語花 上元

風消燄蠟，露浥烘鑪①，花市光相射。桂華②流瓦，纖雲散、耿耿素娥欲下。衣裳淡雅，看楚女纖腰一把。簫鼓喧、人影參差，滿路飄香麝。　因念都城放夜③，望千門如畫，嬉笑遊冶。鈿車羅帕，相逢處、自有暗塵隨馬④。年光是也，惟只見、舊情衰謝。清漏移、飛蓋歸來，從舞休歌罷。

【註解】

①烘鑪，指花燈。
②桂華，代表月光。
③放夜，陳元龍《片玉樂》註引《新記》：「京城街衢有金吾曉暝傳呼以禁夜行。惟正月十五夜勑金吾弛禁前後路一日，謂之『放夜』。」

④暗塵隨馬，蘇味道詩：「暗塵隨馬去，明月逐人來。」

## 【評箋】

張炎云：昔人咏節序，不唯不多，付之歌喉者，類是率俗。如周美成《解語花》咏元夕，史邦卿「東風第一枝」賦立春，「喜遷鶯」賦燈夕；不獨措辭精粹，又且見時節風物之感，人家宴樂之同。（《詞源》）

劉體仁云：詞起結最難，而結尤難於起，須結得有「不愁明月盡，自有夜珠來」之妙乃得。美成《元宵》云：「任舞休歌罷」，則何以稱焉？（《七頌堂詞繹》）

李攀龍云：上是佳人遊玩，下是燈下相逢，一氣呵成。（《草堂詩餘雋》）

周濟云：此美成在荊南作，當與《齊天樂》同時；到處歌舞太平，京師尤為絕盛。（《宋四家詞選》）

陳廷焯云：後半闋縱筆揮灑，有水逝雲捲，風馳電掣之感。（《白雨齋詞話》）

王國維云：詞忌用替代字；美成《解語花》之「桂華流瓦」，境界極妙，惜以「桂華」二字代月耳。夢窗以下，則用代字更多。其所以然者，非意不足則語不妙也。蓋意足則不暇代，

語妙則不必代。此少游之「小樓連苑，繡轂雕鞍」，所以為東坡所譏也。（《人間詞話》）

## 蝶戀花

月皎驚烏棲不定，更漏將闌，轣轆①牽金井。喚起兩眸清炯炯②，淚花落枕紅綿冷。　執手霜風吹鬢影③，去意徊徨，別語愁難聽。樓上闌干④橫斗柄，露寒人遠雞相應。

【註解】

①轣轆，汲水器，即滑車。
②炯炯，發光貌。
③霜風吹鬢影，李賀詩：「春風吹鬢影。」
④闌干，橫斜貌。古樂府：「月沒參橫，北斗闌干。」

【評箋】

沈際飛云：「喚起」句，形容睡起之妙。（《草堂詩餘正集》）

王世貞云：美成能作景語，不能作情語；能入麗字，不能入雅字，以故價微劣於柳。然至「枕痕一線紅生肉」，又「喚起兩眸清炯炯，淚花落枕紅綿冷。」其形容睡起之妙，真能動人。（《藝苑卮言》）

黃蓼園云：按首一闋言未行前聞烏驚漏殘，轆轤響而驚醒淚落。次闋言別時情況淒楚，玉人遠而惟雞相應，更覺淒婉矣。（《蓼園詞選》）

## 解連環

怨懷無託，嗟情人斷絕，信音遼邈。縱妙手、能解連環①，似風散雨收，霧輕雲薄。燕子樓②空，暗塵鎖、一牀絃索。想移根換葉，盡是舊時，手種紅藥③。汀洲漸生杜若④，料舟依岸曲，人在天角。漫記得、當日音書，把閒語閒言，待總燒卻。水驛春回，望寄我、江南梅萼。拚今生、對花對酒，為伊淚落。

【註解】

①解連環，秦遺齊王玉連環，齊王后引椎推破，對秦使說：「謹以解矣。」見《國策》。

②燕子樓，見前蘇軾《永遇樂》註。

③紅藥，紅色芍藥。

④杜若，香草名。《楚辭湘夫人》篇有：「搴汀洲兮杜若」句。

【評箋】

李攀龍云：形容閨婦哀情，有無限懷古傷今處，至末尤見詞語壯麗，體度豔冶。（《草堂詩餘雋》）

## 拜星月慢

夜色催更，清塵收露，小曲幽坊月暗。竹檻燈窗，識秋娘①庭院。笑相遇，似覺瓊枝玉樹相倚，暖日明霞光爛。水盼②蘭情，總平生稀見。畫圖中、舊識春風面，誰知道、自到瑤臺③畔。眷戀雨潤雲溫，苦驚風吹散。念荒寒、寄宿無人館，重門閉，敗壁秋蟲歎。怎奈向④、一縷相思，隔溪山不斷。

【註解】

①秋娘，見前《瑞龍吟》註。

②水盼，謂目如秋水。

③瑤臺，仙人所居，見《拾遺記》。

④怎奈向，見前秦觀《八六子》註。

【評箋】

卓人月云：蟲曰歎，奇。實甫草橋店許多鋪寫，當為此一字屈首。（《詞統》）

李攀龍云：上相遇間，如瓊玉生光；下相思處，渾如溪山隔斷。（《草堂詩餘雋》）

周濟云：全是追思，卻純用實寫。但讀前半闋，幾疑是賦也。換頭再為加倍跌宕之，他人萬萬無此力量。（《宋四家詞選》）

潘游龍云：前一晌留情，此一縷相思，無限傷感。（《古今詩餘醉》）

黃蓼園云：「驚風」句，怨有所歸也，可以怨矣；「隔溪」句，饒有敦厚之致。（《蓼園詞選》）

## 關河令

秋陰時晴漸向暝，變一庭淒冷。佇聽寒聲，雲深無雁影。　更深人去寂靜，但照壁、孤燈相映。酒已都醒，如何消夜永？

【評箋】

周止庵云：淡永。

## 綺寮怨

上馬人扶殘醉，曉風吹未醒。映水曲、翠瓦朱檐，垂楊裏、乍見津亭。當時曾題敗壁，蛛絲罩、淡墨苔暈青。念去來、歲月如流，徘徊久、歎息愁思盈。　去去倦尋路程，江陵舊事，何曾再問楊瓊①。舊曲淒清，斂愁黛、與誰聽？尊前故人如在，想念我、最關情。何須渭城②，歌聲未盡處，先淚零。

【註解】

①楊瓊，陳註《片玉集》：「楊瓊事未詳。」白居易詩：「就中猶有楊瓊在，堪上東山伴謝公。」

②渭城，王維《渭城曲》：「渭城朝雨浥輕塵，客舍青青柳色新。勸君更進一杯酒，西出陽關無故人。」

## 尉遲杯

隋堤路，漸日晚、密靄生煙樹。陰陰淡月籠沙，還宿河橋深處。無情畫舸，都不管、煙波隔前浦。等行人、醉擁重衾，載將離恨歸去①。因思舊客京華，長偎傍疏林，小檻歡聚。冶葉倡條②俱相識，仍慣見珠歌翠舞。如今向、漁村水驛，夜如歲、焚香獨自語。有何人、念我無聊，夢魂凝想鴛侶。

【註解】

①載將離恨歸去，唐鄭仲賢詩：「亭亭畫舸繫寒潭，直到行人酒半酣。不管煙波與風雨，載將離恨過江南。」

②冶葉倡條，指歌伎，李商隱詩：「冶葉倡條徧相識。」

**【評箋】**

沈際飛云：蘇詞「只載一船離恨向西州」；秦詞「載取暮愁歸去」；又是一觸發。（《草堂詩餘正集》）

周濟云：南宋諸公所斷不能到者，出之平實，故勝。又云：一結拙甚。（《宋四家詞選》）

譚獻云：「無情」二句，沈著，因思句見筆法，漁村水驛是挽，收處率意。（《譚評詞辨》）

陳洵云：隋堤一境、京華一境、漁村水驛一境，總入「焚香獨自語」一句中，鴛侶則不獨自矣。只用實說，樸拙渾厚，尤清真之不可及處。「長偎傍」九字，紅友謂於「傍」字豆，正可不必。「偎傍疏林」與「小檻歡聚」是搓挪對。「冶葉倡條」，「珠歌翠舞」；「俱相識」，「仍慣見」；皆如此法。（《海綃說詞》）

## 西河　金陵懷古

佳麗地①，南朝盛事誰記？山圍故國繞清江，髻鬟對起。怒濤寂寞打孤城②，風檣遙度天際。　斷崖樹、猶倒倚，莫愁艇子誰繫③？空餘舊跡鬱蒼蒼，霧沈半壘。夜深月過女牆來，傷心東望淮水。　酒旗戲鼓甚處市？想依稀王謝鄰里，燕子不知何世④，向尋常巷陌人家相對，如說興亡斜陽裏。

【註解】

①佳麗地，謝脁詩：「金陵帝王州，江南佳麗地。」

②怒濤寂寞打孤城，劉禹錫《金陵》詩：「山圍故國周遭在，潮打孤城寂寞回。淮水東邊舊時月，夜深還過女牆來。」

③莫愁艇子誰繫，樂府詩：「莫愁在何處，住在石城西，艇子折兩槳，催送莫愁來。」莫愁原不在金陵，但宋代已有金陵之傳說。

④燕子不知何世，劉禹錫詩：「朱雀橋邊野草花，烏衣巷口夕陽斜。舊時王、謝堂前燕，飛入尋常百姓家。」

【評箋】

曾三異云：周美成詞《金陵懷古》，用莫愁字；金陵石頭城，非莫愁所在；前輩指其誤。予嘗守郢，郡治西偏臨漢江上，石崖峭壁可長數十丈，兩端以繩續之，流傳此為石頭城。莫愁名見古樂府，意者是神，漢江之西岸，至今有莫愁村，故謂艇子往來是也。莫愁像有石本，衣冠甚古，不知何時流傳郢中。郢中倡女，嘗擇一人名以莫愁，示存古意，亦僭瀆矣。（《同話錄》）

卓人月云：瞿宗吉《西湖十景》云：「鈴音自語，也似說成敗。」許伯揚《咏隋河柳》云：「如將亡國恨，說與路人知。」都與此詞末句一例。（《詞統》）

沈際飛云：介甫《桂枝香》獨步不得。又云：吳彥高：「舊時王、謝堂前燕子，飛向誰家。」遜婉切。（《草堂詩餘正集》）

許昂霄云：櫽括唐句，渾然天成。「山圍故國繞清江」四句形勝，「莫愁艇子曾繫」三句古跡，「酒旗戲鼓甚處市」至末，目前景物。（《詞綜偶評》）

梁啓超云：張玉田謂清真最長處，在善融化古人詩句，如自己出。讀此詞，可見詞中三昧。（《藝蘅館詞選》）

## 瑞鶴仙

悄郊原帶郭，行路永、客去車塵漠漠。斜陽映山落，斂餘紅猶戀，孤城闌角。凌波[1]步弱，過短亭、何用素約。有流鶯勸我，重解繡鞍，緩引春酌。

不記歸時早暮，上馬誰扶，醒眠朱閣。驚飆[2]動幕，扶殘醉、繞紅藥。歎西園已是，花深無地，東風何事又惡？任流光過卻，猶喜洞天[3]自樂。

【註解】

①凌波，形容歌女步伐輕盈。《洛神賦》：「凌波微步，羅襪生塵。」

②驚飆，驚人暴風，飆或作飇。

③洞天，道家謂神仙所在之地。

【評箋】

王明清云：美成以待制提舉南京鴻慶宮，自杭徙居睦州，夢中作《瑞鶴仙》一闋，既覺猶能全記，了不詳其所謂也。未幾過方臘之亂，欲還杭州舊居，而道路兵戈已滿，僅得脫免。入錢塘門，見杭人倉皇奔避，如蜂屯蟻沸；視落日在鼓角樓檐間，即詞中所謂「斜陽映山落，斂餘霞猶戀，孤城闌角」者應矣。舊居既不可往，是日無處得食，忽稠人中有呼待制何往者，乃鄉人之侍兒，素所識也；且曰：「月昃必未食，能捨車過酒家乎？」美成從之，驚遽間，連引數杯，腹枵頓解。則詞中所謂：「凌波步弱，過短亭、何用素約？有流鶯勸我，重解繡鞍，緩引春酌」之句應矣。飲罷覺微醉，耳目惶惑，不敢少留，乃徑出城北；江漲橋斷，諸寺士女已盈滿，不能駐足，獨一小寺經閣，偶無人，遂宿其上。即詞中所謂：「不記歸時早暮，上馬誰扶，醒眠朱閣」者應矣。已聞兩浙盡為賊據，因自計方領南京鴻慶宮，有齋廳可居，乃挈家往焉。則詞中所謂：「念西園已是花深無地，東風何事又惡？任流光過了，歸來洞天自樂」之句又應矣！美成生平好作樂府，末年夢中得句，而字字皆應，豈偶然哉？（《玉照新志》）

李攀龍云：自斟自酌，獨往獨來，其莊漆園乎？其邵堯叟乎？其葛天、無懷氏乎？（《草堂詩餘雋》）

周濟云：只閒閒說起，又云「不扶殘醉」，不見紅藥之繫情，東風之作惡；因而追溯昨日送客後，薄暮入城，因所攜之妓倦遊，訪伴小憩，復成酣飲。換頭三句，反透出一「醒」字；「驚飆」一句倒插「東風」，然後以「扶殘醉」三字點睛，結構精奇，金針度盡。（《宋四家詞選》）

許昂霄云：「任流光過卻」緊接上文；「猶喜洞天自樂」，收拾中間。（《詞綜偶評》）

## 浪淘沙慢

晝陰重，霜凋岸草，霧隱城堞。南陌脂車[①]待發，東門帳飲[②]乍闋。正拂面、垂楊堪攬結，掩紅淚[③]、玉手親折。念漢浦、離鴻去何許？經時信音絕。　情切，望中地遠天闊，向露冷、風清無人處，耿耿寒漏咽。嗟萬事難忘，惟是輕別。翠尊未竭，憑斷雲、留取西樓殘月。　羅帶光消紋衾疊，連環解、舊香頓歇；怨歌永、瓊壺敲盡缺[④]。恨春去、不與人期，弄夜色、空餘滿地梨花雪。

### 【註解】

①脂車，以脂塗車轄。

②東門帳飲，漢疏廣辭歸，公卿大夫設祖道，供帳東都門外送行。見《漢書》。

③紅淚，蜀妓灼灼以軟綃聚紅淚寄裴質，見《麗情集》。

④瓊壺敲盡缺，晉王敦酒後，咏魏武樂府：「老驥伏櫪，志在千里。烈士暮年，壯心不已。」

以如意擊唾壺為節，壺口盡缺。見《世說新語》。

【評箋】

萬樹云：美成《浪淘沙慢》，精綻悠揚，為千古絕調。（《詞律》）

周濟云：空際出力，夢窗最得其訣，「翠尊未竭，憑斷雲、留取西樓殘月。」三句一氣趕下，是清真長技，又云：鉤勒勁健峭舉。（《宋四家詞選》）

譚獻云：「正拂面」二句，以見難忘在此。「翠尊」三句，所謂以無厚入有間也。「斷」字「殘」字，皆不輕下。末三句本是人去不與春期，翻說是無聊之思。（《譚評詞辨》）

陳廷焯云：美成詞操縱處有出人意表者。如《浪淘沙慢》一闋，上二疊寫別離之苦，如「掩紅淚、玉手親折」等句，故作瑣碎之筆；至末段蓄勢在後，驟雨飄風，不可遏抑。歌至曲終，覺萬彙哀鳴，天地變色，老杜所謂「意愜關飛動，篇終接混茫」也。（《白雨齋詞話》）

王國維云：美成《浪淘沙慢》詞，精壯頓挫，已開北曲之先聲。（《人間詞話》）

陳洵云：自「曉陰重」至「玉手親折」，全述往事。東門、京師、漢浦，則美成今所在也。「經時信音絕」，逆挽。「念」字益幻。「不與人期」者，不與人以佳期也。梨雪無情，固不如

拂面垂楊。（《海綃說詞》）

## 應天長

條風①布暖，霏霧弄晴，池臺遍滿春色。正是夜堂無月，沈沈晴寒食。梁間燕，前社客②，似笑我、閉門愁寂。亂花過、隔院芸香③，滿地狼藉。長記那回時，邂逅④相逢，郊外駐油壁⑤。又見漢宮傳燭⑥，飛煙五侯宅。青青草，迷路陌。強載酒、細尋前跡。市橋遠、柳下人家，猶自相識。

【註解】

①條風，《易緯》：「立春條風至。」《說文》：「東北曰融風。」段玉裁云：「調風、條風、融風一也。」

②社，祭社神之日有春秋二社，立春後五戊為春社，立秋後五戊為秋社。陳元龍註《片玉集》引歐陽獬《燕》詩：「長到春秋社前後，為誰去了為誰來。」

③芸乃一種香草，可避蠹魚。此處所謂芸香，指亂花之香氣。

④邂逅，不期而遇。

⑤油壁，車壁以油飾之車名油壁車。南齊蘇小小詩：「妾乘油壁車，郎乘青驄馬；何處結同心？西陵松柏下。」

⑥漢宮傳燭，唐韓翃詩：「春城無處不飛花，寒食東風御柳斜。日暮漢宮傳蠟燭，輕煙散入五侯家。」漢桓帝封單超新豐侯，徐璜武原侯，具瑗東武侯，左悺上蔡侯，唐衡漁陽侯，世謂五侯，見《後漢書宦者傳》。

**【評箋】**

李攀龍云：上半敍景色寥寂，下半與人世暌絕。又云：不用介子推典實，但意俱是不求名、不徼功，似有埋光剷彩之卓識。（《草堂詩餘雋》）

先著云：美成《應天長》空、淡、深、遠，石帚專得此種筆意。（《詞潔》）

周濟云：「池臺」二句生辣，「青青草下」，反剔所尋不見。（《宋四家詞選》）

陳洵云：布暖弄晴，已將後闋遊興之神攝起。夜堂無月，從閉門中見。梁燕笑人，亂花過院；一有情、一無情，全為「愁寂」二字出力。後闋全是閉門中設想。「強載酒、細尋前跡」，言意欲如此也。人家相識，反應「邂逅相逢」。（《海綃說詞》）

# 夜遊宮

葉下斜陽照水，捲輕浪、沈沈千里。橋上酸風射眸子①，立多時，看黃昏燈火市。古屋寒窗底，聽幾片、井桐飛墜。不戀單衾再三起，有誰知，為蕭娘②書一紙？

【註解】

①酸風射眸子，李賀詩：「東關酸風射眸子。」

②蕭娘，唐人泛稱女子為蕭娘，楊巨源詩：「風流才子多春思，腸斷蕭娘一紙書。」

【評箋】

周濟云：此亦是層層加倍寫法，本只不戀單衾一句耳，加上前闋，方覺精力彌滿。（《宋四家詞選》）

# 賀鑄

鑄字方回，衛州人。孝惠皇后族孫，娶宗女，授右班殿直。元祐中通判泗州，又倅太平州，退居吳下，自號慶湖遺老。有《東山詞》，見《名家詞》本及四印齋所刻詞本，又有涉園景宋金元明本續刊本及《彊村叢書》刊本。

張耒云：方回樂府妙絕一世，盛麗如游金、張之堂，妖冶如攬嬙、施之袪，幽索如屈、宋，悲壯如蘇、李。（《東山詞序》）

王灼云：賀方回語意精新，用心甚苦，集中如《青玉案》者甚眾，大抵卓然自立，不肯浪下筆。（《碧雞漫志》）

陸游云：方回狀貌奇醜，謂之賀鬼頭。喜校書，朱黄未嘗去手。詩文皆高，不獨工長短句也。潘邠老贈方回詩云「詩束牛腰藏舊稿，書訛馬尾辨新讎。」有二子：曰房，曰廩，房從方，廩從回，蓋寓父字於二子名也。（《老學庵筆記》）

張炎云：賀方回、吳夢窗皆善於煉字面者，多於李長吉、溫庭筠詩中來。（《詞源》）

李清照云：賀詞苦少典重。（《詞論》）

蔣一葵云：方回少為武弁，以《定力寺》絕句見奇於舒王，知名當世。詩文咸高古可法，不特工於長短句。（《堯山堂外紀》）

劉體仁云：惟片言而居要，乃一篇之警策，詞有警句，則全首俱動。若賀方回非不楚楚，總拾人牙慧，何足比數！（《七頌堂詞繹》）

先著云：方回長調便有美成意，殊勝晏、張。（《詞潔》）

周濟云：耆卿鎔情入景故淡遠，方回鎔景入情故穠麗。（《介存齋論詞雜著》）

陳廷焯云：方回詞胸中眼中，另有一種傷心說不出處，全得力於《楚騷》，而運以變化，允推神品。又云：方回詞極沈鬱，而筆勢卻又飛舞，變化無

端，不可方物，吾烏乎測其所至。（《白雨齋詞話》）

王國維云：北宋名家以方回為最次，其詞如歷下、新城之詩，非不華贍，惜少真味。（《人間詞話》）

## 青玉案

凌波[1]不過橫塘[2]路，但目送、芳塵去。錦瑟[3]華年誰與度？月橋花院，瑣窗[4]朱戶，只有春知處。　飛雲冉冉蘅皋[5]暮，彩筆新題斷腸句。試問閒愁都幾許？一川煙草，滿城風絮，梅子黃時雨[6]。

【註解】

①凌波，見前周邦彥《瑞鶴仙》註。

②橫塘，鑄有小築在姑蘇盤內十餘里。見《中吳紀聞》。

③錦瑟，《周禮樂器圖》：「雅瑟二十三絃，頌瑟二十五絃，飾以寶玉者曰寶瑟，繪文如錦曰錦瑟。」李商隱詩：「錦瑟無端五十絃，一絃一柱思華年。」馮浩箋註：「言瑟而言錦瑟、寶瑟，猶言琴而曰玉琴、瑤琴，亦泛例也。」

④瑣窗，《後漢書梁冀傳》：「窗牖皆有綺疏青瑣。」李賢註：「青瑣，謂刻為瑣文，而以青飾之也。」

⑤蘅，杜蘅，香草。皋，澤。曹植《洛神賦》：「爾迺稅駕乎蘅皋。」古詩：「日暮碧雲合，佳人殊未來。」

⑥梅子黃時雨，宋陳肖巖《庚溪詩話》：「江南五月梅熟時，霖雨連旬，謂之黃梅雨。」宋周紫芝《竹坡詩話》：「賀方回嘗作《青玉案》詞有『梅子黃時雨』之句，人皆服其工，士大夫謂之『賀梅子』。」宋潘子真云：「寇萊公詩，『杜鵑啼處血成花，梅子黃時雨如霧』，世推賀方回所作『梅子黃時雨』為絕唱，蓋用萊公語也。」黃庭堅詩：「解道當年腸斷句，只今惟有賀方回。」

**【評箋】**

《埤雅》云：四五月間，梅欲黃落則木潤土溽，柱礎皆濕，蒸鬱成雨，謂之梅雨。三月雨為迎梅，五月雨為熟梅。

周紫芝云：賀方回嘗作《青玉案》，有「梅子黃時雨」之句，人皆服其工，士大夫謂之『賀梅子』。郭功父有《示耿天隲》一詩，王荊公嘗為之書其尾云：「廟前古木藏馴狐，豪氣英風亦何有？」方回晚倅姑孰，與功父遊甚歡。方回寡髮，功父指其髻謂曰：「此真『賀梅子

也』。」方回乃捋其鬚曰：「君可謂『郭馴狐』。」功父髯而翁，故有此語。（《竹坡詩話》）

羅大經云：詩家有以山喻愁者，杜少陵云：「憂端如山來，澒洞不可掇。」趙嘏云：「夕陽樓上山重疊，未抵閒愁一倍多。」是也。有以水喻愁者，李頎云：「請量東海水，看取淺深愁。」李後主云：「問君能有多少愁？恰似一江春水向東流。」秦少游云：「落紅萬點愁如海」是也。賀方回云：「試問閒愁都幾許？一川煙草，滿城風絮，梅子黃時雨。」蓋以三者比愁之多也，尤為新奇，兼興中有比，意味更長。（《鶴林玉露》）

沈謙云：「一川煙草，滿城風絮，梅子黃時雨。」不特善於喻愁，正以瑣碎為妙。（《填詞雜說》）

先著云：方回《青玉案》詞工妙之至，無跡可尋，語句思路亦在目前，而千人萬人不能湊拍。（《詞潔》）

沈際飛云：疊寫三句閒愁，真絕唱！（《草堂詩餘正集》）

劉熙載云：賀方回《青玉案》詞收四句云：「試問閒愁都幾許？一川煙草，滿城風絮，梅子黃時雨。」其末句好處全在「試問」句呼起，及與上「一川」二句並用耳。或以方回有『賀梅子』之稱，專賞此句誤矣。且此句原本寇萊公「梅子黃時雨如霧」詩句，然則何不目萊公

為「寇梅子」耶?(《藝概》)

黃蓼園云:所居橫塘斷無宓妃到,然波光清幽,亦常目送芳塵;第孤寂自守,無與為歡,惟有春風相慰藉而已。後段言幽居腸斷,不盡窮愁,惟見煙草風絮,梅雨如霧,共此旦晚,無非寫其境之鬱勃岑寂耳。(《蓼園詞選》)

## 感皇恩

蘭芷滿汀洲,游絲橫路。羅襪塵生步迎顧,整鬟顰黛,脈脈兩情難語。細風吹柳絮、人南渡。　回首舊遊,山無重數。花底深、朱戶何處?半黃梅子,向晚一簾疏雨。斷魂分付與、春將去。

## 薄倖

淡妝多態,更的的[①]、頻回眄睞。便認得琴心[②]先許,欲綰[③]合歡雙帶。記畫堂、風月逢迎，輕顰淺笑嬌無奈。向睡鴨鑪邊，翔鴛屏裏，羞把香羅暗解。自過了燒燈④後，都不見踏青挑菜⑤。幾回憑雙燕，丁寧深意，往來卻恨重簾礙。約何時再，正春濃酒困，人閒晝永無聊賴。厭厭睡起，猶有花梢日在。

【註解】

①的的，明媚貌。

②琴心，見前晏殊《木蘭花》註。

③綰，繫也。

④燒燈，元宵放燈。

⑤踏青挑菜，古以二月二日為挑菜節，見《乾淳歲時記》。

【評箋】

沈際飛云：無奈是嬌之神。又云：一派閒情，閒裏着忙。（《草堂詩餘正集》）

李攀龍云：凡閨情之詞，淡而不厭，哀而不傷，此作當之。（《草堂詩餘雋》）

## 浣溪沙

不信芳春厭老人，老人幾度送餘春，惜春行樂莫辭頻。巧笑豔歌皆我意，惱花顛酒拚君瞋，物情惟有醉中真。

## 浣溪沙

樓角初消一縷霞，淡黃楊柳暗棲鴉，玉人和月摘梅花。笑撚粉香歸洞戶①，更垂簾幕護窗紗，東風寒似夜來些②。

【註解】

①洞戶，互相通達之戶。

②些，夔峽、湘湖人禁咒句尾皆稱「些」，如今釋家念娑婆訶之合聲，見沈括《夢溪筆談》。

【評箋】

胡仔云：詞句欲全篇皆妙，極為難得，如賀方回「淡黃楊柳暗棲鴉」之句，寫景可謂造微入妙，若其全篇，則不逮矣。（《苕溪漁隱叢話》）

楊慎云：此詞句句綺麗，字字清新，當時賞之以為《花間》、《蘭畹》不及，信然。（《詞品》）

沈際飛云：「淡黃」句，與秦處度「藕葉清香勝花氣」，寫景咏物，造微入妙。（《草堂詩餘正集》）

徐釚云：起句作「鶩外紅綃一縷霞」本王子安《滕王閣賦》，此子可云善盜。（《詞苑叢談》）

## 石州慢

薄雨收寒，斜照弄晴，春意空闊。長亭柳色纔黃，倚馬何人先折？煙橫水漫，映帶幾點歸鴻，平沙消盡龍荒①雪。猶記出關來，恰如今時節。　將發，畫樓芳酒，紅淚②清歌，便成輕別。回首經年，杳杳音塵都絕。欲知方寸③，共有幾許新愁？芭蕉不展丁香結④。憔悴一天涯，兩厭厭風月。

【註解】

①龍荒，即龍沙，塞外通稱。

②紅淚，血淚。

③方寸，見前柳永《采蓮令》註。

④「芭蕉不展丁香結」，見李商隱詩。丁香花蕾叢生，喻人愁心不解。

【評箋】

王灼云：賀方回《石州慢》，予見其稾，「風色收寒，雲影弄晴。」改作「薄雨收寒，斜照弄晴。」又「冰垂玉筯，向午滴瀝簷楹，泥融消盡牆陰雪。」改作「煙橫水際，映帶幾點歸鴻，東風消盡龍沙雪。」（《碧雞漫志》）

吳曾云：方回眷一姝，別久，姝寄詩云：「獨倚危闌淚滿襟，小園春色懶追尋。深恩縱似丁香結，難展芭蕉一寸心。」賀因賦此詞，先敘分別時景色，後用所寄詩語有「芭蕉不展丁香結」之句。（《能改齋漫錄》）

張宗橚云：按「芭蕉不展丁香結，同向春風各自愁。」李玉溪代贈詩句也。（《詞林紀事》）

## 蝶戀花①

幾許傷春春復暮，楊柳清陰，偏礙游絲度。天際小山桃葉步，白蘋花滿湔②裙處。　竟日微吟長短句，簾影燈昏，心寄胡琴語。數點③雨聲風約住，朦朧淡月雲來去。

【註解】

①蝶戀花，《陽春白雪》卷二載此首，註云：「賀方回改徐冠卿詞。」

②湔，洗也。

③數點，李冠詞亦有此二句。

## 天門謠　登采石蛾眉亭①

牛渚天門險，限南北、七雄豪占。清霧斂，與閒人登覽。　待月上潮平波灩灩，塞管輕吹新《阿濫》②。風滿檻，歷歷數、西州更點。

【註解】

①蛾眉亭《輿地紀勝》云：采石山北臨江有磯，曰采石，曰牛渚，上有蛾眉亭。《安徽通志》云：蛾眉亭在當塗縣北二十里，據牛渚絕壁，前直二梁山，夾江對峙如蛾眉然，故名。

②阿濫，即《阿濫堆》，曲名。驪山有鳥名阿濫堆，唐玄宗以其聲翻為曲，人競效吹，見《中朝故事》。

## 天香

煙絡橫林，山沈遠照，迤邐①黃昏鐘鼓。燭映簾櫳，蛩②催機杼，共苦清秋風露。不眠思婦，齊應和、幾聲砧杵。驚動天涯倦宦，駸駸③歲華行暮。　當年酒狂自負，謂東君④、以春相付。流浪征驂北道，客檣南浦，幽恨無人晤語。賴明月曾知舊遊處，好伴雲來，還將夢去。

【註解】

①迤邐，延續也。

②蛩，秋蟲。
③駸駸，馬奔馳貌，喻時間迅速。
④東君，司春之神。

【評箋】

朱孝臧云：橫空盤硬語。（手批《東山樂府》）

## 望湘人

厭鶯聲到枕，花氣動簾，醉魂愁夢相半。被惜餘薰，帶驚賸眼，幾許傷春春晚。淚竹①痕鮮，佩蘭香老，湘天濃暖。記小江風月佳時，屢約非煙②遊伴。　須信鸞絃③易斷，奈雲和④再鼓，曲中人遠。認羅襪無蹤，舊處弄波清淺。青翰⑤棹艤，白蘋洲畔，儘目臨皋飛觀。不解寄、一字相思，幸有歸來雙燕。

【註解】

①淚竹，堯有二女，為舜妃。舜死後，二女灑淚於竹，成為斑竹。見《博物志》。
②非煙，唐武公業妾，姓步氏。皇甫枚有《非煙傳》。
③鸞紘，《漢武外傳》：「西海獻鸞膠，武帝紘斷，以膠續之，紘二頭遂相着，終月射，不斷，帝大悅。」後世就稱續娶為「續膠」或「續紘」。
④雲和，樂器名，首為雲象，琴瑟都可稱。
⑤青翰，船。刻鳥於船，塗以青色，故名。《說苑》：「鄂君子晳之汎舟於新波之中也，乘青翰之舟。」

【評箋】

沈際飛云：鶯自聲而到枕，花何氣而動簾，可稱葩藻。「厭」字嶙峋。又云：曲意不斷，折中有折。又云：厭鶯而幸燕，文人無賴。（《草堂詩餘正集》）

李攀龍云：詞雖婉麗，意實展轉不盡，誦之隱隱如奏清廟朱紘，一唱三歎。（《草堂詩餘雋》）

黃蓼園云：意致濃腴，得《騷》、《辨》之遺韻。張文潛稱其樂府妙絕一世，幽索如屈、宋，悲壯如蘇、李，斷推此種。（《蓼園詞選》）

# 綠頭鴨

玉人家，畫樓珠箔①臨津。託微風彩簫流怨，斷腸馬上曾聞。宴堂開、豔妝叢裏，調琴思、認歌顰。麝蠟煙濃，玉蓮漏短，更衣不待酒初醺。繡屏掩、枕鴛相就，香氣漸暾暾②。回廊影、疏鐘淡月，幾許消魂？　翠釵分、銀箋封淚，舞鞋從此生塵。任蘭舟、載將離恨，轉南浦、背西曛③。記取明年，薔薇謝後，佳期應未誤行雲④。鳳城遠、楚梅香嫩，先寄一枝春。青門外，祗憑芳草，尋訪郎君。

【註解】

①珠箔，簾也。

②暾暾，香氣盛滿意。

③曛，日入餘光也。

④行雲，見前晏幾道《木蘭花》註。

# 張元幹

元幹字仲宗，別號蘆川居士，長樂人，向伯恭之甥。紹興中，坐送胡邦衡詞，得罪除名。有《蘆川詞》一卷，見《六十家詞》刊本。又二卷本，有雙照樓景宋、元、明詞本。

《四庫全書提要》云：全集以《賀新郎》詞及《寄詞》一闋為壓卷，其詞慷慨悲涼，數百年後尚想其抑塞磊落之氣。然其他作則多清麗婉轉，與秦觀、周邦彥可以肩隨。（《蘆川詞》提要）

周必大云：長樂張元幹字仲宗，在政和、宣和間，已有能樂府聲。今傳於世，號《蘆川集》，凡百六十篇，以《賀新郎》二篇為首。（《益公題跋》）

毛晉云：人稱其長於悲憤，及讀《花庵》、《草堂》所選，又極嫵秀之致，真堪與片玉、白石並垂不朽。（《蘆川詞跋》）

## 石州慢

寒水[1]依痕，春意漸回，沙際[2]煙闊。溪梅晴照生香，冷蕊數枝爭發。天涯舊恨，試看幾許消魂？長亭門外山重疊。不盡眼中青，是愁來時節。　情切，畫樓深閉，想見東風，暗消肌雪。孤負枕前雲雨，尊前花月。心期切處，更有多少淒涼，殷勤留與歸時說。到得再相逢，恰經年離別。

【註解】

①寒水，杜甫詩：「寒水依痕淺。」

②沙際，杜甫詩：「春從沙際歸。」

【評箋】

黃蓼園云：仲宗於紹興中，坐送胡銓及李綱詞除名。起三句是望天意之回。「寒枝競發」，是望謫者復用也。「天涯舊恨」至「時節」，是目斷中原又恐不明也。「想見東風消肌雪」，是遠念同心者應亦瘦損也。「負枕前雲雨」，是借夫婦以喻朋友也。因送友而除名，不得已而託於思家，意亦苦矣。（《蓼園詞選》）

## 蘭陵王

捲珠箔，朝雨輕陰乍閣。闌干外、煙柳弄晴，芳草侵階映紅藥。東風妒花惡，吹落梢頭嫩萼。屏山掩、沈水倦熏，中酒心情怯杯勺①。　尋思舊京洛，正年少疏狂，歌笑迷著。障泥油壁②催梳掠，曾馳道同載，上林攜手，燈夜初過早共約，又爭信飄泊。寂寞，念行樂。甚粉淡衣襟，音斷絃索，瓊枝璧月③春如昨。悵別後華表，那回雙鶴④。相思除是，向醉裏、暫忘卻。

【註解】

①杯勺，盛酒之器，即以代表酒。

②障泥油壁，障泥原為馬腹上護泥之布墊，此處即以代表馬。油壁原為車上油飾之壁，此處即以代表車。

③瓊枝璧月，喻美好生活。

④雙鶴，見前王安石《千秋歲》註。

【評箋】

李攀龍云：上是酒後見春光，中是約後誤佳期，下是相思如夢中。（《草堂詩餘雋》）

# 葉夢得

夢得字少蘊，吳縣人，清臣曾孫。紹聖四年進士，累官龍圖閣直學士，帥杭州。高宗朝，除尚書右丞江東安撫使，兼知建康府行宮留守，移知福州，提舉洞霄宮。居吳興弁山，自號石林居士。有《石林詞》一卷，見《六十家詞》刊本及葉德輝刊本。

關註云：葉公妙齡詞甚婉麗，綽有溫、李之風。晚歲落其華而實之，能於簡淡時出雄傑，合處不減東坡。

王灼云：後來學東坡者葉少蘊、蒲大受，亦得六七，其才力比晁、黃差劣。（《碧雞漫志》）

毛晉云：石林居士晚年居卞山下，奇石森列，藏書數萬卷，嘯咏自娛。所撰詞一卷，與蘇、柳並傳，綽有林下風，不作柔語殢人，真詞家逸品也。（《石林詞跋》）

馮煦云：葉少蘊主持王學，所著《石林詩話》，陰抑蘇、黃；而其詞顧挹蘇氏之餘波，豈此道與所向學，固多歧出耶。（《宋六十一家詞選例言》）

## 賀新郎

睡起流鶯語，掩蒼苔房櫳向晚，亂紅無數。吹盡殘花無人見，惟有垂楊自舞。漸暖靄、初回輕暑，寶扇重尋明月影，暗塵侵、上有乘鸞女①。驚舊恨，遽如許。　江南夢斷橫江渚，浪黏天、葡萄漲綠②，半空煙雨。無限樓前滄波意，誰採蘋花③寄取？但悵望、蘭舟容與，萬里雲帆何時到？送孤鴻、目斷千山阻。誰為我，唱金縷④。

【註解】

①乘鸞女，《龍城錄》：「九月望日，明皇遊月宮見素娥千餘人，皆皓衣乘白鸞。」

②葡萄漲綠，李白詩：「遙看漢水鴨頭綠，恰似葡萄初潑醅。」

③蘋花，柳宗元詩：「春風無限瀟湘意，欲採蘋花不自由。」

④金縷，曲名。

【評箋】

周密云：石林詞「誰採蘋花寄與」，又「悵望蘭舟容與」，或以為重押韻，遂改為「寄取」，殊無義理。蓋容與之「與」自音預，乃去聲也。揚子雲《河東賦》云：「靈輿安步，風流容與。」註：天子之容服而安豫，與讀為豫。漢《禮樂志》：「練時日，淡容與。」註：安閒，皆去聲。（《浩然齋雅談》）

劉昌詩云：石林《賀新郎》詞有「誰採蘋花寄與，但悵望蘭舟容與。」下「與」字去聲。漢《禮樂志》：「綀時日，澹容與。」顏註：閒舒也。今歌者不辨音義，乃以其疊兩與字，妄改上與作「寄取」而不以為非，良可歎也。慶元庚申，石林之孫筠守臨江，嘗從容語及，謂賦此詞時年方十八，而傳者乃云「為儀真妓女作」。詳味句意皆不相干，或是書此以遺之爾。（《蘆浦筆記》）

沈際飛云：一意一機，自語自話。草木花鳥字面迭來，不見質實，受知於蔡元長，宜也。（《草堂詩餘正集》）

## 虞美人 雨後同幹譽、才卿置酒來禽①花下作。

落花已作風前舞，又送黃昏雨。曉來庭院半殘紅，惟有游絲，千丈嫋晴空。　殷勤花下同攜手，更盡杯中酒。美人不用斂蛾眉，我亦多情，無奈酒闌時。

【註解】

①來禽，即林檎之別名。今花紅即古林檎，北方又稱沙果。

【評箋】
沈際飛云：下場頭話偏自生情生姿，顛播妙耳。（《草堂詩餘正集》）

## 汪藻

藻字彥章，德興人。崇寧中第進士，高宗朝累官中書舍人，兼直學士院，擢給事中，遷兵部侍郎兼侍講，又拜翰林學士，出知外郡。奪職，居永州卒。有《浮溪詞》一卷，見《彊村叢書》刊本。

蔣一葵云：汪字彥章，自作玩鷗亭於愚溪口，有詞一卷。（《堯山堂外紀》）

沈雄云：汪藻詞亦美贍，一時不為流傳者，曾為張邦昌雪罪故也。（沈雄《古今詞話》）

### 點絳唇

新月娟娟，夜寒江靜山銜斗。起來搔首，梅影橫窗瘦。　好箇霜天，閒卻傳杯手。君知否？亂鴉啼後，歸興濃如酒。

【評箋】

王明清云：汪彥章在京師，嘗作《點絳唇》詞云云。紹興中，彥章知徽州，仍令席間歌之，坐客有挾怨者亟納檜相，指為新製以譏會之。會之怒，諷言者遷之於永。（《玉照新志》）

張宗橚云：按知稼翁詞註，彥章出守泉南，移知宣城，內不自得，乃賦《點絳唇》詞「新月娟娟，夜寒江靜山銜斗」云云。公時在泉南簽幕，依韻作詞送之云：「嫩綠嬌紅，砌成別恨千千斗。短亭回首，不是緣春瘦。一曲陽關，杯送纖纖手。還知否？鳳池歸後，無路陪尊酒。」比有《能改齋漫錄》載汪在翰苑，屢致言者，嘗作《點絳唇》詞，其末句「晚鴉啼後，歸夢濃如酒。」或問曰：「歸夢濃如酒，何以在晚鴉啼後？」汪曰：「無奈這一隊聒噪何！」不惟失其實，而改竄二字，殊乖本義。知稼翁與彥章同時，兼有和詞，確而可據。不知明清何以云在京師作，與《虎臣漫錄》約略相同，當出好事者附會耳。又按起末四句，知稼翁所引覺稍遜，故仍從《漫錄》本。（《詞林紀事》）

黃蓼園云：霜天無酒，落寞可知，寫來卻蘊藉。（《蓼園詞選》）

潘游龍云：此乃「月落烏啼霜滿天」景。（《古今詩餘醉》）

## 劉一止

一止字行簡，湖州歸安人。宣和三年進士，紹興初召試，除祕書省校書郎，歷給事中，進敷文閣待制，致仕。有《苕溪樂章》一卷，見《彊村叢書》刊本。

### 喜遷鶯 曉行

曉光催角，聽宿鳥未驚，鄰雞先覺。迤邐煙村，馬嘶人起，殘月尚穿林薄。淚痕帶霜微凝，酒力衝寒猶弱。歎倦客，悄不禁重染，風塵京洛。　追念人別後，心事萬重，難覓孤鴻託。翠幌嬌深，曲屏香暖，爭念歲華飄泊。怨月恨花煩惱，不是不曾經著。者情味、望一成消減，新來還惡。

【評箋】

陳振孫云：行簡是詞盛稱京師，號《劉曉行》。（《直齋書錄解題》）

許昂霄云：「宿鳥」以下七句，字字真切，覺曉行情景，宛在目前，宜當時以此得名。（《詞綜偶評》）

先著云：前半曉行景色在目，雖不及竹山之工，正是雅詞。（《詞潔》）

# 韓翃

翃字子耕，號蕭閒，有《蕭閒詞》，趙萬里輯得四首。

況周頤云：韓子耕詞妙處在一鬆字，非功力甚深不辦。（《蕙風詞話》）

## 高陽臺 除夜

頻聽銀籤①，重然絳蠟②，年華袞袞③驚心。餞舊迎新，能消幾刻光陰？老來可慣通宵飲？待不眠、還怕寒侵。掩清尊、多謝梅花，伴我微吟。　鄰娃已試春妝了，更蜂腰④簇翠，燕股橫金。句引東風，也知芳思難禁。朱顏那有年年好，逞豔遊、贏取如今。恣登臨、殘雪樓臺，遲日園林。

【註解】

①銀籤，指更漏。

②絳蠟，指紅燭。
③袞袞，即匆匆意。
④蜂腰，翦綵為蜂為燕以飾鬢。

【評箋】

況周頤云：此等詞語淺情深，妙在字句之表；便覺刻意求工，是無端多費氣力。(《蕙風詞話》)

# 李邴

邴字漢老，號雲龕居士，濟州任城人，昭玘猶子。崇寧五年進士，累官翰林學士。紹興初，拜參知政事資政殿學士，寓泉州卒，謚文敏。
王應麟云：南渡三詞人：李邴、汪藻、樓鑰也。(《小學紺珠》)
王灼云：李漢老富麗而韻平平。(《碧雞漫志》)

## 漢宮春

瀟灑江梅，向竹梢疏處，橫兩三枝。東君也不愛惜，雪壓霜欺。無情燕子，怕春寒、輕失花期。卻是有、年年塞雁，歸來曾見開時。　清淺小溪如練，問玉堂①何似，茅舍疏籬？傷心故人去後，冷落新詩。微雲淡月，對江天、分付他誰。空自憶、清香未減，風流不在人知。

【註解】

①玉堂，謂豪貴之宅第，古樂府：「黃金為君門，白玉為君堂。」

【評箋】

按《直齋書錄解題》、《苕溪漁隱叢話》均以為晁沖之撰，惟《樂府雅詞》錄為李漢老作。

王明清云：漢老少日作《漢宮春》詞，膾炙人口，所謂「問玉堂何似茅舍疏籬」者是也。政和間，自王省丁憂歸山東，服終造朝，舉國無與談者，方悵悵無計。時王黼為首相，忽遣人招至東閣開宴，出其家姬十數人，酒半，唱是詞侑觴，大醉而歸。數日，遂有館閣之命。（《揮麈錄》）

張宗橚云：按《苕溪漁隱叢話》，政和間，晁沖之叔用作此詞獻蔡攸，是時方興大晟樂府，攸攜此詞呈其父。與《揮麈錄》異。（《詞林紀事》）

楊慎云：李漢老名邴，號雲龕居士。父昭玘，元祐名士，東坡門生。漢老才學世其家者也。其《漢宮春・梅》詞入選最佳。（《詞品》）

許昂霄云：圓美流韓，何減美成。（《詞綜偶評》）

# 陳與義

與義字去非，自號簡齋居士，洛人。登政和二年上舍甲科，紹興中，歷中書舍人，拜翰林學士，知制誥，尋參知政事，提舉洞霄宮。有《無住詞》一卷，見《六十家詞》刊本及《彊村叢書》本。

黃昇云：去非詞雖不多，語意超絕，識者謂可摩坡仙之壘。（《花庵詞選》）

毛晉云：或問劉須溪，宋詩簡齋至矣，畢竟比坡公何如？須溪云：「論詩如花，論高品則色不如香；論逼真則香不如色。」雌黃俱在，予于其詞亦云。（《無住詞跋》）

《四庫全書提要》云：吐言天拔，不作柳嚲鶯嬌之態，亦無蔬筍之氣，殆於首首可傳，不能以篇帙之少而廢之。方回《瀛奎律髓》稱杜甫為一祖，而以黃庭堅、陳師道及與義為三宗。如以詞論，則師道為勉強學步，庭堅為利鈍互陳，皆迴非與義之敵矣。（《無住詞》提要）

## 臨江仙

高咏《楚詞》酬午日，天涯節序匆匆。榴花不似舞裙紅，無人知此意，歌罷滿簾風。萬事一身傷老矣，戎葵[1]凝笑牆東。酒杯深淺去年同，試澆橋下水，今夕到湘中。

【註解】

①戎葵，今蜀葵，花如木槿。

## 臨江仙　夜登小閣憶洛中舊遊

憶昔午橋[1]橋上飲，坐中多是豪英。長溝流月去無聲，杏花疏影裏，吹笛到天明。二十餘年如一夢，此身雖在堪驚。閒登小閣看新晴，古今多少事，漁唱起三更[2]。

【註解】

①午橋，在洛中，唐裴度有別墅在午橋。

②三更，古代刻漏之法，自昏至曉分為五刻，即五更。三更正言午夜也。

【評箋】

胡仔云：清婉奇麗，簡齋惟此詞為最優。（《苕溪漁隱叢話》）

張炎云：真是自然而然。（《詞源》）

沈際飛云：意思超越，腕力排奡，可摩坡仙之壘。又云：流月無聲巧語也，吹笛天明爽語也，漁唱三更冷語也，功業則歉，文章自優。（《草堂詩餘正集》）

李攀龍云：「天地無情吾輩老，江山有恨古人休」，亦弔古傷今之意。（《草堂詩餘雋》）

王世貞云：子瞻「與誰同坐？明月清風我」，「明月幾時有？把酒問青天」，快語也；「大江東去，浪淘盡千古風流人物」，壯語也；「杏花疏影裏，吹笛到天明」，爽語也。此詞在濃與淡之間。（《藝苑卮言》）

彭孫遹云：詞以自然為宗，但自然不從追琢中來，亦率易無味。如所云絢爛之極，仍歸平淡。

若使語意淡遠者稍加刻劃，縷金錯彩者漸近天然，則駸駸乎絕唱矣。若無住詞之「杏花疏影裏，吹笛到天明」，石林詞之「美人不用斂蛾眉，我亦多情無奈酒闌時」，自然而然者也。（《金粟詞話》）

張宗橚云：按思陵嘗喜簡齋「客子光陰詩卷裏，杏花消息雨聲中」之句，惜此詞未經乙覽。不然其受知更當如何耶？（《詞林紀事》）

陳廷焯云：筆意超脱，逼近大蘇。（《白雨齋詞話》）

劉熙載云：詞之好處有在句中者，有在句之前後際者，陳去非《虞美人》「吟詩日日待春風，及至桃花開後卻匆匆」，此好在句中者也；《臨江仙》「杏花疏影裏，吹笛到天明」，此因仰承「憶昔」，俯注「一夢」，故此二句不覺豪酣轉成悵悒，所謂好在句外者也。儻謂現在如此，則騃甚矣。（《藝概》）

黃蓼園云：按「長溝流月」即「月湧大江流」之意，言自去滔滔而興會不歇。首一闋是憶舊，至第二闋則感懷也。（《蓼園詞選》）

# 蔡伸

伸字伸道，自號友古居士，莆田人，忠惠公襄之孫。政和五年進士，歷倅徐、楚、饒、真四州。有《友古詞》一卷，見《六十家詞》刊本。

## 蘇武慢

雁落平沙，煙籠寒水，古壘鳴笳聲斷。青山隱隱，敗葉蕭蕭，天際暝鴉零亂。樓上黃昏，片帆千里歸程，年華將晚。望碧雲空暮①，佳人何處，夢魂俱遠。憶舊遊、邃館朱扉，小園香徑，尚想桃花人面②。書盈錦軸，恨滿金徽③，難寫寸心幽怨。兩地離愁，一尊芳酒淒涼，危闌倚遍。儘遲留、憑仗西風，吹乾淚眼。

【註解】

①碧雲空暮，見前賀鑄《青玉案》註。

②桃花人面，崔護詩：「人面桃花相映紅。」

③徽，繫琴絃之繩。

## 柳梢青

數聲鶗鴂，可憐又是、春歸時節。滿院東風，海棠鋪繡，梨花飄雪。　丁香露泣殘枝，算未比、愁腸寸結。自是休文①，多情多感，不干風月。

【註解】

①休文，梁沈約字休文，武康人，仕宋及齊。以不得大用，鬱鬱成病，消瘦異常。

# 周紫芝

紫芝字少隱，宣城人。紹興中登第，歷官樞密院編修、知興國軍。有《竹坡詞》三卷，見《六十家詞》刊本。

孫競云：竹坡樂府清麗婉曲，非苦心刻意為之。（《竹坡詞序》）

毛晉云：紫芝嘗評王次卿詩云：「如江平風霽，微波不興，而洶湧之勢，澎湃之聲，固已隱然在其中。」其詞約略似之。（《竹坡詞跋》）

## 鷓鴣天

一點殘釭①欲盡時，乍涼秋氣滿屏幃。梧桐葉上三更雨②，葉葉聲聲是別離。調寶瑟，撥金猊③，那時同唱《鷓鴣詞》。如今風雨西樓夜，不聽清歌也淚垂。

【註解】

①釭，燈也，江淹《別賦》：「冬釭凝兮夜何長。」

②三更雨，溫飛卿詞：「梧桐樹，三更雨，不道離情正苦。一葉葉，一聲聲，空階滴到明。」

③金猊，香爐。

## 踏莎行

情似游絲，人如飛絮，淚珠閣定空相覷。一溪煙柳萬絲垂，無因繫得蘭舟住。雁過斜陽，草迷煙渚，如今已是愁無數。明朝且做莫思量，如何過得今宵去！

## 李甲

李甲字景元，華亭人。劉毓盤輯其詞凡十四首。

### 帝臺春

芳草碧色，萋萋遍南陌。暖絮亂紅，也似知人，春愁無力。憶得盈盈拾翠侶，共攜賞、鳳城[1]寒食。到今來，海角逢春，天涯為客。　愁旋釋、還似織；淚暗拭，又偷滴。漫倚遍危闌。儘黃昏也只是暮雲凝碧。拚則而今已拚了，忘則怎生便忘得。又還問鱗鴻[2]，試重尋消息。

【註解】

①鳳城，京都之城。

②鱗鴻，即魚雁，古謂魚雁可以傳書。

【評箋】

潘游龍云：「拚則」二句，詞意極淺，正未許淺人解得。（《古今詩餘醉》）

## 憶王孫

萋萋芳草憶王孫，柳外樓高空斷魂，杜宇聲聲不忍聞。欲黃昏，雨打梨花深閉門。

【評箋】

《花庵詞選》作李重元詞，當從之。

沈際飛云：一句一思。又云：因樓高曰空，因閉門曰深，俱可味。（《草堂詩餘正集》）

黃蓼園云：高樓望遠，「空」字已悽惻，況聞杜宇？末句尤比興深遠，言有盡而意無窮。（《蓼園詞選》）

# 万俟咏

咏字雅言，自號詞隱，崇寧中充大晟府製撰。有《大聲集》，周美成為序，山谷亦稱之為一代詞人。近趙萬里輯得其詞二十七首。

黃昇云：雅言之詞，詞之聖者也，發妙音於律呂之中，運巧思於斧鑿之外，平而工，和而雅，比諸刻琢句意而求精麗者，遠矣。（《花庵詞選》）

王灼云：万俟雅言，元祐時詩賦科老手也，三舍法行，不復進取，放意歌酒，自稱大梁詞隱。每出一章，信宿喧傳都下。政和初，召試補官，實大晟樂府製撰之職。新廣八十四調，患譜弗傳，雅言請以盛德大業及祥瑞事跡制詞實譜，有旨依月用律進新曲，自此新譜稍傳。又云：雅言初自集分兩體曰雅詞，曰側豔，目之曰勝萱麗藻。後召試入官，以側豔體無賴太甚，削去之。再編成集，分五體：曰應制，曰風月脂粉，曰雪月風光，曰脂粉才情，曰雜類，周美成目之曰大聲。（《碧雞漫志》）

## 三臺　清明應制

見梨花初帶夜月，海棠半含朝雨。內苑春、不禁過青門，御溝漲、潛通南浦。東風靜，細柳垂金縷，望鳳闕非煙非霧。好時代、朝野多歡，遍九陌①、太平簫鼓。　乍鶯兒百囀斷續，燕子飛來飛去。近綠水、臺榭映鞦韆，鬬草聚、雙雙遊女。餳②香更、酒冷踏青路，會暗識、夭桃朱戶。向晚驟、寶馬雕鞍，醉襟惹、亂花飛絮。　正輕寒輕暖漏永，半陰半晴雲暮。禁火天、已是試新妝，歲華到、三分佳處。清明看、漢蠟傳宮炬，散翠煙、飛入槐府③。斂兵衛、閶闔門開，住傳宣、又還休務④。

【註解】

①九陌，都城大路。劉禹錫詩：「九陌人人走馬看。」

②餳，麥芽糖。宋祁《寒食詩》：「簫聲吹暖賣餳天。」

③槐府，門前植槐，貴人宅第。

④休務，宋人語，猶云辦公休止也。

【評箋】

李攀龍云：鋪敘有條，如收拾天下春歸肺腑狀。（《草堂詩餘雋》）

## 徐伸

仲字幹臣，三衢人。政和初，以知音律為太常典樂，出知常州。有《青山樂府》，今不傳。

### 二郎神

悶來彈鵲，又攪碎、一簾花影。漫試著春衫，還思纖手，熏徹金猊燼冷。動是愁端如何向？但怪得新來多病。嗟舊日沈腰①，如今潘鬢②，怎堪臨鏡？重省，別時淚溼，羅衣猶凝③。料為我厭厭，日高慵起，長託春酲④未醒。雁足⑤不來，馬蹄難駐，門掩一庭芳景。空佇立，盡日闌干，倚遍晝長人靜。

【註解】

①沈腰，梁沈約致書徐勉：「老病百日數旬，革帶常應移孔。」見《南史》本傳。

②潘鬢，潘岳《秋興賦》：「斑鬢髟以承弁兮，素髮颯以垂領。」岳字安仁，晉中牟人。美姿容，辭藻絕麗，尤善為哀誄之文。《晉書》有傳。

③凝，讀去聲。

④酲，病酒。

⑤雁足，《漢書蘇武傳》：「天子射上林中得雁，足有繫帛書，言武等在某澤中。」後人每借以稱送書信者。

## 【評箋】

王明清云：徐幹臣，三衢人，政和初以知音律為太常典樂，出知常州。嘗自製轉調《二郎神》詞云云，既成，會開封尹李孝壽來牧吳門。李以嚴治京兆，人號閻羅。道出郡下，幹臣大合樂燕勞之。喻羣倡令謳此詞，必待其問而止。倡如戒，歌至三四，李果詢之。幹臣蹙額曰：「某頃有一侍婢，色藝冠絕，前歲以亡室不容逐去。今聞在蘇州一兵官處，累遣信欲復來，而今之主公靳之，感慨賦此詞，中所敍多其書中語。今適有天幸，公擁麾於彼，不審能為我地否？」李云：「此甚不難，可無慮也。」既次無錫，賓贊者請受謁次第。李云：「郡官當至楓橋。」橋距城十里而遠，翌日艤舟其所，官吏上下，望風股栗。李一閱刺字，忽大怒云：「都監在法，不許出城，迺亦至此。郡中萬一有火盜之虞，豈不殆哉？」斥都監下階荷校送獄。又數日，取其供牘判奏字，其家震懼求援，宛轉哀鳴致懇。李笑曰：「且還徐典樂之妾了來理會。」兵官者解其指，卽日承命，然後捨之。（《揮麈餘話》）

張侃云：徐幹臣侍兒既去，作轉調《二郎神》，悉用平日侍兒所道底言語。史志道與幹臣善，一見此詞，蹤跡其所在而歸之。使魯直知此與之同時，「可惜國香天不管，隨緣流落小民家」

之句，無從而發也。（《拙軒集》）

黄昇云：青山詞多雜調，惟《二郎神》一曲，天下稱之。（《花庵詞選》）

許昂霄云：此作多説別後情事，起句從舉頭聞鵲喜翻出。（《詞綜偶評》）

黄蓼園云：婉曲。（《蓼園詞選》）

王闓運云：妙手偶得之作。（《湘綺樓詞選》）

## 田爲

爲字不伐，崇寧間供職大晟樂府。

黄昇云：工於樂府。（《花庵詞選》）

王灼云：田不伐才思與雅言抗行，不聞有側豔。（《碧雞漫志》）

### 江神子慢

玉臺掛秋月，鉛素淺、梅花傅香雪。冰姿潔，金蓮①襯、小小淩波羅襪。雨初歇，樓外孤鴻聲漸遠，遠山外、行人音信絕。此恨對語猶難，那堪更寄書說。教人紅消翠減，覺衣寬金縷，都為輕別。太情切，消魂處、畫角黃昏時節。聲嗚咽。落盡庭花春去也，銀蟾②迥、無情圓又缺。恨伊不似餘香，惹鴛鴦結。

【註解】

①金蓮，謂女子之纖足。《南史齊東昏侯紀》：「又鑿金為蓮花以貼地，令潘妃行其上，曰：「此步步生蓮花也。」」

②銀蟾，明月。

# 曹組

組字元寵，潁昌人，緯弟。宣和三年進士，召試中書，換武階，兼閤門宣贊舍人，仍給事殿中，官止副使。有《箕潁集》。

洪邁云：紹興中，曹勛使金，好事者戲作小詞，其後闋云：「單于若問君家世，說與教知，便是『紅窗迥』底兒。」謂勛父元寵，昔以此曲著名也。（《夷堅志》）

王灼云：今有過鈞容班教坊問曰：「某宜何歌？」必曰：「汝宜唱田中行、曹元寵小令。」（《碧雞漫志》）

黃昇云：曹元寵工謔詞，有寵於徽宗，任睿思殿待制。（《花庵詞選》）

## 驀山溪

梅

洗妝真態，不作鉛華御。竹外一枝斜①，想佳人天寒日暮②。黃昏院落，無處著清香，風細細，雪垂垂，何況江頭路。　月邊疏影，夢到消魂處。結子欲黃時，又須作廉纖細雨。孤芳一世，供斷有情愁，消瘦損，東陽也，試問花知否？

【註解】

①竹外一枝斜，蘇軾詩：「竹外一枝斜更好。」

②天寒日暮，杜甫詩：「天寒翠袖薄，日暮倚修竹。」

③東陽，梁沈約曾為東陽守。

【評箋】

楊慎云：曹元寵《梅》詞「竹外一枝斜，想佳人天寒日暮。」用東坡「竹外一枝斜更好」之句也。徽宗時禁蘇學，元寵又近幸之臣，而暗用蘇句，其所謂掩耳盜鈴者。噫，奸臣醜正惡直，徒為勞爾！（《詞品》）

李攀龍云：白玉為骨冰為魂，耿耿獨與參黃昏，其國色天香，方之佳人，幽趣何如？（《草堂詩餘雋》）

沈際飛云：微思遠致，愧黏題裝飾者，結句自清俊脱塵。（《草堂詩餘正集》）

# 李玉

## 賀新郎

篆縷消金鼎①，醉沈沈、庭陰轉午，畫堂人靜。芳草王孫知何處？惟有楊花糝②

逕。漸玉枕、騰騰春醒，簾外殘紅春已透，鎮無聊、殢③酒厭厭病。雲鬟亂，未忺④整。江南舊事休重省，遍天涯尋消問息，斷鴻難倩⑤。月滿西樓憑闌久，依舊歸期未定。又只恐瓶沈金井⑥，嘶騎⑦不來銀燭暗，枉教人立盡梧桐影。誰伴我，對鸞鏡。

【註解】

①篆縷消金鼎，香煙上升如綫，又如篆字。金鼎，香爐。
②糝，飄散。
③殢，困極。
④忺，欲也。
⑤倩，請也。
⑥瓶沈金井，白居易新樂府《井底引銀瓶》：「瓶沈簪折知奈何，似妾今朝與君別。」
⑦嘶騎，馬。

【評箋】

黃昇云：李君詞雖不多見，然風流蘊藉，盡此篇矣。（《花庵詞選》）

李攀龍云：上有芳草生王孫遊之思，下又是銀瓶欲斷絕之意。（《草堂詩餘雋》）

沈際飛云：李君止一詞，風情耿耿。（《草堂詩餘正集》）

黃蓼園云：幽秀中自饒雋旨。（《蓼園詞選》）

陳廷焯云：此詞綺麗風華，情韻並盛，允推名作。（《白雨齋詞話》）

# 廖世美

## 燭影搖紅　題安陸①浮雲樓

靄靄春空，畫樓森聳凌雲渚。紫薇②登覽最關情，絕妙誇能賦。惆悵相思遲暮，記當日、朱闌共語。塞鴻難問，岸柳何窮，別愁紛絮。　催促年光，舊來流水知何處？斷腸何必更殘陽，極目傷平楚。晚霽波聲帶雨③，悄無人舟橫野渡。數峯江上，芳草天涯，參差煙樹。

【註解】

①安陸，今湖北安陸縣。

②紫薇，星名，位於北斗東北。

③帶雨，韋應物詩：「春潮帶雨晚來急，野渡無人舟自橫。」

【評箋】

況周頤云：「塞鴻難問，岸柳何窮，別愁紛絮。」神來之筆，即已佳矣。換頭云：「催促年光，舊來流水知何處。斷腸何必更殘陽，極目傷平楚。晚霽波聲帶雨，悄無人、舟橫野渡。」語淡而情深，令子野、太虛輩為之，容或未必能到。此等詞一再吟誦，輒沁人心脾，畢生不能忘。《花庵絕妙詞選》中，真能不愧「絕妙」二字，如世美之作，殊不多見。（《蕙風詞話》）

# 呂濱老

濱老一作渭老，字聖求，秀州人。宣和末朝士，有《聖求詞》一卷，見《六十家詞》刊本。
趙師秀云：聖求詞婉媚深窈，視美成、耆卿伯仲。（《聖求詞序》）
毛晉云：其《咏梅》詞寄調「東風第一枝」，先輩與坡仙《西江月》並稱。（《聖求詞跋》）
楊慎云：聖求在宋，不甚著名，而詞甚工。（《詞品》）

## 薄倖

青樓春晚，晝寂寂、梳勻又懶。乍聽得、鴉啼鶯哢，惹起新愁無限。記年時、偷擲春心，花前隔霧遙相見。便角枕①題詩，寶釵貰②酒，共醉青苔深院。怎忘得、迴廊下，攜手處、花明月滿。如今但暮雨，蜂愁蝶恨，小窗閒對芭蕉展。卻誰拘管？儘無言閒品秦箏，淚滿參差雁。腰肢漸小，心與楊花共遠。

【註解】

①角枕，枕以角飾者。《詩唐風》：「角枕粲兮。」
②貰，賒也。

# 魯逸仲

厲鶚云：孔夷字方平，號滍臯先生，元祐中隱士，劉攽、韓維之畏友。（《宋詩紀事》）
王灼云：蘭畹曲會，孔寧極先生之子方平所集；序引稱無為、莫知非；其自作者稱魯逸仲，皆方平隱名，如子虛、烏有、亡是之類。孔平日自號滍臯漁父，與姪處度齊名，李方叔詩酒侶也。（《碧雞漫志》）
黃昇云：詞意婉麗，似万俟雅言。（《花庵詞選》）

## 南浦

風悲畫角，聽《單于》①、三弄落譙門。投宿駸駸征騎，飛雪滿孤邨。酒市漸闌燈火，正敲窗、亂葉舞紛紛。送數聲驚雁，乍離煙水，嘹唳度寒雲。　好在半朧淡月，到如今、無處不消魂。故國梅花歸夢，愁損綠羅裙②。為問暗香閒豔，也相思、萬點付啼痕。算翠屏應是，兩眉餘恨倚黃昏。

【註解】

①《單于》，唐曲有《小單于》。

②綠羅裙，家中着綠羅裙之人。

【評箋】

李攀龍云：上是旅思淒涼之景況，下是故鄉懷望之神情。（《草堂詩餘雋》）

黃蓼園云：細玩詞意，似亦經靖康亂後作也。第詞旨含蓄，耐人尋味。（《蓼園詞選》）

陳廷焯云：此詞遣詞琢句，工絕警絕，最令人愛。「好在」二語真好筆仗。「為問」二語淋漓痛快，筆仗亦佳。（《白雨齋詞話》）

# 岳飛

飛字鵬舉，相州湯陰人。宣和間應真定宣撫幕，屢立戰功。南渡歷少保，河南北諸路招討使，進樞密副使，封武昌郡開國公，罷為萬壽觀使。為秦檜所陷，殞大理寺獄。淳熙六年賜謚武穆，嘉定四年追封鄂王，淳祐六年改謚忠武。

## 滿江紅

怒髮衝冠，憑闌處、瀟瀟雨歇。擡望眼、仰天長嘯，壯懷激烈。三十功名塵與土，八千里路雲和月。莫等閒、白了少年頭，空悲切。　靖康恥①，猶未雪；臣子憾，何時滅。駕長車踏破、賀蘭山②缺。壯志飢餐胡虜肉，笑談渴飲匈奴血。待從頭、收拾舊山河，朝天闕。

【註解】

①靖康，宋欽宗年號。金人陷京，虜徽、欽二帝北去。

②賀蘭山，在寧夏自治區，此處借指敵境。

【評箋】

沈雄云：《話腴》曰，武穆《收復河南罷兵表》云：「莫守金石之約，難充溪壑之求；暫圖安而解倒懸，猶之可也，欲遠慮而尊中國，豈其然乎？」故作《小重山》云：「欲將心事付瑤琴，知音少，絃斷有誰聽？」指主和議者。又作《滿江紅》，忠憤可見。其不欲等閒白了少年頭，可以明其心事。（沈雄《古今詞話》）

劉體仁云：詞有與古詩同義者，「瀟瀟雨歇」，《易水》之歌也。（《七頌堂詞繹》）

沈際飛云：膽量、意見、文章悉無今古。又云：有此願力，是大聖賢、大菩薩。（《草堂詩

餘正集》）

陳廷焯云：何等氣概！何等志向！千載下讀之，凛凛有生氣焉。「莫等閒」二語，當為千古箴銘。（《白雨齋詞話》）

文徵明嘗和其詞云：拂拭殘碑，勅飛字、依稀堪讀。慨當初倚飛何重，後來何酷？果是功成身合死，可憐事去言難贖。最無辜、堪恨更堪憐，風波獄。豈不惜、中原蹙；且不念，徽欽辱。但徽欽既返，此身何屬？千載休談南渡錯，當時自怕中原復。笑區區、一檜亦何能，逢其欲。（《詞統》）

## 張掄

掄字材甫，號蓮社居士，南渡故老。有《蓮社詞》一卷，見四印齋刊本及《彊村叢書》刊本。

毛晉云：材甫好填詞應制，極其華艷，每進一詞，上即命宮人以絲竹寫之。嘗同曾覿、吳琚輩進《柳梢青》諸闋，上極欣賞，賜賚甚渥。（《蓮社詞跋》）

# 燭影搖紅　上元有懷

雙闕[1]中天，鳳樓[2]十二春寒淺。去年元夜奉宸遊，曾侍瑤池[3]宴。玉殿珠簾盡捲，擁羣仙、蓬壺[4]閬苑。五雲[5]深處，萬燭光中，揭天絲管。　馳隙流年，恍如一瞬星霜換。今宵誰念泣孤臣，回首長安遠。可是塵緣未斷，漫惆悵、華胥[6]夢短。滿懷幽恨，數點寒燈，幾聲歸雁。

## 【註解】

①雙闕，天子宮門有雙闕。

②鳳樓，指禁內樓觀。鮑照《代陳思王京洛篇》：「鳳樓十二重，四戶八綺窗。」

③瑤池，仙境。《穆天子傳》：「觴西王母於瑤池之王。」

④蓬壺，古代傳說，海中三神山，其一名蓬萊，又作蓬壺。見《拾遺記》。閬苑，亦神仙所居。

⑤五雲，謂祥瑞之雲備五色者。

⑥華胥，《列子》：「黃帝晝寢，夢遊華胥之國。」

## 【評箋】

李攀龍云：上述往事，下歎來年，神情一呼一吸。又云：此撫景寫情，俱見其榮光易度，夢醒無幾，真畫出風前燭影，紅光在目。（《草堂詩餘雋》）

沈際飛云：材甫親目靖康之變，前段追憶徽廟，後直指目前，哀樂各至。（《草堂詩餘正集》）

黃蓼園云：清壯。（《蓼園詞選》）

# 程垓

垓字正伯，眉山人。有《書舟詞》，詞有紹熙王偁序，是垓亦紹熙間人也。後人謂垓與蘇軾為中表兄弟，非是。

毛晉云：正伯與子瞻中表兄弟，故集中多溷蘇作。其《酷相思》諸闋，詞家皆極欣賞，謂秦七、黃九莫及也。（《書舟詞跋》）

《太平樂府》云：程正伯以詞名，尤尚書謂正伯之文過於詞，此乃議正伯之大者。昔晏叔原以大臣子為靡麗之詞，其政事堂中舊客，尚欲其捐有餘之才，以勉未至之德。蓋叔原獨以詞名，他文不及也。少游、魯直則已兼之，故陳無己之作，自云不減秦七、黃九，夫亦推重其詞耳。謂正伯為秦、黃則可，為叔原則不可。（沈雄《古今詞話》引）

馮煦云：程正伯淒婉綿麗，與草窗所錄《絕妙好詞》家法相近，故是正鋒，雖與子瞻為中表昆弟，而門徑絕不相入。（《六十一家詞選例言》）

## 水龍吟

夜來風雨匆匆，故園定是花無幾。愁多怨極，等閒孤負，一年芳意。柳困桃慵，杏青梅小，對人容易。算好春長在，好花長見，原只是、人憔悴。　回首池南舊事，恨星星[1]、不堪重記。如今但有，看花老眼，傷時清淚。不怕逢花瘦，只愁怕、老來風味。待繁紅亂處，留雲借月，也須拚醉。

【註解】

①星星，喻白也。謝靈運詩：「戚戚感物歎，星星白髮垂。」

【評箋】

陳廷焯云：正伯辭工於發端，「留雲借月」，四字奇妙。（《白雨齋詞話》）

# 張孝祥

孝祥字安國，歷陽烏江人。紹興二十四年庭試第一，孝宗朝，累遷中書舍人直學士院，領建康留守。尋以荊南湖北路安撫使請祠，進顯謨閣直學士，致仕卒。有《于湖詞》二卷，見《六十家詞》刊本。又《于湖居士樂府》四卷，有雙照樓景刊宋、元、明本詞本；又《于湖先生長短句》五卷，《拾遺》一卷，有涉園景宋、金、元、明詞刊本及《四部叢刊》影宋本。

湯衡云：湯嘗從公遊，見公平昔為詞，未嘗著稿，筆酣興健，頃刻即成，無一字無來處。（《張紫微雅詞序》）

葉紹翁云：張孝祥精於翰墨，人稱「紫府仙」。（《四朝聞見錄》）

陳應行云：比游荊、湖間，得公《于湖集》所作長短句凡數百篇，讀之泠然洒然，真非煙火食人辭語。予雖不及識荊，然其瀟散出塵之姿，自在如神之筆，邁往凌雲之氣，猶可以想見也。（《于湖先生雅詞序》）

查禮云：于湖詞聲律宏邁，音節振拔，氣雄而調雅，意緩而語峭。（《銅鼓書堂遺稿》）

## 六州歌頭

長淮望斷，關塞莽然平。征塵暗，霜風勁，悄邊聲。黯消凝，追想當年事，殆天數，非人力；洙泗[1]上，絃歌地，亦羶[2]腥。隔水氈鄉，落日牛羊下，區脫[3]縱橫。看名王宵獵[4]，騎火一川明，笳鼓悲鳴，遣人驚。念腰間箭，匣中劍，空埃蠹，竟何成！時易失，心徒壯，歲將零，渺神京。干羽⑤方懷遠，靜烽燧，且休兵。冠蓋使，紛馳騖，若為情。聞道中原遺老，常南望、翠葆霓旌⑥。使行人到此，忠憤氣填膺，有淚如傾。

【註解】

①洙、泗，洙水泗水，孔子講學地。《禮檀弓》：「我與女事夫子於洙、泗之間。」

②膻，羊臭。

③區脫，胡兒候漢之土室。區，同甌。《漢書蘇武傳》：「區脫捕得雲中生口。」

④名王宵獵，指金酋夜獵。

⑤干羽，《書大禹謨》：「舞干羽於兩階。」干，木盾；羽，旗幟；皆舞者手執。

⑥翠葆，天子之旗，翠羽為飾。霓旌，一種儀仗，折羽毛，染五彩，綴縷為旌，似虹霓之氣。見《漢書司馬相如傳》註。

【評箋】

《朝野遺記》云：安國在建康留守席上賦此歌闋，魏公為罷席而入。

毛晉云：于湖《歌頭》諸曲駿發踔厲，寓以詩人句法者也。（《于湖詞跋》）

陳廷焯云：張孝祥《六州歌頭》一闋，淋漓痛快，筆飽墨酣，讀之令人起舞。惟「忠憤氣填膺」一句提明，轉淺、轉顯、轉無餘味。或亦聳當途之聽，出於不得已耶？（《白雨齋詞話》）

劉熙載云：詞莫要於有關係，張元幹仲宗因胡邦衡謫新州，作《賀新郎》送之，坐是除名；然身雖黜，而義不可沒也。張孝祥安國於建康留守席上賦《六州歌頭》，致感重臣罷席。然則詞之興觀羣怨，豈下於詩哉。（《藝概》）

## 念奴嬌

洞庭青草①，近中秋、更無一點風色。玉界瓊田②三萬頃，著我扁舟一葉。素月分輝，銀河共影，表裏俱澄澈。怡然心會，妙處難與君說。　應念嶺海經年③，孤光自照，肝膽皆冰雪。短髮蕭騷襟袖冷，穩泛滄浪空闊。盡挹西江，細斟北斗，萬象④為賓客。扣舷獨嘯，不知今夕何夕。

## 【註解】

①青草，湖名，以湖中多生青草，故名青草湖。湖在湖南岳陽縣西南，湘水所匯。
②玉界瓊田，形容湖中月光皎潔。
③嶺海經年，孝祥曾知靜江府，兼廣南西路經略安撫使，罷官後，又起知潭州，權荊湖南路提點刑獄公事。
④萬象，外界一切自然景象。

## 【評箋】

田藝蘅云：杜工部「關山同一點」，岑嘉州「嚴灘一點舟中月」，又：「草頭一點疾如飛」，又：「西看一點是關樓」，又：「淨中雲一點」，花蕊夫人云：「繡簾一點月窺人」，張安國詞「更無一點風色」，夫月、雲、風也，馬也，樓也，皆謂之一點，甚奇。（《留青日札》）

葉紹翁云：張于湖嘗舟過洞庭，月照龍堆，金沙盪射，公得意命酒，唱歌所作詞，呼羣吏而酌之，曰：「亦人子也。」其坦率皆類此。（《四朝聞見錄》）

魏了翁云：張于湖有英姿奇氣，著之湖湘間，未為不遇。洞庭所賦在集中最為傑特。方其吸江酌斗，賓客萬象時，詎知世間有紫微青瑣哉！（《鶴山大全集》）

黃蓼園云：寫景不能繪情，必少佳致。此題咏洞庭，若只就洞庭落想，縱寫得壯觀，亦覺寡味。此詞開首從洞庭説至玉界瓊田三萬頃，題已説完，卽引入扁舟一葉。以下從舟中人心跡與湖光映帶寫，隱現離合，不可端倪，鏡花水月，是二是一。自爾神采高騫，興會洋溢。（《蓼園詞選》）

王闓運云：飄飄有凌雲之氣，覺東坡《水調》猶有塵心。（《湘綺樓詞選》）

# 韓元吉

元吉字无咎，號南澗，許昌人。維四世孫，呂東萊之外舅也。寓居信州，隆興間官吏部尚書。有《南澗詩餘》一卷，見《彊村叢書》刊本。

黃昇云：南澗名家，文獻政事文學，為一代冠冕。（《花庵詞選》）

## 六州歌頭

東風著意，先上小桃枝。紅粉膩，嬌如醉，倚朱扉。記年時，隱映新妝面，臨水岸，春將半，雲日暖，斜橋轉，夾城西。草軟莎平，跋馬①垂楊渡，玉勒爭嘶。

認蛾眉，凝笑臉，薄拂燕脂，繡戶曾窺，恨依依。　共攜手處，香如霧，紅隨步，怨春遲。消瘦損，憑誰問？只花知，淚空垂。舊日堂前燕，和煙雨，又雙飛。人自老，春長好，夢佳期。前度劉郎，幾許風流地，花也應悲。但茫茫暮靄，目斷武陵溪②，往事難追。

【註解】

①跋馬，馳馬。

②武陵溪，用陶潛《桃花源記》事。

## 好事近

凝碧舊池①頭，一聽管絃淒切。多少梨園②聲在，總不堪華髮。　杏花無處避春愁，也傍野煙發。惟有御溝聲斷，似知人嗚咽。

【註解】

①凝碧池，王維被安祿山所拘，賦詩云：「萬戶傷心生野煙，百官何日再朝天，秋槐葉落空宮裏，凝碧池頭奏管弦。」

②梨園，演戲的地方。唐明皇選坐部伎子弟三百，教於梨園，號皇帝梨園弟子。宮女數百，亦稱梨園弟子。見《唐書禮樂志》。

**【評箋】**

《金史交聘表》云：大定十三年三月癸巳朔，宋遣試禮部尚書韓元吉，利州觀察使鄭裔興等賀萬春節。按宋孝宗乾道九年為金世宗大定十三年，南澗汴京賜宴之詞，當是此時作。

麥孺博云：賦體如此，高於比興。（《藝蘅館詞選》）

## 袁去華

去華字宣卿，奉新人。紹興進士，知石首縣。有《宣卿詞》一卷，見四印齋刊《宋元三十一家詞》本。

## 瑞鶴仙

郊原初過雨，見數葉零亂，風定猶舞。斜陽掛深樹，映濃愁淺黛，遙山媚嫵。來時舊路，尚巖花、嬌黃半吐。到而今惟有、溪邊流水，見人如故。　無語、郵亭深靜，下馬還尋，舊曾題處。無聊倦旅，傷離恨，最愁苦。縱收香藏鏡，他年重到，人面桃花在否？念沈沈小閣幽窗，有時夢去。

## 劍器近

夜來雨，賴倩得東風吹住。海棠正妖饒處，且留取。　悄庭戶，試細聽鶯啼燕語，分明共人愁緒，怕春去。　佳樹，翠陰初轉午。重簾未捲，乍睡起，寂寞看風絮。偷彈清淚寄煙波，見江頭故人，為言憔悴如許。彩箋無數，去卻寒暄①，到了渾無定據。斷腸落日千山暮。

【註解】

①寒暄，寒溫，問寒問暖語言。

## 安公子

弱柳千絲縷，嫩黃勻遍鴉啼處。寒入羅衣春尚淺，過一番風雨。問燕子來時，綠水橋邊路，曾畫樓、見箇人人否？料靜掩雲窗，塵滿哀絃危柱。　庾信愁如許，為誰都著眉端聚。獨立東風彈淚眼，寄煙波東去。念永晝春閒，人倦如何度？閒傍枕、百囀黃鸝語。喚覺來厭厭，殘照依然花塢。

# 陸淞

淞字子逸，號雪溪，山陰人。官辰州守，放翁雁行也。

## 瑞鶴仙

臉霞紅印枕，睡覺來、冠兒還是不整。屏間麝煤①冷，但眉峯壓翠，淚珠彈粉。堂深晝永，燕交飛、風簾露井。恨無人說與，相思近日，帶圍寬盡。　重省，殘燈朱幌，淡月紗窗，那時風景。陽臺路迴，雲雨夢②，便無準。待歸來，先指花梢教看，欲把心期細問。問因循過了青春，怎生意穩？

【註解】

①麝煤，墨之異稱。李建中詩：「松煙麝煤陰雨寒。」

②雲雨夢，見前晏幾道《木蘭花》註。

【評箋】

陳鵠云：南渡初，南班宗子寓居會稽，為近屬，士子最盛。園亭甲於浙東，一時座客皆騷人墨士，陸子逸嘗與焉。士有侍姬盼盼者，色藝殊絕，公每屬意焉。一日宴客，偶睡，不預捧觴之列。陸因問之，士即呼至，其枕痕猶在臉。公為賦《瑞鶴仙》有「臉霞紅印枕」之句，一時盛傳，逮今為雅唱。後盼盼亦歸陸氏。（《耆舊續聞》）

張炎云：陸雪窗《瑞鶴仙》、辛稼軒《祝英臺近》，皆景中帶情，而存騷雅。故其燕酣之樂，別離之愁，回文題葉之思，峴首西州之淚，一寓於詞。若能屏去浮豔，樂而不淫，是亦漢、魏樂府之遺意。（《詞源》）

沈際飛云：詞以弄月嘲風為主，聲復出鶯吭燕舌之間，不近乎情不可，鄰於鄭、衛則甚。景而帶情，騷而存雅，不在茲乎？委婉深厚，不忍隨口念過，漢、魏遺意。（《草堂詩餘正集》）

賀裳云：「待歸來」下，迷離婉妮。（《皺水軒詞筌》）

先著云：能如此作情詞，亦復何傷。（《詞潔》）

王闓運云：小說造為咏歌姬睡起之詞，不顧文理。本事之附會，大要如此。（《湘綺樓詞選》）

董毅云：刺時之言。（《續詞選》）

# 陸游

游字務觀，號放翁，越州山陰人。佃之孫，宰之子，以蔭補登仕郎。隆興初，賜進士出身。范成大帥蜀，為參議官，累知嚴州。嘉泰初，詔同修國史兼祕書監，陞寶章閣待制，致仕卒。有《放翁詞》一卷，見《六十家詞》刊本。又《渭南詞》二卷，有雙照樓景刊宋元明本詞本。

毛晉云：孝宗一日問周益公曰：「今代詩人亦有如唐李白者？」益公以放翁對，由是人競呼為小李白。（《劍南詩稿跋》）

葉紹翁云：陸游字務觀，去聲，蓋母氏夢秦少游而生公，故以秦名為字，而字其名云。（《四朝聞見錄》）

劉克莊云：放翁、稼軒一掃纖豔，不事斧鑿，但時時掉書袋，要是一癖。（《後村詩話》）

黃昇云：范致能為蜀帥，務觀在幕府，主賓唱酬短章大篇，人爭傳誦之。（《花庵詞選》）

毛晉云：楊用修云：「纖麗處似淮海，雄快處似東坡。」予謂超爽處更似稼軒耳。（《放翁詞跋》）

《四庫全書提要》云：楊慎《詞品》謂游「纖麗處似淮海，雄快處似東坡。」平心而論，游之本意蓋欲驛騎於兩家之間，故奄有其勝而皆不能造其極。要之詩人之言終為近雅，與詞人之冶蕩有殊，其短其長，故具在是也。（《放翁詞》提要）

許昂霄云：南渡後唯放翁為詩家大宗，詞亦掃盡纖淫，超然拔俗。（《詞綜偶評》）

馮煦云：劍南屏除纖豔，獨往獨來，其逋峭沈鬱之概，求之有宋諸家，無可方比。（《六十一家詞選例言》）

劉熙載云：陸放翁詞安雅清澹，其尤佳者，在蘇、秦間。然乏超然之致，天然之韻，是以人得測其所至。（《藝概》）

劉師培云：劍南之詞屏除纖豔，清真絕俗，逋峭沈鬱，而出之以平淡之詞，例以古詩，亦元亮、右丞之匹，此道家之詞也。（《論文雜記》）

## 卜算子 詠梅

驛外斷橋邊，寂寞開無主。已是黃昏獨自愁，更著風和雨。　無意苦爭春，一任羣芳妒。零落成泥碾[1]作塵，只有香如故。

【註解】

①碾，用圓輪之物旋轉壓之曰碾。

【評箋】

卓人月云：末句想見勁節。（《詞統》）

## 陳亮

亮字同甫，婺州永康人。淳熙中，詣闕上書。光宗紹熙四年策進士，擢第一，授簽書建康府判官廳公事，未知而卒。端平初，謚文毅。有《龍川詞》一卷，《補遺》一卷，見《六十家詞》刊本。又有四印齋刊本。

葉水心云：同甫長短句四卷，每一章成，輒自歎曰，平生經濟之懷略已陳矣，予所謂微言，多此類也。

毛晉云：龍川詞讀至卷終，不作一妖語媚語，殆所稱不受人憐者與。（《龍川詞跋》）

# 水龍吟

鬧花深處樓臺，畫簾半捲東風軟。春歸翠陌，平莎茸嫩，垂楊金淺。遲日催花，淡雲閣雨，輕寒輕暖。恨芳菲世界，遊人未賞，都付與鶯和燕。　寂寞憑高念遠，向南樓、一聲歸雁。金釵鬭草①，青絲勒馬，風流雲散。羅綬②分香，翠綃封淚，幾多幽怨？正消魂又是，疏煙淡月，子規聲斷。

【註解】

①鬭草，古代有鬭草之戲。宗懍《荊楚歲時記》：「競採百藥，謂百草以蠲除毒氣，故世有鬭草之戲。」

②羅綬，羅帶。

【評箋】

沈際飛云：有能賞而不知者，有欲賞而不得者，有似賞而不真者，人不如鶯也，人不如燕也。

（《草堂詩餘正集》）

李攀龍云：春光如許，遊賞無方，但愁恨難消，不無觸物生情。（《草堂詩餘雋》）

劉熙載云：同甫《水龍吟》云：「恨芳菲世界遊人未賞，都付與鶯和燕」，言近指遠，直有宗留守大呼渡河之意。（《藝概》）

黃蓼園云：「鬧花深處層樓」見不事事也，「東風軟」卽東風不競之意也。遲日淡雲，輕寒輕暖，一曝十寒之喻也。好世界不求賢共理，惟與小人遊玩如鶯燕也。「念遠」者念中原也，「一聲歸雁」謂邊信至，樂者自樂，憂者徒憂也。（《蓼園詞選》）

陳廷焯云：此詞「念遠」二字是主，故目中一片春光，觸我愁腸，都成眼淚。（《白雨齋詞話》）

## 范成大

成大字致能，號石湖居士，吳郡人。紹興二十四年進士，孝宗時累官吏部尚書，拜參知政事，進資政殿學士，提舉洞霄宮，卒謚文穆。有《石湖詞》一卷，見《知不足齋叢書》刊本，又見《彊村叢書》刊本。趙萬里有重訂本。

劉漫塘云：范致能、陸務觀以東南文墨之彥，至為蜀帥。在幕府日，賓主唱酬，每一篇出，人以先覩為快。（沈雄《古今詞話》引）

陳廷焯云：石湖詞音節最婉轉，讀稼軒詞後讀石湖詞，令人心平氣和。（《白雨齋詞話》）

## 憶秦娥

樓陰缺，闌干影臥東廂月。東廂月，一天風露，杏花如雪。　隔煙催漏金虯①咽，羅幃黯淡燈花結。燈花結，片時春夢，江南天闊。

【註解】

①金虯，龍子有角者。金虯，漏箭之飾。

【評箋】

鄭文焯云：范石湖《憶秦娥》「片時春夢，江南天闊」，乃用岑嘉州「枕上片時春夢中，行盡江南數千里」詩意，蓋檃括餘例也。（《絕妙好詞校錄》）

## 眼兒媚

萍鄉道中乍晴，臥輿中困甚，小憩柳塘。

酣酣①日腳紫煙浮，妍暖破輕裘。困人天色，醉人花氣，午夢扶頭②。　春慵恰似春塘水，一片縠紋愁。溶溶曳曳③，東風無力，欲避還休。

【註解】

①酣酣，暖意。

②扶頭，酒名。白居易詩：「一榼扶頭酒。」

③溶溶曳曳，蕩漾貌。

【評箋】

沈際飛云：字字軟温，着其氣息卽醉。（《草堂詩餘別集》）

許昂霄云：換頭「春慵」緊接「困」字、「醉」字來，細極。（《詞綜偶評》）

王闓運云：自然移情，不可言說，綺語中仙語也。（《湘綺樓詞選》）

## 霜天曉角

晚晴風歇，一夜春威折。脈脈花疏天淡，雲來去，數枝雪。　勝絕，愁亦絕，此情誰共說。惟有兩行低雁，知人倚畫樓月。

# 辛棄疾

棄疾，字幼安，號稼軒，濟南歷城人。耿京聚兵山東，節制忠義軍馬，留掌書記。紹興三十二年，令奉表南歸，高宗召見，授承務郎。寧宗朝累官浙東安撫使，加龍圖閣待制，進樞密都承旨卒。德祐初以謝枋得請，贈少師，諡忠敏。有《稼軒長短句》十二卷，見涉園影宋金元明本詞續刊本及四印齋所刻詞刊本。又《稼軒詞》四卷，有《六十家詞》刊本。又有《稼軒甲乙丙丁集》四卷本。

岳珂云：稼軒以詞名，有所作輒數十易稿，累月未竟，其刻意如此。（《桯史》）

陳謨云：蔡光工於詞，靖康中陷金，辛幼安以詩詞謁蔡曰：「子之詩則未也，他日當以詞名家。」（《懷古錄》）

范開云：其詞之為體如張樂洞庭之野，無首無尾，不主故常；又如春雲浮空，捲舒起滅，隨所變態，無非可觀。（《稼軒詞序》）

劉克莊云：公所作，大聲鏜鞳，小聲鏗鍧；橫絕六合，掃空萬古；其穠麗綿密處，亦不在小晏、秦郎之下。（《後村詩話》）

楊慎云：近日作詞者，惟周美成、姜堯章，而以東坡為詞詩，稼軒為詞論；此說固當。蓋曲者曲也，固當以委曲為體；然徒狃於風情婉孌，則亦易厭。回視稼軒，豈非萬古一清風哉！又云：孫位畫水，張南木畫火，吳道子畫，

楊繪塑，崔顥賦黃鶴樓，太白賦鳳凰臺，陳簡齋詩，辛稼軒詞，同能不如獨勝也。（《詞品》）

毛晉云：詞家爭鬥穠纖，而稼軒率多撫時感事之作，磊落英多，絕不作妮子態；宋人以東坡為詞詩，稼軒為詞論，善評也。（《稼軒詞跋》）

王士禛云：石勒云：「大丈夫磊磊落落，終不學曹孟德、司馬仲達狐媚。」讀稼軒詞當作如是觀。（《花草蒙拾》）

彭孫遹云：稼軒詞，胸有萬卷，筆無點塵，激昂排宕，不可一世。今人未有稼軒一字，輒紛紛為異同之論，宋玉罪人，可勝三歎！（《金粟詞話》）

鄒祗謨云：稼軒詞，中調、小令亦間作嫵媚語，觀其得意處，真有壓倒古人之意。（《遠志齋詞衷》）

樓敬思云：稼軒驅使《莊》、《騷》、《經》、《史》，無一點斧鑿痕，筆力甚峭。（《詞林紀事》引）

劉體仁云：文字總要生動，鏤金錯采，所以為笨伯也。詞尤不可參一死句，辛稼軒非不自立門戶，但是散仙入神，非正法眼藏；改之處處吹影，乃博刀圭之譏，宜矣。（《七頌堂詞繹》）

俞彥云：唐詩三變愈下，宋詞殊不然，歐、蘇、秦、黃足當高、岑、王、李；南渡以後，矯矯陡健，卽不得稱中宋、晚宋也。惟辛稼軒自度粱肉，不勝前哲，特出奇險為珍錯供，與劉後村輩，俱曹洞旁出，學者正可欽佩，不必反唇並捧心也。（《爰園詞話》）

《四庫全書提要》云：棄疾詞慷慨縱橫，有不可一世之概；於倚聲家為變調，而異軍特起，能於剪翠刻紅之外，屹然別立一宗，迄今不廢。（《稼軒詞》提要）

黃梨莊云：辛稼軒當弱宋末造，負管、樂之才，不能盡展其用，一腔忠憤，無處發洩；觀其與陳同父抵掌談論，是何等人物？故其悲歌慷慨，抑鬱無聊之氣，一寄之於其詞，今欲與搔首傅粉者比，是豈知稼軒者？（《詞苑叢談》引）

周濟云：稼軒不平之鳴，隨處輒發，有英雄語，無學問語，故往往鋒穎太露。然其才情富，思力果銳，南北兩朝，實無其匹，無怪流傳之廣且久也。又云：世以蘇、辛並稱，蘇之自在處，辛偶能到之，辛之當行處，蘇必不能到。二公之詞，不可同語也。又云：後人以粗豪學稼軒，非徒無其才，並無其情，稼軒固是才大，然情至處，後人萬不能及。（《介存齋論詞雜著》）又云：稼軒斂雄心，抗高調，變溫婉，成悲涼。（《宋四家詞選序論》）

吳衡照云：辛稼軒別開天地，橫絕古今，《論》、《孟》、《詩小序》、左氏《春秋》、《南華》、《離騷》、《史》、《漢》、《世說》、選學、李、杜詩，拉雜運用，彌見其筆力之峭。（《蓮子居詞話》）

陳廷焯云：辛稼軒，詞中之龍也，氣魄極雄大，意境卻極沈鬱。不善學之，流入叫囂一派，論者遂集矢於稼軒，稼軒不受也。又云：稼軒詞彷彿魏武詩，自是有大本領、大作用人語。（《白雨齋詞話》）

江順詒云：稼軒仙才，亦霸才也。（《詞學集成》）

馮煦云：稼軒負高世之才，不可羈勒；能於唐、宋諸大家外，別樹一幟，自茲以降，詞家遂有門戶主奴之見，而才氣橫逸者，羣樂其豪縱而效之，乃至里俗俘囂之子，亦靡不推波助瀾，自託辛、劉，以屏蔽其陋，則非稼軒之咎，而不善學者之咎也。（《宋六十家詞選例言》）

劉熙載云：稼軒詞龍騰虎擲，任古書中理語、瘦語，一經運用，便得風流，天姿是何夐異？又云：《宋史》本傳稱其雅善長短句，悲壯激烈。又稱謝校勘過其墓旁，有疾聲大呼於堂上，若鳴其不平然。則其長短句之作，固莫非

假之鳴者哉！（《藝概》）

王國維云：南宋詞人，白石有格而無情，劍南有氣而乏韻；其堪與北宋人頡頏者，唯一幼安耳。近人祖南宋而祧北宋，以南宋之詞可學，北宋不可學也；學南宋者，不祖白石，則祖夢窗，以白石、夢窗可學，幼安不可學也；學幼安者，率祖其粗獷滑稽，以其粗獷滑稽處可學，佳處不可學也；幼安之佳處，在有性情、有境界；卽以氣象論，亦有傍素波、干青雲之概，寧後世齷齪小子所可擬耶！（《人間詞話》）

謝章鋌云：稼軒是極有性情人，學稼軒者，胸中須先具一段真氣、奇氣，否則雖紙上奔騰，其中俄空焉，亦蕭蕭索索，如牖下風耳。又云：晏、秦之妙麗，源於李太白、溫飛卿；姜、史之清真，源於張志和、白香山；惟蘇、辛在詞中藩籬獨闢矣。讀蘇、辛詞，知詞中有人，詞中有品，不敢自為菲薄。然辛以畢生精力注之，比蘇尤為橫出矣。吳子律云：「辛之於蘇，猶詩中山谷之視東坡也，東坡之大，殆不可以學而至。」此論或不盡然。蘇風格自高，而性情頗歉；辛卻纏綿悱惻。且辛之造語俊於蘇，若僅以大論也，則室之大不如堂，而以堂為室，可乎？（《賭棋山莊詞話》）

況周頤云：東坡、稼軒其秀在骨，其厚在神。（《香海棠館詞話》）

## 賀新郎　別茂嘉十二弟

綠樹聽鵜鴂①，更那堪、鷓鴣聲住，杜鵑聲切。啼到春歸無啼處，苦恨芳菲都歇。算未抵人間離別，馬上琵琶②關塞黑，更長門③、翠輦辭金闕，看燕燕④，送歸妾。將軍百戰身名裂，向河梁⑤、回頭萬里。故人長絕。易水⑥蕭蕭西風冷，滿座衣冠似雪。正壯士、悲歌未徹。啼鳥還知如許恨，料不啼、清淚長啼血，誰共我，醉明月？

【註解】

①鶗鴂，鳥名，常於春分鳴。

②馬上琵琶，石崇《王明君辭序》：「昔公主嫁烏孫，令琵琶馬上作樂，以慰其道路之思，其送明君亦必爾也。」

③長門，漢武帝陳皇后被貶居長門宮。

④燕燕，《詩經．邶風．燕燕序》：「衛莊姜送歸妾也。」

⑤河梁，《文選》李陵與蘇武詩：「攜手上河梁，遊子暮何之？」

⑥易水，荊軻自燕入秦，太子與賓客白衣冠送行至易水，見《史記刺客列傳》。

【評箋】

劉過《龍洲詞》「沁園春」題「送辛幼安弟赴桂体官」，當卽為茂嘉。

沈雄云：稼軒《賀新郎》「綠樹聽鵜鴂」一首，盡集許多怨事，全與太白擬《恨賦》相似。（沈雄《古今詞話》）

劉體仁云：稼軒：「杯！汝前來」，《毛穎傳》也。「誰共我醉明月」，《恨賦》也。皆非詞家本色。（《七頌堂詞繹》）

張惠言云：茂嘉蓋以得罪謫徙，故有是言。（《張惠言詞選》）

周濟云：前半闋北都舊恨，後半闋南渡新恨。（《宋四家詞選》）

許昂霄云：上三項說婦人，此二項言男子；中間不敘正位，卻羅列古人許多離別，如讀文通《別賦》，亦創格也。（《詞綜偶評》）

陳廷焯云：稼軒詞自以《賀新郎》一篇為冠；沈鬱蒼涼，跳躍動盪，古今無此筆力。（《白雨齋詞話》）

梁啓超云：《賀新郎》調，以第四韻之單句為全首筋節，如此句最可學。（《藝蘅館詞選》）

王國維云：稼軒《賀新郎》詞《送茂嘉十二弟》，章法絕妙，且語語有境界，此能品而幾於神者。然非有意為之，故後人不能學也。（《人間詞話》）

# 念奴嬌

書東流①村壁

野塘花落，又匆匆過了清明時節。剗地②東風欺客夢，一枕雲屏寒怯。曲岸持觴，垂楊繫馬，此地曾經別。樓空人去，舊遊飛燕能說。　聞道綺陌東頭，行人曾見，簾底纖纖③月。舊恨春江流不盡，新恨雲山千疊。料得明朝，尊前重見，鏡裏花④難折。也應驚問，近來多少華髮？

【註解】

①東流，今池州有東流縣，稼軒自江西過此。

②剗地，猶云無端也。

③纖纖，喻足。

④鏡裏花，空幻之意。《圓覺經》：「用此思維，辨於佛鏡，猶如空華，復結空果。」

【評箋】

陳廷焯云：悲而壯，是陳其年之祖。「舊恨」二語，矯首高歌，淋漓悲壯。（《白雨齋詞話》）

譚獻云：大踏步出來，與眉山同工異曲。然東坡是衣冠偉人，稼軒則弓刀遊俠。「樓空」二句，可識其清新俊逸兼之故實。（《譚評詞辨》）

梁啓超云：此南渡之感。（《藝蘅館詞選》）

## 漢宮春

立春

春已歸來，看美人頭上，裊裊春幡①。無端風雨，未肯收盡餘寒。年時燕子，料今宵夢到西園。渾未辨、黃柑薦酒，更傳青韭堆盤②。　卻笑東風，從此便薰梅染柳，更沒些閒。閒時又來鏡裏，轉變朱顏。清愁不斷，問何人會解連環。生怕見花開花落，朝來塞雁先還。

【註解】

①春幡，《苕溪漁隱叢話》云：「《荊楚歲時記》云：『立春日悉翦綵為燕子以戴之。』故歐陽永叔詩云：『不驚樹裏禽初變，共喜釵頭燕已來。』鄭毅夫云：『漢殿鬬簪雙綵燕，並知春色上釵頭。』皆立春日帖子詩也。」

②堆盤，《遵生八牋》：「立春日作五辛盤，以黃柑釀酒，謂之洞庭春色。故蘇詩云：『辛盤得青韭，臘酒是黃柑。』」

【評箋】

周濟云：「春幡」九字，情景已極不堪。燕子猶記年時好夢，黃柑青韭，極寫晏安酖毒。換頭又提動黨禍，結用雁與燕激射，卻捎帶五國城舊恨。辛詞之怨，未有甚於此者。（《四家詞選》）

譚獻云：以古文長篇法行之。（《復堂詞話》）

陳廷焯云：稼軒詞其源出自《楚騷》，起勢飄灑。（《白雨齋詞話》）

## 賀新郎　賦琵琶

鳳尾龍香撥①，自開元《霓裳曲》罷，幾番風月。最苦潯陽江頭客②，畫舸亭亭待發。記出塞、黃雲堆雪。馬上離愁③三萬里，望昭陽、宮殿孤鴻沒，絃解語，恨難說。遼陽驛使音塵絕，瑣窗寒、輕攏慢撚④，淚珠盈睫。推手⑤含情還卻手，一抹《梁州》⑥哀徹。千古事、雲飛煙滅。賀老⑦定場無消息，想沈香亭⑧北繁華歇，彈到此，為嗚咽。

## 【註解】

①鳳尾龍香撥，楊貴妃琵琶以龍香板為撥，以邏逤檀為槽，有金縷紅紋，蹙成雙鳳。見《明皇雜錄》。

②潯陽江頭客，謂白居易，白居易有《琵琶行》，起句云：「潯陽江頭夜送客。」

③馬上離愁，見前《賀新郎》註。

④輕攏慢撚，皆琵琶手法。《樂府雜錄》云：「裴興奴長於攏撚。」《琵琶行》：「輕攏漫撚抹復挑。」

⑤推手，推手前曰琵，引卻曰琶，因以為名。見《釋名》。

⑥《梁州》，琵琶曲有《轉關六幺》、《濩索梁州》，見《蔡寬夫詩話》。

⑦賀老，唐賀懷智善彈琵琶，見《明皇雜錄》。元稹《連昌宮詞》：「夜半月高絃索鳴，賀老琵琶定場屋。」

⑧沈香亭，亭以沈香為之。唐玄宗賞花沈香亭，命李白賦《清平調》三章，有「沈香亭北倚

闌干」句，見《太真外傳》。

【評箋】

陳霆云：此篇用事最多，然圓轉流麗，不為事所使，的是妙手。（《渚山堂詞話》）

周濟云：「記出塞」句，言謫逐正人，以致亂離。「遼陽」句言晏安江沱，不復北望。（《宋四家詞選》）

陳廷焯云：此詞運典雖多，卻一片感慨，故不嫌堆垛。心中有淚，故筆下無一字不嗚咽。（《白雨齋詞話》）

梁啓超云：琵琶故事，網羅臚列，亂雜無章，殆如一團野草；惟其大氣足以包舉之，故不粗率，非望人勿學步也。（《藝蘅館詞選》）

## 水龍吟　登建康賞心亭①

楚天千里清秋，水隨天去秋無際。遙岑遠目，獻愁供恨，玉簪螺髻。落日樓頭，斷鴻聲裏，江南遊子，把吳鈎②看了，闌干拍遍，無人會、登臨意。　休說鱸魚堪膾，儘西風季鷹③歸未？求田問舍④，怕應羞見，劉郎才氣。可惜流年，憂愁風雨，樹猶如此⑤。倩何人喚取，紅巾翠袖，揾英雄淚？

【註解】

①此詞為辛棄疾三十歲時在建康通判任上所作。賞心亭，丁謂作，見《詩話總龜》。

②吳鈎，《夢溪筆談》云：「唐人詩多有言吳鈎者。吳鈎，刀名也。」

③季鷹，《世說》：「張季鷹在洛，見秋風起，因思吳中菰菜羹鱸魚膾，曰：『人生貴得適意爾，何能羈宦數千里以要名爵！』遂命駕便歸。」

④求田問舍，《三國志》：「許汜論陳元龍豪氣未除，謂昔過下邳，見元龍無主客禮，自上大牀臥，使客臥下牀。劉備曰：『君有國士名，而不留心救世，乃求田問舍，言無可採，是元龍所諱也。如我當臥百尺樓上，臥君於地，何但上下牀之間哉！』」

⑤樹猶如此，《世說》：「桓温見昔時種柳，皆已十圍，慨然曰：「木猶如此，人何以堪？」」

【評箋】

陳洵云：起句破空而來，秋無際，從「水隨天去」中見；「玉簪螺髻」之「獻愁供恨」，從遠目中見；「江南遊子」，從「斷腸落日」中見；純用倒捲之筆。「吳鉤看了，闌干拍遍」，仍縮入「江南遊子」上；「無人會」縱開，「登臨意」收合。後片愈轉愈奇，季鷹未歸則鱸膾徒然一轉，劉郎羞見則田舍徒然一轉，如此則江南遊子亦惟長抱此憂，以老而已；卻不說出，而以「樹猶如此」作半面語縮住。「倩何人」以下十三字，應「無人會登臨意」作結。稼軒縱橫豪宕，而筆筆能留，字字有脈絡如此；學者苟能於此求，則清真、稼軒、夢窗，三家實一家，若徒視為真率，則失此賢矣！清真、稼軒、夢窗，各有神采；清真出於韋端己，夢窗出於溫飛卿，稼軒出於南唐李主，莫不有一己之性情境地，而平平轍跡，則殊途同歸。而或者以鹵莽學之，或者委為不可學。嗚呼！鮮能知味，小技猶然，況大道乎。（《海綃說詞》）

譚獻云：裂竹之聲，何嘗不潛氣內轉。（《譚評詞辨》）

陳廷焯云：落落數語，不數王粲《登樓賦》。（《白雨齋詞話》）

## 摸魚兒

淳熙己亥①，自湖北漕移湖南，同官王正之置酒小山亭為賦。

**更能消幾番風雨，匆匆春又歸去。惜春長怕花開早，何況落紅無數。春且住！見說道、天涯芳草無歸路。怨春不語，算只有殷勤，畫檐蛛網，盡日惹飛**

絮。長門事②，準擬佳期又誤，蛾眉曾有人妒。千金縱買相如賦，脈脈此情誰訴？君莫舞！君不見、玉環飛燕③皆塵土。閒愁最苦，休去倚危闌，斜陽正在，煙柳斷腸處。

【註解】

①淳熙己亥，宋孝宗淳熙六年，辛棄疾時年四十歲。

②長門事，司馬相如《長門賦序》云：「孝武皇帝陳皇后，時得幸，頗妬，別在長門宮，愁悶悲思。聞蜀郡成都司馬相如，天下工為文，奉黃金百斤為相如、文君取酒。因於解悲愁之辭。而相如為文，以悟主上，陳皇后復得親幸。」

③玉環，楊貴妃小字；飛燕，趙飛燕，漢成帝皇后號。

【評箋】

羅大經云：詞意殊怨，斜陽煙柳之句，比之「未須愁日暮，天際是輕陰」者異矣。在漢、唐時，寧不賈種豆種桃之禍？然聞壽皇見此詞，頗不悅，終不加以罪，可謂盛德。（《鶴林玉露》）

張侃云：康伯可《曲遊春》詞頭句云：「臉薄難藏淚，恨柳風不與吹斷行色。」惜別之意已盡。

辛幼安《摸魚兒》詞頭句云：「更能消幾番風雨，匆匆春又歸去。」惜春之意亦盡。二公才調絕人，不被腔律拘縛，至「但掩袖，轉面啼紅，無言應得。」與「閒愁最苦。休去倚危闌，斜陽正在，煙柳斷腸處。」其惜別惜春之意愈無窮。（《拙軒集》）

沈際飛云：李涉詩：「野寺尋花春已遲，背巖惟有兩三枝；明朝攜酒猶堪賞，為報春風且莫吹。」辛用其意。（《草堂詩餘正集》）

許昂霄云：「春且住」二句，是留春之辭。結句卽義山「夕陽無限好，只是近黃昏」之意。斜陽以喻君也。（《詞綜偶評》）

陳廷焯云：「更能消幾番風雨」一章，詞意殊怨，然姿態飛動，極沈鬱頓挫之致。起處「更能消」三字，是從千回萬轉後倒折出來，真是有力如虎。又云：怨而怒矣！然沈鬱頓宕，筆勢飛舞，千古所無。「春且住」三字一喝，怒甚。結得愈淒涼、愈悲鬱。（《白雨齋詞話》）

譚獻云：權奇倜儻，純用太白樂府詩法。「見說道」句是開，「君不見」句是合。（《譚評詞辨》）

黃蓼園云：辭意似過於激切，第南渡之初，危如纍卵，「斜陽」句亦危言聳聽之意耳！持重者多危詞，赤心人少甘語，亦可以諒其志哉！（《蓼園詞選》）

梁啓超云：迴腸盪氣，至於此極；前無古人，後無來者。（《藝蘅館詞選》）

王闓運云：「算只有」三句是指張浚秦檜一流人。（《湘綺樓詞選》）

## 永遇樂①

京口北固亭懷古

千古江山，英雄無覓、孫仲謀處。舞榭歌臺，風流總被、雨打風吹去。斜陽草樹，尋常巷陌，人道寄奴②曾住。想當年，金戈鐵馬③，氣吞萬里如虎。元嘉草草④，封狼居胥，贏得倉皇北顧。四十三年⑤，望中猶記、燈火揚州路。可堪回首、佛貍祠⑥下，一片神鴉社鼓。憑誰問，廉頗老矣⑦，尚能飯否？

【註解】

①此乃辛棄疾六十五歲守京口時作。

②寄奴，宋武帝劉裕小字寄奴，曾住丹徒京口里。

③金戈鐵馬，金屬製之戈，披着鐵甲之馬。

④元嘉，宋文帝年號。宋文帝曾謂聞王玄謨論兵，使人有封狼居胥之意。（狼居胥，山名，在

今蒙古。漢霍去病戰勝匈奴，封狼居胥山）後命王玄謨北伐，大敗而歸。

⑤四十三年，辛棄疾由一二〇五年（宋寧宗開禧元年）知鎮江府，距其在一一六二年奉表南歸，路經揚州，正是四十三年。

⑥佛貍，魏太武帝小名。宋文帝元嘉二十七年，魏太武帝南侵至瓜步。此蓋借魏太武以喻金主亮南侵。佛貍祠即太武帝之廟。

⑦廉頗老矣，廉頗在梁，趙王思復得頗，頗亦思復用。趙使使者視頗，頗為之一飯斗米，肉十斤，被甲上馬以示可用。事見《史記廉頗藺相如列傳》。

【評箋】

岳珂云：稼軒以詞名，每宴，必令侍姬歌其所作，特好《賀新郎》一詞，自誦其警句曰：「我見青山多嫵媚，料青山見我應如是。」又曰：「不恨古人吾不見，恨古人不見吾狂耳！」每至此，輒拊髀自笑，顧問坐客何如？皆嘆譽如出一口。既而作《永遇樂》序北府事，首章曰：「千古江山，英雄無覓，孫仲謀處。」又曰：「尋常巷陌，人道寄奴曾住。」其寓感慨者則曰：「不堪回首，佛貍祠下，一片神鴉社鼓。憑誰問廉頗老矣，尚能飯否？」特置酒招數客，使妓迭歌，益自擊節，遍問客，必使摘其疵；客遜謝不可，或措一二語，不契其意，又弗答。余時年最少，率然對曰：「童子無知，何敢有議？然必欲如范希文，以千金求《嚴陵記》一字之易，則晚進竊有議也。」稼軒喜，使畢其說。余曰：「前篇豪視一世，獨首尾二腔警語差相似，新作微覺用事多耳。」稼軒大喜，謂座客曰：「夫夫也，實中余痼。」乃味改其語，日數十易，纍月未竟。（《桯史》）

羅大經云：此詞雋壯可喜。（《鶴林玉露》）

楊慎云：辛詞當以《京口北固亭懷古》為第一。（《詞品》）

先著云：發端便欲涕落，後段一氣奔注，筆不得遏。廉頗自擬，慷慨壯懷，如聞其聲。謂此詞用人名多者，尚是不解詞味。（《詞潔》）

周濟云：有英主則可以隆中興，此是正說。英主必起於草澤，此是反說。又云：繼世圖功，前車如此。（《宋四家詞選》）

譚獻云：起句嫌有獷氣，且使事太多，宜為岳氏所譏；非稼軒之盛氣，勿輕染指也。（《譚評詞辨》）

陳廷焯云：句句有金石聲音，吾怖其神力。（《白雨齋詞話》）

繼昌云：此闋悲壯蒼涼，極咏古能事。（《左庵詞話》）

## 木蘭花慢　滁州送范倅①

老來情味減，對別酒，怯流年。況屈指中秋，十分好月，不照人圓。無情水都不管，共西風、只管送歸船。秋晚蓴鱸②江上，夜深兒女燈前。　征衫，便好去朝天，玉殿正思賢。想夜半承明，留教視草③，卻遣籌邊。長安，故人問我，道愁腸殢酒④只依然。目斷秋霄落雁，醉來時響空弦。

【註解】

①滁州送范倅，稼軒知滁州，在宋孝宗乾道八年，明年三十三。范倅名昂，字里無考。

②蓴鱸，用張翰事，見前《水龍吟》註。

③視草，為皇帝草擬制詔之稿。

④殢酒，困也。

## 祝英臺近

寶釵分，桃葉渡，煙柳暗南浦。怕上層樓，十日九風雨。斷腸片片飛紅，都無人管，更誰勸啼鶯聲住？　鬢邊覷，應把花卜歸期，纔簪又重數。羅帳燈昏，哽咽夢中語。是他春帶愁來，春歸何處？卻不解帶將愁去。

【評箋】

張端義云：呂婆，呂正已之妻，正已為京畿漕，有女事辛幼安，因以微事觸其怒，竟逐之，今稼軒《桃葉渡》詞因此而作。（《貴耳集》）

陳鵠云：辛幼安詞：「是他春帶愁來，春歸何處，卻不解帶將愁去。」人皆以為佳，不知趙德莊《鵲橋仙》詞云：「春愁元自逐春來，卻不肯隨春歸去。」蓋德莊又體李漢老《楊花》詞：「驀地便和春帶將歸去。」大抵後輩作詞，無非前人已道底句，特善能轉換耳。（《耆舊續聞》）

張侃云：辛幼安《祝英臺》云：「是他春帶愁來，春歸何處，又不解和愁歸去。」王君玉《祝英臺》云：「可堪妬柳羞花，下牀都懶，便瘦也教春知道。」前一詞欲春帶愁去，後一詞欲春知道瘦。近世春晚詞，少有比者。（《拙軒集》）

沈際飛云：唐詩：「莫作商人婦，金釵當卜錢。」不能擅美。又云：怨春、問春，口快心靈，非關勦襲。（《草堂詩餘正集》）

沈謙云：稼軒詞以激揚奮厲為工；至「寶釵分、桃葉渡」一曲，昵狎溫柔，魂銷意盡，詞人伎倆，真不可測。（《填詞雜說》）

譚獻云：「斷腸」三句，一波三過折，末三句託興深切，亦非全用直語。（《譚評詞辨》）

張惠言云：此與德祐太學生二詞用意相似，點點飛紅，傷君子之棄；流鶯，惡小人得志也；春帶愁來，其刺趙、張乎？（《張惠言詞選》）

黃蓼園云：按此閨怨詞也。史稱稼軒人材，大類溫嶠、陶侃，周益公等抑之，為之惜。此必有所託，而借閨怨以抒其志乎！言自與良人分釵後，一片煙雨迷離，落紅已盡，而鶯聲未止，將奈之何乎？次闋言問卜，欲求會而間阻實多，而憂愁之念將不能自已矣；意致悽惋，其志可憫。史稱葉衡入相，薦棄疾有大略，召見提刑江西，平劇盜，兼湖南安撫，盜起湖、湘，棄疾悉平之。後奏請於湖南設飛虎軍，詔委以規畫。時樞府有不樂者，數阻撓之；議者以聚斂聞，降御前金字牌停住；棄疾開陳本末，繪圖繳進，上乃釋然。詞或作於此時乎？（《蓼園詞選》）

## 青玉案　元夕

東風夜放花千樹①，更吹落星如雨。寶馬雕車香滿路，鳳簫聲動，玉壺光轉，一夜魚龍舞②。　蛾兒③雪柳黃金縷，笑語盈盈暗香去。眾裏尋他千百度，驀然回首，那人卻在，燈火闌珊④處。

【註解】

①花千樹，蘇味道詩：「火樹銀花合，星橋鐵鎖開。」指燈，星如雨亦指燈。

②魚龍舞，指魚燈龍燈各樣燈彩。

③蛾兒，指婦人頭上妝飾。

④闌珊，衰落之意。

【評箋】

彭孫遹云：稼軒「驀然回首，那人卻在燈火闌珊處。」秦、周之佳境也。（《金粟詞話》）

譚獻云：稼軒心胸發其才氣，改之而下則獷。起二句賦色瑰異，收處和婉。（《譚評詞辨》）

梁啓超云：自憐幽獨，傷心人別有懷抱。（《藝蘅館詞選》）

王國維云：古今成大事業、大學問者，必經過三種境界：「昨夜西風凋碧樹，獨上高樓，望盡天涯路。」此第一境也。「衣帶漸寬終不悔，為伊消得人憔悴。」此第二境也。「眾裏尋他千百度，驀然回首，那人卻在，燈火闌珊處。」此第三境也。此等語皆非大詞人不能道，然遽以此意解釋諸詞，恐晏、歐諸公所不許也。（《人間詞話》）

## 鷓鴣天

鵝湖①歸病起作

枕簟溪堂冷欲秋，斷雲依水晚來收。紅蓮相倚渾如醉，白鳥無言定自愁。書咄咄②，且休休③，一邱一壑也風流。不知筋力衰多少，但覺新來懶上樓。

【註解】

①鵝湖，在江西鉛山縣東北十五里。

②咄咄，晉殷浩廢黜，常書空作咄咄怪事字，見《晉書》。

③休休，美也。司空圖隱居中條山，作休休亭，見《唐書》。

【評箋】

沈際飛云：生派愁怨與花鳥，卻自然。後段一本作：「無限事，不勝愁；那堪魚雁兩悠悠，秋懷不識知多少。」（《草堂詩餘正集》）

周濟云：詞中有此大筆。（《宋四家詞選》）

黃蓼園云：其有《匪風》、《下泉》之思乎？可以悲其志矣。妙在結二句放開寫，不即不離尚含住。（《蓼園詞選》）

陳廷焯云：信筆寫去，格調自蒼勁，意味自深厚，不必劍拔弩張，洞穿已過七扎，斯為絕技。（《白雨齋詞話》）

況周頤云：「不知」二句入詞佳，入詩便稍覺未合。詞與詩體格不同處，其消息即此可參。（《蕙風詞話》）

## 菩薩蠻①　書江西造口②壁

鬱孤臺③下清江水，中間多少行人淚。西北是長安④，可憐無數山。　青山遮不住，畢竟東流去。江晚正愁余，山深聞鷓鴣⑤。

【註解】

①此詞是辛棄疾三十六歲任江西提點刑獄時作。

②造口，今名皁口鎮，在江西萬安縣南六十里。

③鬱孤臺，在江西省贛縣西南。清江指贛江。

④長安，本漢、唐舊都，後通作京師之代稱。

⑤聞鷓鴣，俗謂鷓鴣鳴聲為「行不得也哥哥」，此喻恢復無望。

【評箋】

羅大經云：南渡初金人追隆裕太后御舟至造口，不及而還。鷓鴣之句，謂恢復之事行不得也。

（《鶴林玉露》）

卓人月云：忠憤之氣，拂拂指端。（《詞統》）

周濟云：借水怨山。（《宋四家詞選》）

陳廷焯云：稼軒《書江西造口壁》一章，用意用筆，洗胎温韋殆盡，然大旨正見吻合。（《白雨齋詞話》）

譚獻云：西北二句，宕逸中亦深煉。（《譚評詞辨》）

梁啓超云：《菩薩蠻》如此大聲鏜鞳，未曾有也。（《藝蘅館詞選》）

# 姜夔

夔，字堯章，鄱陽人。蕭東父識之於年少客遊，妻以兄子；因寓居吳興之武康，與白石洞天為鄰，自號白石道人。慶元中，曾上書乞正太常雅樂，得免解訖；不第而卒。有《白石詞》一卷，見《六十家詞》刊本。又四卷本，有《四庫全書》本，乾隆寫本，陸鍾輝本，張弈樞本，江春本，姜忠肅祠堂本，揚州《知不足齋》本，倪耘劬本，倪鴻本，《榆園叢書》本，四印齋本。六卷本有《彊村叢書》本，沈遜齋本，鄭文焯校本。

徐獻忠云：堯章長於音律，嘗著大樂議，欲正廟樂。慶元三年，詔付奉常，有司將掌令太常寺與議大樂，時嫉其能，是以不獲盡其所議，人大惜之。（《吳興掌故集》）

陳郁云：白石道人氣貌若不勝衣，而筆力足以扛百斛之鼎；家無立錐，而一飯未嘗無食客；圖史翰墨之藏，汗牛充棟；襟懷灑落，如晉、宋間人。意到語工，不期於高遠而自高遠。（《藏一話腴》）

黃昇云：白石詞極精妙，不減清真，其高處有美成所不能及。（《花庵詞選》）

《樂府紀聞》云：鄱陽姜堯章流寓吳興，嘗暇日遊金閶，裴回弔古，賦《柳枝詞》，有「行人悵望蘇臺柳，曾與吳王掃落花」之句；楊誠齋極喜誦之。蕭東父尤愛其詞，以其兄之子妻之。（沈雄《古今詞話》引）

沈義父云：白石清勁知音，亦未免有生硬處。（《樂府指迷》）

張炎云：姜白石如野雲孤飛，去留無迹。（《詞源》）

毛晉云：范石湖評堯章詩云：「有裁雲縫月之妙手，敲金戛玉之奇聲。」予於其詞亦云。（《白石詞跋》）

張宗橚云：按毛晉云云，乃楊誠齋評白石《除夜自石湖歸苕溪》十絕句，非石湖語也。（《詞林紀事》）

朱彝尊云：詞莫善於姜夔，宗之者張輯、盧祖皋、史達祖、吳文英、蔣捷、王沂孫、張炎、周密、陳允平、張翥、楊基，皆具夔之一體，基之後，得其門者寡矣。（《詞綜序》）

陳撰云：南宋詞人，浙東、西特甚，而審音之精，要以白石為極詣，先生事事精習，率妙絕神品，雖終身草萊，而風流氣韻，足以標映後世；當乾、淳間，俗學充斥，文獻湮替，乃能雅尚如此，洵稱豪傑之士矣。（《玉几山房聽雨錄》）

《四庫全書提要》：夔詩格高秀，為楊萬里等所推；詞亦精深華妙，尤善自度新腔，故音節文采，並冠一時。（《白石詞》提要）

許昂霄云：詞中之有白石，猶文中之有昌黎也。（《詞林紀事》引）

宋翔鳳云：詞家之有姜石帚，猶詩家之有杜少陵，繼往開來，文中關鍵，其流落江湖不忘君國，皆借託比興於長短句寄之。（《樂府餘論》）

周濟云：白石脫胎稼軒，變雄健為清剛，變馳驟為疏宕，蓋二公皆極熱中，故氣味吻合；辛寬姜窄，寬故容藏，窄故鬥硬。又云：白石小序甚可觀，苦與詞複，若序其緣起，不犯詞境，斯為兩美矣。（《宋四家詞選序論》）又云：白石詞如明七子詩，看是高格響調，不耐人細思。又云：白石以詩法入詞，門徑淺狹，如孫過庭書，但使後人模仿。（《介存齋論詞雜著》）

先著云：張三影醉落魄詞，有「生香真色人難學」之句。予謂生、香、真、色四字，可以移評石帚之詞。又云：意欲靈動，不欲晦澀，語欲隱秀，不欲纖佻，人工勝則天趣減；梅溪、夢窗，自不能不讓白石出一頭地。（《詞潔》）

鄧廷禎云：詞家之有白石，猶書家之有逸少，詩家之有浣花，蓋緣識趣既高，興象自別。（《雙硯齋隨筆》）

戈載云：白石之詞，清氣盤空，如野雲孤飛，去留無跡；其高遠峭拔之致，前無古人，後無來者，真詞中之聖也！（《七家詞選》）

馮煦云：白石為南渡一人，千秋論定，無俟揚搉。《樂府指迷》獨稱其《暗香》、《疏影》、《揚州慢》、《一萼紅》、《琵琶仙》、《探春慢》、《淡黃柳》等曲，《詞品》則以咏蟀蟋《齊天樂》一闋為最勝。其實石帚所作，超脫蹊徑，天籟人力，兩臻絕頂，筆之所至，神韻俱到；非如樂笑、二窗輩，可以奇對警句相與標目，又何事於諸調中強分軒輊也？野雪孤飛，去留無跡，彼讀姜詞者，必欲求下手處，則先自俗處能雅，滑處能澀始。（《宋六十家詞選例言》）

劉熙載云：姜白石詞幽韻冷香，令人挹之無盡，擬諸形容，在樂則琴，在花則梅也。又云：詞家稱白石曰白石老仙，或問畢竟與何仙相似？曰藐姑冰雪，蓋為近之。（《藝概》）

孫麟趾云：識見低則出句不超，超者出乎尋常意計之外，白石多清超之句，宜學之。（《詞選》）

陳廷焯云：姜堯章詞清虛騷雅，每於伊鬱中饒蘊藉，清真之勁敵，南宋一大家也。夢窗、玉田諸人，未易接武。又云：美成、白石，各有至處，不必過為軒輊。頓挫之妙，理法之精，千古詞宗，自屬美成；而氣體之超妙，則白石獨有千古，美成亦不能至。（《白雨齋詞話》）

陳銳云：白石擬稼軒之豪快，而結體於虛。夢窗變美成之面貌，而煉響於實。南渡以來，雙峯並峙，如盛唐之有李、杜矣！（《褒碧齋詞話》）

鄭文焯云：白石以沈憂善歌之士，意在復古，進《大樂議》，卒為伶倫所阨；其志可悲，其學自足千古。叔夏論其詞如野雲孤飛，去留無跡，百世與感，如見其人。（《鶴道人論詞書》）

## 點絳唇　丁未①冬，過吳松②作。

燕雁無心，太湖西畔隨雲去。數峯清苦，商略黃昏雨。　第四橋邊③，擬共天隨④住。今何許？憑闌懷古，殘柳參差舞。

【註解】

①丁未，孝宗淳熙十四年。姜夔自湖州往蘇州見范成大，道經吳松。

②吳松，一名松陵，又名笠澤，即今吳江。

③第四橋邊《蘇州府志》：「甘泉橋一名第四橋，以泉品居第四也。」

④天隨，唐陸龜蒙號天隨子。《吳郡圖經續志》：「陸龜蒙宅在松江上甫里。」

【評箋】

卓人月云：「商略」二字誕妙。（《詞統》）

陳廷焯云：白石長調之妙，冠絕南宋；短章亦有不可及者，如《點絳唇》一闋，通首只寫眼前景物，至結處云：「今何許？憑闌懷古，殘柳參差舞。」感時傷事，只用「今何許」三字提倡，「憑闌懷古」下，僅以「殘柳」五字咏歎了之，無窮哀感，都在虛處；令讀者弔古傷今，不能自止，洵推絕調。（《白雨齋詞話》）

陳思云：案此闋為誠齋以詩送謁石湖，歸途所作。詩集有《姑蘇懷古》詩。（《白石道人年譜》）

## 鷓鴣天

元夕有所夢

肥水①東流無盡期，當初不合種相思。夢中未比丹青見，暗裏忽驚山鳥啼。　春未綠，鬢先絲，人間別久不成悲。誰教歲歲紅蓮②夜，兩處沈吟各自知。

【註解】

①肥水，《太平寰宇記》：廬州合肥縣，肥水出縣西南八十里藍家山東南，流入於巢湖。

②紅蓮，謂燈也。

【評箋】

陳思云：案所夢卽「瀋黃柳」之小喬宅中人也。（《白石道人年譜》）

鄭文焯云：紅蓮謂燈，此可與《丁未元日金陵江上感夢》之作參看。（鄭校《白石道人歌曲》）

## 踏莎行

自沔東來。丁未元日，至金陵江上，感夢而作。

燕燕輕盈，鶯鶯[①]嬌軟，分明又向華胥[②]見。夜長爭得薄情知？春初早被相思染。　別後書辭，別時針線，離魂暗逐郎行[③]遠。淮南皓月冷千山，冥冥歸去無人管。

### 【註解】

①燕燕鶯鶯，指所歡。蘇軾贈張先詩：「詩人老去鶯鶯在，公子歸來燕燕忙。」

②華胥，見前張掄「燭影搖紅」註。

③郎行，郎邊。

### 【評箋】

王國維云：白石之詞，余所最愛者，亦僅二語，曰：「淮南皓月冷千山，冥冥歸去無人管。」

## 慶宮春

紹熙辛亥①除夕，余別石湖歸吳興，雪後夜過垂虹②嘗賦詩云：「笠澤茫茫雁影微，玉峯重疊護雲衣；長橋寂寞春寒夜，只有詩人一舸歸。」後五年冬，復與俞商卿、張平甫、銛樸翁③自封禺同載，詣梁溪。道經吳松，山寒天迴，雲浪四合，中夕相呼步垂虹，星斗下垂，錯雜漁火，朔吹凜凜，卮酒不能支。樸翁以衾自纏，猶相與行吟，因賦此闋，蓋過旬，塗稿乃定。樸翁咎余無益，然意所耽，不能自已也。平甫、商卿、樸翁皆工於詩，所出奇詭；余亦強追逐之，此行既歸，各得五十餘解。

雙槳蓴波，一蓑松雨，暮愁漸滿空闊。呼我盟鷗④，翩翩欲下，背人還過木末。那回歸去，蕩雲雪孤舟夜發。傷心重見，依約眉山，黛痕低壓。　採香徑⑤裏春寒，老子婆娑，自歌誰答？垂虹西望，飄然引去，此興平生難遏。酒醒波遠，正凝想明璫素襪⑥。如今安在？惟有闌干，伴人一霎。

【註解】

①紹熙辛亥，光宗二年。後五年，寧宗慶元二年丙辰。

②垂虹，吳江利往橋上有亭曰垂虹。

③銛樸翁，《西湖遊覽志》：「葛天民，字無懷，山陰人。初為僧，名義銛，其後還初服，一時所交皆勝士。有二侍姬：一名如夢，一名如幻，見《癸辛雜識》。」俞商卿，咸淳《臨安志》：「俞灝字商卿，世居杭，父徙烏程，登紹熙四年第。張平甫，張鎡（功甫）異母弟名鑑。」

④盟鷗，謂居雲水之鄉，如與鷗鳥有約。

⑤採香徑，《蘇州府志》：「採香徑在香山之旁，小溪也。吳王種香於香山，使美人泛舟於溪水採香。今自靈巖山望之，一水直如矢，故俗名箭徑。」

⑥明璫素襪，指當時美人。曹植《洛神賦》：「凌波微步，羅襪生塵。」又「無微情以効愛兮，獻江南之明璫。」明璫即明珠。

【評箋】

陸友仁云：近世以筆墨為事者，無如姜堯章、趙子固二公，往余見姜堯章《慶春宮》詞，愛其詞翰丰茸，故備載之。（《硯北雜志》）

## 齊天樂

丙辰①歲與張功甫②會飲張達可之堂，聞屋壁間蟋蟀有聲，功甫約余同賦，以授歌者。功甫先成，詞甚美；余徘徊茉莉花間，仰見秋月，頓起幽思，尋亦得此。蟋蟀，中都③呼為促織，善鬥；好事者或以三二十萬錢致一枚，鏤象齒為樓觀以貯之。

庾郎④先自吟愁賦，淒淒更聞私語。露溼銅鋪⑤，苔侵石井，都是曾聽伊處。哀音似訴，正思婦無眠，起尋機杼。曲曲屏山，夜涼獨自甚情緒？ 西窗又吹暗雨，為誰頻斷續，相和砧杵？候館迎秋，離宮⑥弔月，別有傷心無數。《豳》詩⑦漫與，笑籬落呼燈，世間兒女。寫入琴絲，一聲聲更苦。

【註解】

①丙辰，宋寧宗慶元二年。

②張功甫，名鎡，張俊孫，有《南湖集》。

③中都，謂杭州。

④庾郎，庾信有《哀江南賦》。

⑤銅鋪，著門上以銜環者，銅為之。李賀詩：「屈膝銅鋪鎖阿甄。」

⑥離宮，行宮，天子出巡憩於此。

⑦《豳》詩，指《詩經・豳風・七月》「七月在野，八月在宇，九月在戶，十月蟋蟀入我牀

下」句。

【評箋】

王仁裕云：每秋時，宮中妃妾皆以小金籠閉蟋蟀置枕函畔，夜聽其聲。民間爭效之。（《開元天寶遺事》）

張宗橚云：余弟芷齋云：《漢書王褒傳》：「蟋蟀竢秋吟。」師古註：「蟋蟀，今之促織也。」按蟋蟀呼促織，唐時已然，不始於宋之中都也。（《詞林紀事》）

張炎云：要知換頭，不可斷了曲意。如白石云：「曲曲屏山，夜涼獨自甚情緒？」於過變則云：「西窗又吹暗雨」，則曲意不變矣。（《詞源》）

賀裳云：稗史稱韓幹畫馬，人入其齋，見幹身作馬形，凝思之極，理或然也。作詩文亦必如此始工。如史邦卿咏燕，幾於形神俱似矣；次則姜白石咏蟋蟀：「露濕銅鋪，苔侵石井，都是曾聽伊處。哀音似訴，正思婦無眠，起尋機杼。」又云：「西窗又吹暗雨，為誰頻斷續，相和砧杵？」數語刻劃亦工。蟋蟀無可言而言聽蟋蟀者，正姚鉉所謂「賦水不當僅言水，而言水之前後左右」也。（《皺水軒詞筌》）

劉體仁云：詞欲婉轉而忌複，不獨「不恨古人吾不見」與「我見青山多嫵媚」為岳亦齋所誚，即白石之工，如「露濕銅鋪」與「候館吟秋」總是一法。（《七頌堂詞繹》）

許昂霄云：將蟋蟀與聽蟋蟀者層層夾寫，如環無端，真化工之筆也。（《詞綜偶評》）

陳廷焯云：白石《齊天樂》一闋，全篇皆寫怨情，獨後半云：「笑籬落呼燈，世間兒女。」以無知兒女之樂，反襯出有心人之苦，最為入妙；用筆亦別有神味，難以言傳。（《白雨齋詞話》）

陳銳云：姜堯章《齊天樂》咏蟋蟀最為有名，然庾郎愁賦，有何出典？「《豳》詩」四字，太覺呆詮。至「銅鋪、石井，候館、離宮」，亦嫌重複。（《褒碧齋詞話》）

鄭文焯云：《負暄雜錄》：「鬥蛩之戲，始於天寶間，長安富人，鏤象牙為籠而蓄之，以萬金之資，付之一喙。」此敍所記好事者云云。可知其習尚至宋宣政間，殆有甚於唐之天寶時矣。功父《滿庭芳》詞咏促織兒，清雋幽美，實擅詞家能事，有觀止之歎；白石別構一格，下闋託寄遙深，亦足千古已。（鄭校《白石道人歌曲》）

沈祥龍云：詞中虛字，猶曲中襯字，前呼後應，仰承俯注，全賴虛字靈活，其詞始妥溜而不板實。不特句首虛字宜講，句中虛字亦當留意。如白石詞云：「庾郎先自吟愁賦，淒淒更聞

私語。」「先自」「更聞」，互相呼應，餘可類推。（《論詞隨筆》）

## 琵琶仙

《吳都賦》云：「戶藏煙浦，家具畫船。」惟吳興為然，春遊之盛，西湖未能過也。己酉①歲，余與蕭時父②載酒南郭，感遇成歌。

雙槳來時，有人似舊曲桃根桃葉③。歌扇輕約飛花，蛾眉正奇絕。春漸遠，汀洲自綠，更添了幾聲啼鴂。十里揚州④，三生⑤杜牧，前事休說。又還是宮燭分煙⑥，奈愁裏匆匆換時節。都把一襟芳思，與空階榆莢⑦。千萬縷、藏鴉細柳，為玉尊、起舞回雪。想見西出陽關⑧，故人初別。

【註解】

①己酉，孝宗淳熙十六年。

②蕭時父，蕭德藻之姪，白石妻黨。

③桃根桃葉，桃葉晉王獻之妾，獻之嘗臨渡作歌贈之，桃葉作《團扇歌》以答。其妹名桃根。見《古今樂錄》。

④十里揚州，杜牧詩：「春風十里揚州路，卷上珠簾總不如。」

⑤三生，謂過去、現在、未來三世人生。白居易詩：「世說三生如不謬，共疑巢、許是前身。」

⑥宮燭分煙，見前周邦彥《應天長》註。

⑦空階榆莢，見前蘇軾《水龍吟》註。

⑧陽關，見前周邦彥《綺寮怨》註。

【評箋】

鄭文焯云：白石《琵琶仙》題引《吳都賦》云：「戶藏煙浦，家具畫船。」惟吳興為然。按二語見《唐文粹》所錄李庚《西都賦》，非《吳都賦》，白石誤。（《絕妙好詞校錄》）

顧廣圻云：《文粹》引李賦原文，作「戶閉煙浦，家藏畫舟。」白石作「具」、「藏」，兩字均誤。又誤舟為船，致失原韻；且移唐之西都於吳都，地理尤錯。（《思適齋集》）

張炎云：白石《琵琶仙》，少游《八六子》，全在情景交煉，得言外意。（《詞源》）

沈際飛云：「春草碧色，春水綠波；送君南浦，傷如之何？」四語約是此篇。又云：融情會景，與少游《八六子》詞共傳。（《草堂詩餘正集》）

許昂霄云：「都把一襟芳思」至末，句句説景，句句説情，真能融情景於一家者也。曲折頓宕，又不待言。（《詞綜偶評》）

## 八歸

湘中送胡德華

芳蓮墜粉，疏桐吹綠，庭院暗雨乍歇。無端抱影銷魂處，還見篠牆①螢暗，蘚階蛩切。送客重尋西去路，問水面、琵琶②誰撥？最可惜、一片江山，總付與啼鴂。　長恨相逢未款，而今何事，又對西風離別？渚寒煙淡，棹移人遠，飄渺行舟如葉。想文君望久，倚竹愁生步羅襪③。歸來後、翠尊雙飲，下了珠簾，玲瓏閒看月。

【註解】

①篠牆，竹牆。篠，小竹。

②水面琵琶，白居易《琵琶行》有「忽聞水上琵琶聲」句。

③羅襪，李白詩：「玉階生白露，夜久侵羅襪。卻下水晶簾，玲瓏望秋月。」

【評箋】

許昂霄云：歷敍離別之情，而終以室家之樂，即《豳風》《東山》詩意也，誰謂長短句不源於三百篇乎？（《詞綜偶評》）

麥孺博云：全首一氣到底，刀揮不斷。（《藝蘅館詞選》）

陳廷焯云：聲情激越，筆力精健，而意味仍是和婉，哀而不傷，真詞聖也。（《白雨齋詞話》）

## 念奴嬌

余客武陵①，湖北憲治在焉；古城野水，喬木參天。余與二三友，日蕩舟其間，薄荷花而飲，意象幽閒，不類人境。秋水且涸，荷葉出地尋丈，因列坐其下，上不見日，清風徐來，綠雲自動；間於疏處，窺見遊人畫船，亦一樂也。朅來②吳興，數得相羊③荷花中，又夜泛西湖，光景奇絕，故以此句寫之。

鬧紅一舸，記來時嘗與鴛鴦為侶。三十六陂④人未到，水佩風裳無數。翠葉吹涼，玉容⑤消酒，更灑菰⑥蒲雨。嫣然⑦搖動，冷香飛上詩句。　日暮，青蓋亭亭，情人不見，爭忍淩波去？只恐舞衣寒易落，愁入西風南浦。高柳垂陰，老魚吹浪，留我花間住。田田多少，幾回沙際歸路。

【註解】

①武陵，今湖南常德縣。時蕭德藻為湖北參議，姜夔客蕭邸。

②朅，去也。朅來猶聿來。

③相羊，同徜徉，《離騷》：「聊逍遙以相羊。」

④三十六陂，宋人詩詞中常用三十六陂字，乃虛解，非實地。王安石詩：「三十六陂煙水，白頭想見江南。」

⑤玉容，指荷花。

⑥菰，植物名，一名茭，又名蔣。春月生新芽如筍，名茭白。

⑦嫣然，笑貌。

【評箋】

麥孺博云：俊語。（《藝蘅館詞選》）

## 揚州慢

淳熙丙申①至日，余過維揚。夜雪初霽，薺麥彌望。入其城則四顧蕭條，寒水自碧，暮色漸起，戍角悲吟；余懷愴然，感慨今昔，因自度此曲。千巖老人②以為有黍離之悲也。

淮左名都，竹西[3]佳處，解鞍少駐初程。過春風十里，盡薺麥青青。自胡馬[4]窺江去後，廢池喬木，猶厭言兵。漸黃昏，清角吹寒，都在空城。杜郎[5]俊賞，算而今、重到須驚。縱豆蔻[6]詞工，青樓[7]夢好，難賦深情。二十四橋[8]仍在，波心蕩冷月無聲。念橋邊紅藥，年年知為誰生？

**【註解】**

①丙申，宋孝宗淳熙三年。

②千巖老人，蕭德藻字東夫，閩清人，紹興三十一年進士。

③竹西，亭名，在揚州城北五里。

④胡馬，紹興三十年，完顏亮南寇，江淮軍敗，中外震駭。亮不久為臣下弒於瓜州。

⑤杜郎，杜牧。

⑥豆蔻，見秦觀《滿庭芳》註。

⑦青樓，妓院也。杜牧詩：「十年一覺揚州夢，贏得青樓薄倖名。」

⑧二十四橋，在江蘇省江都縣城西門外。杜牧詩：「二十四橋明月夜，玉人何處教吹簫？」《揚州畫舫錄》：「二十四橋，一名紅藥橋，卽吳家磚橋，古有二十四美人吹簫於此，故名。」

【評箋】

陳廷焯云：「猶厭言兵」四字，包括無限傷亂語，他人累千百言，亦無此韻味。（《白雨齋詞話》）

姜虬綠云：考千巖老人曾參議湖北，公客武陵，殆客蕭邸耶？傳謂蕭以兄子妻公，雖未定何年，大約丙申後、丙午前十年間事也。（《白石道人詩詞年譜》）

阮閱云：蜀岡者，維揚之地也。蜀岡之南，有竹西亭，修竹疏翠，後卽禪智寺也。取杜牧之：「斜陽竹西路，歌吹是揚州。」自蜀岡以南，景氣頓異，北風至此遂絕。（《詩話總龜》）

先著云：「無奈苕溪月，又喚我扁舟東下。」是「喚」字着力。「二十四橋仍在，波心蕩、冷月無聲。」是「蕩」字着力。所謂一字得力，通首光采，非煉字不能，然煉亦未易到。（《詞潔》）

許昂霄云：「荳蔻梢頭二月初」及「十年一覺揚州夢，贏得青樓薄倖名。」皆杜牧句。（《詞

綜偶評》）

鄭文焯云：紹興三十年，完顏亮南寇，江淮軍敗，中外震駭；亮尋為其臣下殺於瓜州。此詞作於淳熙三年，寇平已十有六年，而景物蕭條，依然有廢池喬木之感，此與《淒涼犯》當同屬江淮亂後之作。（鄭校《白石道人歌曲》）

## 長亭怨慢

余頗喜自製曲。初率意為長短句，然後協以律，故前後闋多不同。桓大司馬①云：「昔年種柳，依依漢南；今看搖落，悽愴江潭；樹猶如此，人何以堪？」此語余深愛之。

漸吹盡，枝頭香絮，是處人家，綠深門戶。遠浦縈回，暮帆零亂，向何許？閱人多矣，誰得似長亭樹？樹若有情時，不會得青青如此！　日暮，望高城不見，只見亂山無數。韋郎去也，怎忘得玉環②分付。第一是早早歸來，怕紅萼無人為主。算空有并刀，難翦離愁千縷。

【註解】

①桓大司馬，桓温事見《世說新語》。

②玉環，《雲溪友議》云：韋皋遊江夏，與青衣玉簫有情，約七年再會，留玉指環。八年，不至，玉簫絕食而歿。後得一歌姬，真如玉簫，中指肉隱如玉環。

## 【評箋】

許昂霄云：韋皋與玉簫別，留玉指環，約七年再會，以其地在江夏，故用之，後遂沿為通用語。（《詞綜偶評》）

先著云：「時」字湊，「不會得」三字呆，韋郎二句，口氣不雅；「只」字疑誤，「只」字喚不起「難」字。白石人工鎔煉特甚，此一二筆容是率處。（《詞潔》）

吳衡照云：白石《長亭怨慢》，引桓大司馬云云，乃庾信《枯樹賦》，非桓温語。（《蓮子居詞話》）

麥孺博云：渾灝流轉，脱胎稼軒。（《藝衡館詞選》）

孫麟趾云：路已盡而復開出之，謂之轉。如：「誰得似長亭樹，樹若有情時，不會得青青如此。」（《詞逕》）

# 淡黃柳

客居合肥①南城赤闌橋之西，巷陌淒涼，與江左異；惟柳色夾道，依依可憐。因度此曲，以紓客懷。

**空城曉角②，吹入垂楊陌。馬上單衣寒惻惻。看盡鵝黃嫩綠，都是江南舊相識。**

**正岑寂③，明朝又寒食。強攜酒、小橋宅④，怕梨花落盡成秋色⑤。燕燕飛來，問春何在？惟有池塘自碧。**

## 【註解】

①客居合肥，時在光宗紹熙二年辛亥。

②曉角，早晨號角。

③岑寂，《文選》鮑照《舞鶴賦》：「去帝鄉之岑寂。」註：「岑寂，猶高靜也。」

④小橋宅，指合肥所歡住處。

⑤梨花落盡成秋色，李賀詩：「梨花落盡成秋苑。」

## 【評箋】

鄭文焯云：長吉有「梨花落盡成秋苑」之句，白石正用以入詞，而改一「色」字協韻。當時

清真、方回多取賀詩雋句為字面。（鄭校《白石道人歌曲》）

譚獻云：白石、稼軒，同音笙磬，但清脆與鏜鞳異響，此事自關性分。（《譚評詞辨》）

## 暗香

辛亥之冬，余載雪詣石湖①。止既月，授簡索句，且徵新聲，作此兩曲，石湖把玩不已，使二妓肄習之，音節諧婉，乃名之曰：「暗香」、「疏影」。

舊時月色，算幾番照我，梅邊吹笛？喚起玉人，不管清寒與攀摘。何遜②而今漸老，都忘卻春風詞筆。但怪得竹外疏花，香冷入瑤席。　江國，正寂寂，歎寄與路遙，夜雪初積。翠尊易泣，紅萼③無言耿相憶。長記曾攜手處，千樹壓、西湖寒碧。又片片、吹盡也，幾時見得？

【註解】

①石湖，在蘇州西南，與太湖通。范成大居此，因號石湖居士。

②何遜，南朝梁東海郯人，八歲能賦詩，文與劉孝綽齊名。嘗為揚州法曹，廨舍有梅花一株，常吟詠其下。後居洛思之，請再往。抵揚州，花方盛開，遜對樹彷徨終日。杜甫詩：

「東閣官梅動詩興，還如何遜在揚州。」

③紅萼，指梅花。

【評箋】

鄭文焯云：清吟堂刻《絕妙好詞》，石帚「暗香」「翠尊易泣」註云：「泣」當作「竭」，不詳所出。近時坊刻，遂改作「竭」。按嘉泰本是「泣」字，當從之。黃孝邁《湘春夜月》：「空尊夜泣。」此可為石帚作「泣」之證。弁陽是選本，作「泣」字，蓋坊本從清吟堂校註所改耳！（《絕妙好詞校錄》）

陸友仁云：小紅、順陽公青衣也，有色藝。順陽公之請老，姜堯章詣之。一日，授簡徵新聲，堯章製《暗香》、《疏影》兩曲，分使二妓習之，音節清婉。堯章歸吳興，公尋以小紅贈之；其夕大雪過垂虹，賦詩曰：「自作新詞韻最嬌，小紅低唱我吹簫，曲終過盡松陵路，回首煙波十四橋。」堯章每喜自度曲，吹洞簫；小紅輒歌而和之。堯章後以疾歿，故蘇石輓之云：「所幸小紅方嫁了，不然啼損馬塍花。」宋時花藥皆出東、西馬塍，兩馬塍皆名人葬處，白石歿後葬此。（《硯北雜志》）

張炎云：白石《疏影》、《暗香》、《揚州慢》、《一萼紅》、《琵琶仙》、《探春》、《八

歸》、《淡黃柳》等曲，不惟清真，且又騷雅，讀之使人神觀飛越。（《詞源》）

楊維禎云：元松陵陸子敬居分湖之北，壘石為山，樹梅成林，取姜白石詞語，名其軒曰：「舊時月色。」（《東維子集》）

毛稚黃云：沈伯時《樂府指迷》論填詞咏物不宜說出題字，余謂此說雖是，然作啞謎亦可憎，須令在神情離即間乃佳。如姜夔《暗香・咏梅》云：「算幾番照我，梅邊吹笛。」豈害其佳？

許昂霄云：二詞如絳雲在霄，舒捲自如；又如琪樹玲瓏，金芝布護。（《詞綜偶評》）

周濟云：稼軒鬱勃故情深，白石放曠故情淺；稼軒縱橫故才大，白石局促故才小。惟《暗香》、《疏影》二詞，寄意題外，包蘊無窮，可與稼軒伯仲，餘俱據事直書，不過手意近辣耳。（《介存齋論詞雜著》）

鄧廷禎云：朱希真之「引魂枝，消瘦一如無，但空裏疏花數點。」姜石帚之「長記曾攜手處，千樹壓、西湖寒碧。」一狀梅之少，一狀梅之多，皆神情超越，不可思議，寫生獨步也。（《雙硯齋隨筆》）

周濟云：前半闋言盛時如此，衰時如此。後半闋想其盛時，想其衰時。（《宋四家詞選》）

張惠言云：《題白石湖咏梅》，此為石湖作也；時石湖蓋有隱遯之志，故作此二詞以沮之。白石《石湖仙》云：「須信石湖仙，似鴟夷飄然引去。」末云：「聞好語，明年定在槐府。」此與同意。又曰：首章已嘗有用世之志，今老無能，但望之石湖也。（《張惠言詞選》）

劉體仁云：落筆得「舊時月色」四字，便欲使千古作者，皆出其下。又云：咏梅嫌純是素色，故用「紅萼」字，此謂之破色筆。又恐突然，故先出「翠尊」字配之；說來甚淺，然大家亦不為，此用意之妙，總使人不覺，則烹鍛之功也。又云：美成《花犯》云：「人正在、空江煙浪裏。」堯章云：「長記曾攜手處，千樹壓、西湖寒碧。」堯章思路，卻是從美成出，而能與之埒；由於用字高、煉句密，泯來蹤去跡矣！

鄭文焯云：案此二曲為千古詞人咏梅絕調。以託喻遙深，自成馨逸；其暗香一解，凡三字句逗皆為夾協。夢窗墨守綦嚴，但近世知者蓋寡，用特著之。（鄭校《白石道人歌曲》）

王闓運云：此二詞最有名，然語高品下，以其貪用典故也。又云：如此起法，即不是咏梅矣。（《湘綺樓詞選》）

譚獻云：《石湖咏梅》，是堯章獨到處。「翠尊」二句，深美有《騷》、《辨》意。（《譚評詞辨》）

## 疏影

苔枝①綴玉，有翠禽小小，枝上同宿。客裏相逢，籬角黃昏，無言自倚修竹。昭君不慣胡沙遠，但暗憶、江南江北。想佩環月夜歸來②，化作此花幽獨。　猶記深宮舊事③，那人正睡裏，飛近蛾綠。莫似春風，不管盈盈，早與安排金屋④。還教一片隨波去，又卻怨玉龍⑤哀曲。等恁時⑥、重覓幽香，已入小窗橫幅。

**【註解】**

①苔枝綴玉，苔梅有二種：一種苔蘚特厚，花甚多。一種苔如細絲，長尺餘。見《武林舊事》。

②佩環月夜歸來，杜甫詩：「畫圖曾識春風面，環佩空歸夜月魂。」

③深宮舊事，南朝宋武帝女，人日臥含章殿簷下，梅花飄著其額，成五出之花，因仿之為梅花妝。

④金屋，漢武帝為膠東王時，曰：「若得阿嬌，當作金屋貯之。」見《漢武故事》。

⑤玉龍，笛名。羅隱詩：「玉龍無主渡頭寒。」

⑥恁時，何時。

【評箋】

張炎云：《暗香》、《疏影》兩曲，前無古人，後無來者；自立新意，真為絕唱。《疏影》前段用壽陽事，此皆用事不為事所使。李白云：「眼前有景道不得，崔顥題詩在上頭。」令作梅詞者，不能為懷。（《詞源》）

劉體仁云：咏物至詞，更難於詩。即：「昭君不慣胡沙遠，但暗憶江南江北。」亦費解。（《七頌堂詞繹》）

張惠言云：此章更以二帝之憤發之，故有昭君之句。（《張惠言詞選》）

周濟云：此詞以「相逢」、「化作」、「莫似」六字作骨，「莫似」五句，言其不能挽留，聽其自為盛衰也。（《宋四家詞選》）

許昂霄云：別有爐鞴鎔鑄之妙，不僅以隱括舊人詩句為能。「昭君不慣胡沙遠」四句，能轉法華，不為法華所轉。又云：宋人咏梅，例以弄玉、太真為比，不若以明妃擬之尤有情致也。胡澹菴詩，亦有「春風自識明妃面」之句。「還教一片隨波去」二句，用筆如龍。（《詞綜偶評》）

蔣敦復云：詞原於詩，雖小小咏物，亦貴得風人比興之旨；唐、五代、北宋人詞，不甚咏物；

南渡諸公有之，皆有寄託，白石《石湖咏梅》，暗指南北議和事，及碧山、草窗、玉潛、仁近諸遺民《樂府補遺》中，龍涎香、白蓮、蓴、蟹、蟬諸咏，皆寓其家國無窮之感，非區區賦物而已。（《芬陀利室詞話》）

謝章鋌云：「那人正睡裏，飛近蛾綠。」此即熟事虛用之法。（《賭棋山莊詞話》）

譚獻云：「還教」二句，跌宕昭彰。（《譚評詞辨》）

《開慶四明續志》云：吳潛《暗香》、《疏影》二詞序云：「猶記己卯庚辰之間，初識堯章於維揚。至己丑嘉興再會，自此契闊。聞堯章死西湖，嘗助諸丈為殯之。今又不知幾年矣！自昭忽錄示堯章《暗香》、《疏影》二詞，因信手酬酢，並賡潘德久之詞云：「雪來比色，對淡然一笑，休喧笙笛。莫怪廣平，鐵石心腸為伊折；偏是三花兩蕊，消萬古才人騷筆。尚記得醉臥東園，天幕地為蓆。回首、往事寂，正雨暗霧昏，萬種愁積。錦江路悄，媒聘音沉，兩空憶，正是茅簷竹戶，難指望、凌煙金碧。憔悴了、羌管裏，怨誰始得。」右《暗香》。「佳人步玉，待月來弄影，天掛參宿。冷透屏幃，清入肌膚，風敲又聽簷竹。前村不管深雪閉，猶自繞、枝南枝北。算平生此段幽奇，占壓百花曾獨。閒想羅浮舊恨，有人正醉裏，姝翠蛾綠。夢斷魂驚，幾許淒涼，卻是千林梅屋。雞聲野渡溪橋滑，又角引戍樓悲曲。怎得知、清足亭邊，自在杖藜巾輻。」自註云：梅聖俞詩云：「十分清意足。」余別墅有梅亭，扁曰「清足」。右《疏影》。」

鄭文焯云：此蓋傷心二帝蒙塵，諸后妃相從北轅，淪落胡地，故以昭君託喻，發言哀斷。考唐王建《塞上咏梅》詩曰：「天山路邊一株梅，年年花發黃雲下；昭君已沒漢使回，前後征人誰繫馬？」白石詞意當本此。近世讀者多以意疏解，或有嫌其舉典，擬不於倫者；殆不自知其淺闇矣。詞中數語，純從少陵咏明妃詩義隱括，出以清健之筆，如聞空中笙鶴，飄飄欲仙；覺草窗、碧山所作《弔雪香亭梅》諸詞，皆人間語，視此如隔一塵，宜當時轉播吟口，為千古絕唱也。至下闋藉《宋書》壽陽公主故事，引申前意，寄情遙遠，所謂怨深文綺，得風人溫厚之旨已。（鄭校《白石道人歌曲》）

周爾墉云：何遜、昭君，皆屬隸事，但運氣空靈，變化虛實，不同獺祭鈍機耳。（周評《絕妙好詞》）

## 翠樓吟

淳熙丙午①冬，武昌安遠樓②成，與劉去非諸友落之，度曲見志。余去武昌十年，故人有泊舟鸚鵡洲者，聞小姬歌此詞，問之，頗能道其事；還吳，為余言之，與懷昔遊，且傷今之離索也。

月冷龍沙③，塵清虎落④，今年漢酺⑤初賜。新翻胡部曲，聽氈幕元戎歌吹。層樓高峙，看檻曲縈紅，檐牙飛翠。人姝麗，粉香吹下，夜寒風細。　此地宜有詞仙，擁素雲黃鶴，與君遊戲。玉梯凝望久，但芳草萋萋千里。天涯情味，仗酒祓⑥清愁，花消英氣。西山外，晚來還捲，一簾秋霽。

【註解】

①淳熙丙午，宋孝宗淳熙十三年。時姜夔離漢陽，往湖州，經武昌。

②安遠樓，即武昌南樓。

③龍沙，《後漢書班超傳贊》：「坦步葱嶺，咫尺龍沙。」後世泛指塞外之地為龍沙。

④虎落，護城笆籬名虎落。

⑤漢酺，《漢書文帝紀》：「十六年九月，得玉杯，刻曰：『人主延壽，令天下大酺。』」出錢為醵，出食為酺。」《宋史孝宗紀》：「是年正月庚辰，高宗八十壽，犒賜內外諸軍共一百六十萬緡。」

⑥祓，消除。

【評箋】

周濟云：此地宜得人才，而人才不可得。（《宋四家詞選》）

許昂霄云：「月冷龍沙」五句，題前一層，卽為題後鋪敘，手法最高。「玉梯凝望久」五句，淒婉悲壯，何減王粲《登樓賦》。（《詞綜偶評》）

陳廷焯云：後半闋一縱一操，筆如游龍，意味深厚，是白石最高之作。此詞應有所刺，特不敢穿鑿求之。（《白雨齋詞話》）

## 杏花天

丙午之冬，發沔口①。丁未正月二日，道金陵，北望淮、楚，風日清淑，小舟掛席，容與波上。

綠絲低拂鴛鴦浦，想桃葉，當時喚渡。又將愁眼與春風，待去，倚蘭橈更少駐。　金陵路，鶯吟燕舞。算潮水知人最苦。滿汀芳草不成歸，日暮，更移舟向甚處？

【註解】

①沔口，漢水入江處，見《方輿勝覽》。

## 一萼紅

丙午人日，余客長沙別駕之觀政堂，堂下曲沼，沼西負古垣，有盧橘幽篁，一徑深曲。穿徑而南，官梅數十株，如椒如菽，或紅破白露，枝影扶疏。著屐蒼苔細石間，野興橫生，亟命駕登定王臺①，亂湘流入麓山②；湘雲低昂，湘波容與，興盡悲來，醉吟成調。

古城陰，有官梅幾許，紅萼未宜簪。池面冰膠，牆腰雪老，雲意還又沈沈。翠藤共、閒穿徑竹，漸笑語、驚起臥沙禽。野老林泉，故王臺榭，呼喚登臨。南去北來何事，蕩湘雲楚水，目極傷心。朱戶黏雞③，金盤簇燕④，空歎時序侵尋。記曾共、西樓雅集，想垂柳、還嫋萬絲金。待得歸鞍到時，只怕春深。

【註解】

①定王臺，在長沙縣東，漢長沙定王所築臺。見《方輿勝覽》。

②麓山，一名岳麓山，在長沙西南。

③黏雞，《歲時記》:「人日貼畫雞於戶，懸葦索其上，插符於旁，百鬼畏之。」

④簇燕，《武林舊事》言立春供春盤，有「翠縷紅絲，金雞玉燕，備極精巧。」

【評箋】

周爾墉云：石帚詞換頭處，多不放過，最宜深味。（周評《絕妙好詞》）

## 霓裳中序第一

丙午歲，留長沙，登祝融①，因得其祠神之曲曰：《黃帝鹽》②，《蘇合香》③。又於樂工故書中得商調《霓裳曲》十八闋，皆虛譜無辭。按沈氏樂律④《霓裳》道調，此乃商調。樂天詩云散序六闋，此特兩闋，未知孰是？然音節閑雅，不類今曲；余不暇盡作，作「中序」⑤一闋傳於世。余方羈遊，感此古音，不自知其辭之怨抑也。

亭皋正望極，亂落江蓮歸未得。多病卻無氣力，況紈扇漸疏，羅衣初索。流光過隙，歎杏梁、雙燕如客。人何在？一簾淡月，彷彿照顏色⑥。　幽寂，亂蛩吟壁，動庾信、清愁似織。沈思年少浪跡，笛裏關山，柳下坊陌。墜紅⑦無信息，漫暗水、涓涓溜碧⑧。飄零久、而今何意，醉臥酒壚側⑨。

【註解】

①祝融，衡山七十二峯之最高峯。

②《黃帝鹽》，乃杖鼓曲，見沈括《夢溪筆談》。

③《蘇合香》，乃軟舞曲，見段安節《樂府雜錄》。

④沈氏樂律，指沈括《夢溪筆談》論樂律。

⑤《中序》，《霓裳》全曲分三大段：一，散序，六遍；二，中序，遍數不詳；三，破，十二遍。

⑥彷彿照顏色，杜甫詩：「落月滿屋樑，猶疑照顏色。」

⑦墜紅，落花。

⑧涓涓溜碧，杜甫詩：「暗水流花徑，春星帶草堂。」

⑨醉臥酒壚側，《世說新語》：「王戎與客過黃公酒壚，謂客曰：『吾與叔夜、嗣宗酣飲此壚，自嵇、阮亡後，視此雖近，邈若山河。』」

# 章良能

良能，字達之，麗水人，居吳興。淳熙五年進士，除著作佐郎，寧宗朝官至參知政事。

## 小重山

柳暗花明春事深，小闌紅芍藥，已抽簪。雨餘風軟碎鳴禽①，遲遲日，猶帶一分陰。　往事莫沈吟，身閒時序好、且登臨。舊遊無處不堪尋，無尋處，惟有少年心。

【註解】

①碎鳴禽，杜荀鶴詩：「風暖鳥聲碎，日高花影重。」

【評箋】

周密云：外大父文莊章公，自少好雅潔，性滑稽；居一室必汎掃圬飾，陳列琴書，親朋或譏其齷齪無遠志。一日，大書素屏云：「陳蕃不事一室而欲掃除天下，吾知其無能為矣！」識者知其不凡。間作小詞，極有思致，先妣能口誦數首《小重山》云云。（《齊東野語》）

陳霆云：語意甚婉約，但鳴禽曰碎，於理不通，殊為意病，唐人句云：「風暖鳥聲碎。」然則何不曰：「暖風嬌語碎鳴音」也。（《渚山堂詞話》）

# 劉過

過字改之，號龍洲道人，吉州太和人。嘗伏闕上書請光宗過宮。復以書抵時宰，陳恢復方略，不報，放浪湖海間。有《龍洲詞》二卷，《補遺》一卷，見《六十家詞》刊本；又見《彊村叢書》刊本；又《後村居士詩餘》二卷，見涉園景宋、元本詞續刊本；又《後村別調》，見《晨風閣叢書》。

黃昇云：改之，稼軒之客。詞多壯語，蓋學稼軒者也。（《花菴詞選》）

陶宗儀云：改之造詞，贍逸有思致。（《輟耕錄》）

馮煦云：龍洲自是稼軒附庸，然得其豪放，未得其宛轉。（《六十一家詞選例言》）

劉熙載云：劉改之詞狂逸之中，自饒俊致，雖沈著不及稼軒，足以自成一家。（《藝概》）

## 唐多令

安遠樓小集，侑觴歌板之姬黃其姓者，乞詞於龍洲道人，為賦此。同柳阜之、劉去非、石民瞻、周嘉仲、陳孟參、孟容，時八月五日也。

蘆葉滿汀洲，寒沙帶淺流。二十年重過南樓。柳下繫船猶未穩，能幾日，又中秋。　黃鶴斷磯[①]頭，故人曾到否？舊江山渾是新愁。欲買桂花同載酒，終不似，少年遊。

【註解】

①黃鶴磯，武昌西有黃鶴磯，上有黃鶴樓。

【評箋】

李攀龍云：因黃鶴樓再遊而追憶故人不在，遂舉目有江上之感，詞意何等悽愴！又云：繫舟未穩，舊江山都是新愁，讀之下淚。（《草堂詩餘雋》）

沈際飛云：精暢語俊，韻協音調。（《草堂詩餘正集》）

先著云：與陳去非「杏花疏影裏，吹笛到天明。」並數百年絕作，使人不復敢以《花間》眉目限之。（《詞潔》）

譚獻云：雅音。（《譚評詞辨》）

黃蓼園云：按宋當南渡，武昌係與敵分爭之地，重過能無今昔之感，詞旨清越，亦見含蓄不盡之致。（《蓼園詞選》）

繼昌云：輕圓柔脆，小令中工品。（《左庵詞話》）

## 嚴仁

仁字次山，號樵溪，邵武人。與嚴羽、嚴參，稱邵武三嚴，有《清江欸乃集》。黃昇云：次山詞極能道閨闈之趣。（《花庵詞選》）

### 木蘭花

春風只在園西畔，薺菜花繁胡蝶亂。冰池晴綠①照還空，香徑落紅吹已斷。　意長翻恨游絲短，盡日相思羅帶緩。寶奩②如月不欺人，明日歸來君試看。

【註解】

①晴綠，指池水。

②奩，鏡匣也。

【評箋】

陳廷焯云：深情委婉，讀之不厭百回。（《白雨齋詞話》）

# 俞國寶

國寶，臨川人，淳熙太學生。

## 風入松

一春長費買花錢，日日醉湖邊。玉驄①慣識西湖路，驕嘶過、沽酒樓前。紅杏香中簫鼓，綠楊影裏鞦韆。　暖風十里麗人天，花壓鬢雲偏。畫船載取春歸去，餘情付湖水湖煙。明日重扶殘醉，來尋陌上花鈿。

【註解】

①玉驄，白馬。

【評箋】

周密云：淳熙間，德壽三殿遊幸湖山。一日御舟經斷橋旁，有小酒肆頗雅。舟中飾素屏書「風入松」一詞於上，光堯駐目稱賞久之，宣問：「何人所作？」乃太學生俞國寶醉筆也。上笑曰：「此詞甚好，但末句未免儒酸」，因此改定云：「明日重扶殘醉」；則迥不同矣，即日命解褐云。（《武林舊事》）

沈際飛云：起處自然馨逸。（《草堂詩餘正集》）

況周頤云：流美。（《蕙風詞話》）

陳廷焯云：「金勒馬嘶芳草地，玉樓人醉杏花天」，有此香豔，無此情致。結二句餘波綺麗，可謂「回頭一笑百媚生」。（《白雨齋詞話》）

# 張鎡

鎡字功甫，號約齋，西秦人，居臨安。循王諸孫，官奉議郎直祕閣，有《南湖詩餘》一卷，見《彊村叢書》本。

李日華云：張功甫豪侈而有清尚，嘗來吾郡海鹽作園亭自恣，令歌兒衍曲，務為新聲，所謂海鹽腔也。（《紫桃軒雜錄》）

## 滿庭芳　促織兒

月洗高梧，露溥幽草，寶釵樓外秋深。土花沿翠，螢火墜牆陰。靜聽寒聲斷續，微韻轉、淒咽悲沈。爭求侶、殷勤勸織，促破曉機心。　兒時曾記得，呼燈灌穴，斂步隨音。任滿身花影，獨自追尋。攜向華堂戲鬥，亭臺小、籠巧妝金。今休說，從渠牀下，涼夜伴孤吟。

【評箋】

周草窗云：咏物之入神者。（《歷代詩餘》引）

賀裳云：稗史稱韓幹畫馬，人入其齋，見幹身作馬形，凝思之極，理或然也，作詩文亦必如此始工。如史邦卿咏燕，幾於形神俱似矣。次則姜白石咏蟋蟀「露溼銅鋪，苔侵石井，都是曾聽伊處。哀音似訴，正思婦無眠，起尋機杼。」又云：「西窗又吹暗雨，為誰頻斷續，相和砧杵。」數語刻劃亦工。蟋蟀無可言而言聽蟋蟀者，正姚鉉所謂賦水不當僅言水，而言水之前後左右也。然尚不如張功甫「月洗高梧，露溥幽草，寶釵樓外秋深。土花沿翠，螢火墜牆陰。靜聽寒聲斷續，微韻轉、淒咽悲沈。爭求侶、殷勤勸織，促破曉機心。兒時曾記得，呼燈灌穴，斂步隨音。任滿身花影，猶自追尋。攜向華堂戲鬥，亭臺小、籠巧妝金。今休說，從渠牀下，涼夜伴孤吟。」不惟曼聲勝其高調，兼形容處，心細如絲髮，皆姜詞之所未發。（《皺水軒詞筌》）

許昂霄云：響逸調遠。又云：螢火句陪襯，「任滿身」二句工細。（《詞綜偶評》）

張宗橚云：橚按《天寶遺事》：每秋時宮中妃妾皆以小金籠閉蟋蟀，置枕函畔，夜聽其聲，民間爭效之。又按《蟋蟀經》二卷，相傳賈秋壑所輯，文詞頗雅馴，有「更籌帷幄，選將登場」諸語。余兄雨巖研古樓所藏舊鈔本，甚堪愛玩，惜徽藩芸窗道人繪畫冊，已付之雲煙過眼錄矣。（《詞林紀事》）

## 宴山亭

幽夢初回，重陰未開，曉色催成疏雨。竹檻氣寒，蕙畹[1]聲搖，新綠暗通南浦。未有人行，纔半啓回廊朱戶。無緒，空望極霓旌[2]，錦書難據。　苔徑追憶曾遊，念誰伴鞦韆，綵繩芳柱。犀簾黛捲，鳳枕雲孤，應也幾番凝佇。怎得伊來，花霧繞、小堂深處。留住，直到老不教歸去。

【註解】

①蕙畹，田十二畝曰畹。《離騷》：「余既滋蘭之九畹兮，又樹蕙之百畝。」

②霓旌，雲旗。《高唐賦》：「霓為旌，翠為蓋。」

# 史達祖

達祖字邦卿，號梅溪，汴人。有《梅溪詞》一卷，見《六十名家詞》，又見四印齋所刻詞。

葉紹翁云：韓侂胄為平章，專倚省吏史達祖奉行文字；擬帖擬旨，俱出其手，侍從柬札，至用申呈。韓退，遂鯨焉。（《四朝聞見錄》）

張鎡云：史生詞織綃泉底，去塵眼中，妥帖輕圓，辭情俱到，有瓌奇、警邁、清新、閒婉之長，而無訑蕩、汙淫之失，端可分鑣清真，平睨方回。（《梅溪詞序》）

姜夔云：邦卿詞奇秀清逸，有李長吉之韻，蓋能融情景於一家，會句意於兩得。（《詞品》引）

彭孫遹云：南宋白石、竹屋諸公，當以梅溪為第一，昔人謂其分鑣清真，平睨方回，紛紛三變行輩，不足比數，非虛言也。（《金粟詞話》）

王士禛云：南渡後梅溪、白石、竹屋、夢窗諸家極妍盡態，反有秦、李未到者，正如唐絕句至晚唐劉賓客、杜京兆，妙處反進青蓮、龍標一塵。（《花草蒙拾》）

許昂霄云：白石、梅溪昔人往往並稱，驟閱之，史似勝姜，其實則史少減堯章。昔鈍翁嘗問漁洋曰：「王孟齊名，何以孟不及王？」漁洋答曰：「孟詩，味之未能免俗耳！」吾於姜、史亦云。倚聲者試取兩家詞熟玩之，當不以予為蚍蜉之撼。（《詞林紀事》引）

周濟云：梅溪甚有心思，而用筆多涉尖巧，非大方家數，所謂一鉤勒即薄者。又云：梅溪詞中善用「偷」字，足以定其品格矣。（《介存齋論詞雜著》）

吳衡照云：史邦卿奇秀清逸，為詞中俊品。（《蓮子居詞話》）

戈載云：予嘗謂梅溪乃清真之附庸，若仿張為作詞家主客圖，周為主，史為客，未始非定論也。（《七家詞選》）

# 綺羅香　詠春雨

做冷欺花，將煙困柳，千里偷催春暮。盡日冥迷，愁裏欲飛還住。驚粉重、蝶宿西園，喜泥潤、燕歸南浦。最妨他佳約風流，鈿車不到杜陵①路。　沈沈江上望極，還被春潮晚急，難尋官渡②。隱約遙峯，和淚謝娘③眉嫵。臨斷岸、新綠生時，是落紅、帶愁流處。記當日門掩梨花，翦燈深夜語。

【註解】

①杜陵，古地名，亦稱樂遊原。在今陝西省長安縣東南。

②官渡，官中置船以渡行人稱官渡。韋應物詩：「春潮帶雨晚來急，野渡無人舟自橫。」

③謝娘，唐李德裕歌妓，後泛指一般歌女。

【評箋】

黃昇云：「臨斷岸」以下數語，最為姜堯章稱讚。（《花庵詞選》）

黃蓼園云：愁雨耶？怨雨耶？多少淑偶佳期，盡為所誤，而伊仍浸淫漸漬，聯綿不已，小人

情態如是，句句清雋可思；好在結二語寫得幽閒貞靜，自有身分，怨而不怒。（《蓼園詞選》）

李攀龍云：語語淋漓，在在潤澤，讀此將詩聲徹夜雨聲寒，非筆能興雲乎！（《草堂詩餘雋》）

許昂霄云：綺合繡聯，波屬雲委。「盡日冥迷」二句，摹寫入神。「記當日」二句，如此運用，實處皆虛。（《詞綜偶評》）

先著云：無一字不與題相依，而結尾始出雨字，中邊皆有。前後兩段七字句，於正面尤著到。如意寶珠，玩弄難於釋手。（《詞潔》）

孫麟趾云：詞中四字對句，最要凝煉，如史梅溪云：「做冷欺花，將煙困柳」只八個字已將春雨畫出。（《詞逕》）

周爾墉云：法度井然，其聲最和。（《周批絕妙好詞》）

繼昌云：史達祖《春雨詞》，煞句「記當日門掩梨花，翦燈深夜語。」就題烘襯推開去，亦是一法。（《左庵詞話》）

## 雙雙燕　詠燕

過春社了，度簾幕中間，去年塵冷。差池①欲住，試入舊巢相並。還相②雕梁藻井，又軟語商量不定。飄然快拂花梢，翠尾分開紅影。　芳徑，芹泥雨潤，愛貼地爭飛，競誇輕俊。紅樓歸晚，看足柳昏花暝。應自棲香正穩，便忘了天涯芳信。愁損翠黛雙蛾，日日畫闌獨凭。

【註解】

①差池，《詩經邶風》：「燕燕于飛，差池其羽。」箋云：「差池其羽，謂張舒其尾翼。」

②相，細看也。

【評箋】

黃昇云：形容盡矣。又云：姜堯章最賞其「柳昏花暝」之句。（《花庵詞選》）

王士禎云：僕每讀史邦卿《詠燕》詞，以為詠物至此，人巧極天工錯矣。（《花草蒙拾》）

沈際飛云：「欲」字、「試」字、「還」字、「又」字入妙，「還相」字是星相之相。（《草堂詩餘正集》）

卓人月云：不寫形而寫神，不取事而取意，白描高手。（《詞統》）

賀裳云：常觀姜論史詞，不稱其「軟語商量」，而賞其「柳昏花暝」，固知不免項羽學兵法之恨。（《皺水軒詞筌》）

許昂霄云：清新俊逸。（《詞綜偶評》）

戈載云：美則美矣，而其韻庚青，雜入真文，究為玉瑕珠纇。（《七家詞選》）

譚獻云：起處藏過一番感歎，為「還」字、「又」字張本。「還相」二句，挑按見指法，再搏弄便薄。「紅樓」句換筆，「應自」句換意，「愁損」二句收足，然無餘味。（《譚評詞辨》）

王國維云：賀黃公謂姜論史詞，不稱其「軟語商量」，而稱其「柳昏花暝」，固知不免項羽學兵法之恨；然「柳昏花暝」，自是歐、秦輩句法，前後有畫工、化工之殊，吾從白石，不能附合黃公矣。（《人間詞話》）

黃蓼園云：「棲香」下至末，似指朋友間有不能踐言者。（《蓼園詞選》）

鄭文焯云：史梅溪「雙雙燕」「還相雕梁藻井」，按《表異錄》，綺井亦名藻井，又名鬭八，今俗曰天花板也。（《絕妙好詞校錄》）

周爾墉云：史生穎妙非常，此詞可謂能盡物性。（周評《絕妙好詞》）

## 東風第一枝　春雪

巧沁蘭心，偷黏草甲，東風欲障新暖。漫疑碧瓦難留，信知暮寒猶淺。行天入鏡，做弄出、輕鬆纖軟。料故園、不捲重簾，誤了乍來雙燕。　青未了、柳回白眼，紅欲斷、杏開素面。舊遊憶著山陰[1]，後盟遂妨上苑。寒罏重熨，便放漫春衫針線。怕鳳靴挑菜歸來，萬一灞橋相見。

【註解】

①山陰，晉王徽之泛舟剡溪訪戴逵，造門而返，人問故，曰：「乘興而來，興盡而去，何必見。」

【評箋】

周密云：二月二日，宮中辦挑菜宴以資戲笑，王宮貴邸亦多效之。（《武林舊事》）

黃昇云：結句尤為姜堯章拈出。（《花庵詞選》）

張炎云：史邦卿「東風第一枝」詠雪，「雙雙燕」詠燕，姜白石《齊天樂》詠蟋蟀，皆全章精粹，所詠瞭然在目，且不留滯於物。（《詞源》）

沈際飛云：競秀爭高。又云：「柳杏」二句，愧死梨花、柳絮諸語。（《草堂詩餘正集》）

## 喜遷鶯

月波疑滴，望玉壺天近，了無塵隔。翠眼圈花①，冰絲織練，黃道②寶光相直。自憐詩酒瘦，難應接許多春色。最無賴，是隨香趁燭，曾伴狂客。　蹤跡，漫記憶，老了杜郎③，忍聽東風笛。柳院燈疏，梅廳雪在，誰與細傾春碧④？舊情拘未定，猶自學當年遊歷。怕萬一，誤玉人夜寒簾隙。

## 【註解】

①圈花，疑是各種花燈。

②黃道，《漢書天文志》：「日有中道，中道者黃道，一曰光道。」

③杜郎，指杜牧。

④春碧，指酒。

## 【評箋】

王闓運云：富貴語無脂粉氣，諸家皆賞下二語，不知現寒乞相正是此等處。（《湘綺樓詞選》）

# 三姝媚

煙光搖縹瓦①，望晴檐多風，柳花如灑。錦瑟橫牀，想淚痕塵影，鳳絃常下。倦出犀帷，頻夢見、王孫驕馬。諱道相思，偷理綃裙，自驚腰衩②。　惆悵南樓遙夜，記翠箔張燈，枕肩歌罷。又入銅駝③，遍舊家門巷，首詢聲價。可惜東風，將恨與閒花俱謝。記取崔徽④模樣，歸來暗寫。

【註解】

①縹瓦，琉璃瓦。皮日休詩：「全吳縹瓦十萬戶，惟我與君如袁安。」

②衩，衣之下端開衩者。

③銅駝，見前秦觀《望海潮》註。

④崔徽，蒲女崔徽與裴敬中善。敬中去，徽極怨抑，乃託人寫真致意曰：「為妾謝敬中，崔徽一旦不及卷中人，徽且為郎死矣。」見《麗情集》。

## 秋霽

江水蒼蒼，望倦柳愁荷，共感秋色。廢閣先涼，古簾空暮，雁程最嫌風力。故園信息，愛渠入眼南山碧。念上國，誰是、膾鱸①江漢未歸客。　還又歲晚、瘦骨臨風，夜聞秋聲，吹動岑寂。露蛩悲、青燈冷屋，翻書愁上鬢毛白。年少俊遊渾斷得，但可憐處，無奈苒苒魂驚，採香南浦，翦梅煙驛。

【註解】

①膾鱸，見前辛棄疾《水龍吟》註。

## 夜合花

柳鎖鶯魂，花翻蝶夢，自知愁染潘郎①。輕衫未攬，猶將淚點偷藏。念前事，怯流光，早春窺、酥雨池塘。向消凝裏，梅開半面，情滿徐妝②。風絲一寸柔腸，曾在歌邊惹恨，燭底縈香。芳機瑞錦，如何未織鴛鴦。人扶醉，月依牆，是當初、誰敢疏狂！把閒言語，花房夜久，各自思量。

【註解】

①潘郎，見前徐伸《二郎神》註。

②徐妝，《南史梁元帝徐妃傳》：「妃以帝眇一目，每知帝將至，必為半面妝以俟。帝見則大怒而去。」

## 玉胡蝶

晚雨未摧宮樹，可憐閒葉，猶抱涼蟬。短景歸秋，吟思又接愁邊。漏初長、夢魂難禁，人漸老、風月俱寒。想幽歡土花庭甃，蟲網闌干。無端啼蛄[1]攪夜，恨隨團扇[2]，苦近秋蓮。一笛當樓，謝娘懸淚立風前。故園晚、強留詩酒，新雁遠、不致寒暄。隔蒼煙、楚香羅袖，誰伴嬋娟。

【註解】

①蛄，螻蛄，蟲名，穴居土中而鳴。

②恨隨團扇，班婕妤《怨詩行序》：「婕妤失寵，求供養太后於長信宮，乃作怨詩以自傷，託辭於紈扇云。」

## 八歸

秋江帶雨，寒沙縈水，人瞰[1]畫閣愁獨。煙蓑散響驚詩思，還被亂鷗飛去，秀句難續。冷眼盡歸圖畫上，認隔岸、微茫雲屋。想半屬、漁市樵邨，欲暮競然竹[2]。須信風流未老，憑持尊酒，慰此淒涼心目。一鞭南陌，幾篙官渡，賴有歌眉舒綠[3]。只匆匆殘照，早覺閒愁掛喬木。應難奈故人天際，望徹淮山，相思無雁足[4]。

【註解】

①瞰，俯視也。

②然竹，柳宗元詩：「漁翁夜傍西巖宿，曉汲清湘然楚竹。」

③舒綠，古以黛綠畫眉，綠即指眉。

④無雁足，古代傳說，雁足可以傳書，無雁足即謂無書信。

【評箋】

陳廷焯云：筆力直是白石，不但貌似，骨律神理亦無不似，後半一起一落，宕往低徊，極有韻味。（《白雨齋詞話》）

況周頤云：此闋與《玉胡蝶》皆較疏俊者。（《蕙風詞話》）

## 劉克莊

克莊字潛夫，號後村，莆田人。以蔭仕，淳祐中賜同進士出身，官龍圖閣直學士，卒謚文定。有《後村別調》，見《六十家詞》刊本及《晨風閣叢書》刊本；又《後村長短句》五卷，有《彊村叢書》刊本。
張炎云：潛夫負一代時名，《別調》一卷，大約直致近俗，效稼軒而不及者。（《詞源》）
毛晉云：《別調》一卷，大率與稼軒相類，楊升庵謂其壯語足以立懦，余竊謂其雄力足以排奡云。（《後村別調跋》）
馮煦云：後村詞與放翁、稼軒猶鼎三足，其生丁南渡，拳拳君國，似放翁；志在有為，不欲以詞人自域，似稼軒。（《六十一家詞選例言》）

### 生查子　元夕戲陳敬叟

繁燈奪霽華①，戲鼓侵明發②。物色舊時同，情味中年別。　淺畫鏡中眉，深拜樓中月。人散市聲收，漸入愁時節。

【註解】

①霽華，明月。

②明發，謂天發明也。《詩．小雅．小宛》：「明發不寐，有懷二人。」

【評箋】

劉克莊云：敬叟詩才氣清拔，力量宏放，為人曠達如列禦寇、莊周；飲酒如阮嗣宗、李太白；筆札如谷子雲，草隸如張顛、李湖；樂府如温飛卿、韓光。余每歎其所長，非復一事。為穀城黃子厚之甥，故其詩酷似云。（《陳敬叟集序》）

黃昇云：陳以莊名敬叟，號月溪，建安人。（《花庵詞選》）

## 賀新郎　端午

深院榴花吐，畫簾開、綀衣①紈扇，午風清暑。兒女紛紛誇結束，新樣釵符艾虎②。早已有遊人觀渡③。老大逢場慵作戲④，任陌頭、年少爭旗鼓，溪雨急，浪花舞。　靈均標致⑤高如許，憶生平既紉蘭佩⑥，更懷椒醑⑦。誰信騷魂千載後，波底垂涎角黍⑧。又說是蛟饞龍怒。把似⑨而今醒到了，料當年、醉死差無苦、聊一笑，弔千古。

【註解】

①綀衣，葛布衣。

②艾虎，《荊門記》：「午節人皆採艾為虎為人，掛於門以辟邪气。」

③觀渡，《荊楚歲時記》：「五月五日競渡，俗為屈原投汨羅日，人傷其死，故命舟楫拯之。」

④逢場作戲，《傳燈錄》：「鄧隱峯云：『竿木隨身，逢場作戲。』」今人偶爾遊戲，輒借用此語。

⑤靈均，屈原小字。標致，風度。

⑥紉蘭佩，聯綴秋蘭而佩戴於身。《離騷》：「紉秋蘭以為佩。」

⑦椒，香物，所以降神；醑，美酒，所以享神。

⑧角黍，屈原以五月五日沈江死，楚人哀之，以竹筒貯米投水，裹以楝葉，纏以綵縷，使不為蛟龍所吞云。見《齊諧記》。

⑨把似，假如。

【評箋】

楊慎云：此一段議論，足為三閭千古知己。（《詞品》）

黃蓼園云：非為靈均雪恥，實為無識者下一針砭，思理超超，意在筆墨之外。又云：就競渡

者及沈角黍者落想，是從實處落想。（《蓼園詞選》）

## 賀新郎　九日

湛湛[1]長空黑，更那堪、斜風細雨，亂愁如織。老眼平生空四海，賴有高樓百尺。看浩蕩、千崖秋色。白髮書生神州淚，儘淒涼不向牛山[2]滴。追往事，去無跡。　少年自負凌雲筆[3]，到而今春華落盡[4]，滿懷蕭瑟。常恨世人新意少，愛說南朝狂客[5]。把破帽年年拈出。若對黃花孤負酒，怕黃花也笑人岑寂。鴻去北，日西匿。

【註解】

①湛湛，深貌。

②牛山，在山東省臨淄縣南。齊景公遊牛山，北臨其國城而流涕。見《晏子春秋》。《物原》云：「齊景公始為登高。」

③凌雲筆，豪氣凌雲之筆墨。

④春華落盡，喻豪氣消除。
⑤南朝狂客，指孟嘉。晉孟嘉為桓溫參軍，嘗於重陽節共登龍山，風吹帽落而不覺。

## 木蘭花

戲林推

年年躍馬長安市，客舍似家家似寄。青錢換酒日無何，紅燭呼盧①宵不寐。　易挑錦婦機中字②，難得玉人心下事。男兒西北有神州，莫滴水西橋③畔淚。

【註解】

①呼盧，鮑宏《博經》：「古者烏曹作博，以五木為子，有梟、盧、雉、犢，為勝負之采。晉劉毅樗蒲，餘人並黑犢，唯毅得雉，大喜，褰衣繞牀，叫曰：『非不能盧，不專此爾。』劉裕因援五木曰，『試為卿答。』既而四子俱黑，一子轉躍未定，裕厲聲喝之，即成盧。」
②機中字，《麗情集》：「前秦竇滔恨其妻蘇氏，及鎮襄陽，與蘇絕音問，蘇因織錦為迴文詩寄滔，滔覽錦字，感其妙絕，乃具車迎蘇。」
③水西橋，玉人所居之處。

【評箋】

況周頤云：後村《玉樓春》云：「男兒西北有神州，莫滴水西橋畔淚。」楊升庵謂其壯語足以立懦，此類是已。（《蕙風詞話》）

# 盧祖皋

祖皋字申之，又字次夔，號蒲江，永嘉人，樓鑰之甥。慶元五年進士，嘉定時為軍器少監，嘉定十四年權直學士院。有《蒲江詞》，見《六十家詞》刊本，又見《彊村叢書》刊本。

張端義云：蒲江貌字修整，作小詞纖雅。（《貴耳集》）

黃昇云：蒲江，樓攻媿之甥，趙紫芝、翁靈舒之詩友，樂章甚工，字字可入律呂。（《花庵詞選》）

周濟云：蒲江小令時有佳處，長篇則枯寂無味，此才小也。（《介存齋論詞雜著》）

## 江城子

畫樓簾幕捲新晴，掩銀屏，曉寒輕。墜粉飄香，日日喚愁生。暗數十年湖上路，能幾度、著娉婷①。　年華空自感飄零，擁春酲，對誰醒？天闊雲閒，無處覓簫聲。載酒買花年少事，渾不似、舊心情。

【註解】

①娉婷，指歌女。

【評箋】

況周頤云：後段與龍洲「欲買桂花同載酒，終不似少年遊。」可稱異曲同工。然終不如少陵之「詩酒尚堪驅使在，未須料理白頭人」，為倔彊可喜。（《蕙風詞話》）

## 宴清都

春訊飛瓊管①，風日薄，度牆啼鳥聲亂。江城次第②，笙歌翠合，綺羅香暖。溶溶澗淥冰泮，醉夢裏，年華暗換。料黛眉，重鎖隋堤，芳心還動梁苑。　新來雁闊雲音，鸞分鑑影，無計重見。春啼細雨，籠愁淡月，恁時③庭院。離腸未語先斷，算猶有憑高望眼。更那堪衰草連天，飛梅弄晚。

【註解】

①瓊管，古以葭莩灰實律管，候至則灰飛管通。葭卽蘆，管以玉為之。

②次第，迅急之辭。

③恁時，此時。

# 潘牥

牥字庭堅，號紫巖，閩人。端平二年進士，歷太學正，通判潭州。有《紫巖集》，近趙萬里輯《紫巖詞》一卷。

周密云：庭堅，富沙人，初名公筠，後以詔歲乞靈南臺神，夢有人持方牛首易之，遂易名牥。跌宕不羈，為福建帥司機宜文字，日醉騎黃犢，歌《離騷》於市，嘗約同舍置酒瀑泉，行酒令，曰：「有能以瀑泉灌頂而吟不絕口者，眾拜之。」庭堅被酒，豪甚，脫巾髽髻裸立流泉之衝，高唱「濯纓」之章，眾為驚歎羅拜，以為不可及，歸卽臥病而殂。（《齊東野語》）

楊慎云：潘牥，乙未何桌榜及第第三人，美姿容，時有諺云：狀元真何郎，榜眼真郭郎，探花真潘郎也。（《詞品》）

## 南鄉子　題南劍州①妓館

**生怕倚闌干，閣下溪聲閣外山。惟有舊時山共水，依然，暮雨朝雲去不還。　應是躡飛鸞②，月下時時整佩環。月又漸低霜又下，更闌，折得梅花獨自看。**

### 【註解】

①南劍州，今福建南平縣。

②躡飛鸞，指歌伎似仙人。

### 【評箋】

先著云：梅花自看，太無聊矣。此詞有許多轉折委婉情思。（《詞潔》）

沈際飛云：閣下溪閣外山句，便已婉摯，況復足山水一句乎，結淒切。（《草堂詩餘正集》）

況周頤云：小令中能轉折，便有尺幅千里之妙，歇拍尤意境蕭瑟。（《蕙風詞話》）

黃蓼園云：按溪山句、梅花句，似非憶妓所能，當或亦別有寄託，題或誤耳。而詞致俊雅，

故自不同凡豔。（《蓼園詞選》）

## 陸叡

叡字景思，號雲西，佃五世孫，會稽人。淳祐中沿江制置使參議，除禮部員外，崇政殿尚書。

### 瑞鶴仙

溼雲黏雁影，望征路，愁迷離緒難整。千金買光景，但疏鐘催曉，亂鴉啼暝。花悰暗省，許多情，相逢夢境。便行雲都不歸來，也合寄將音信。孤迥，盟鸞心在，跨鶴程高，後期無準。情絲待翦，翻惹得舊時恨。怕天教何處，參差雙燕，還染殘朱賸粉。對菱花與說相思，看誰瘦損？

# 吳文英

文英，字君特，號夢窗，晚年又號覺翁，四明人。從吳履齋諸公遊。有夢窗甲、乙、丙、丁稿，見《六十家詞》刊本。又有曼陀羅華閣刊本及《彊村叢書》刊本。

尹煥云：求詞於吾宋，前有清真，後有夢窗，此非煥之言，天下之公言也。（《花庵詞選》引）

沈義父云：夢窗深得清真之妙，其失在用事下語太晦，人不可曉。（《樂府指迷》）

張炎云：夢窗如七寶樓臺，眩人眼目，拆碎下來，不成片段。（《詞源》）

《四庫全書提要》云：文英天分不及周邦彥，而研煉之功則過之。詞家之有文英，如詩家之有李商隱也。（《夢窗詞》提要）

周濟云：尹惟曉「前有清真，後有夢窗」之說，可謂知言。夢窗每於空際轉身，非具大神力不能。又云：夢窗非無生澀處，總勝空滑；況其佳者，天光雲影，搖蕩綠波，撫玩無斁，追尋已遠。又云：君特意思甚感慨，而寄情閒散，使人不能測其中之所有。（《介存齋論詞雜著》）又云：夢窗奇思壯采，騰天潛淵，返南宋之清泚，為北宋之穠摯。（《四家詞選序論》）

戈載云：夢窗從吳履齋諸公遊，晚年好填詞，以綿麗為尚，運意深遠，用筆幽邃，煉字煉句，迥不猶人。貌觀之雕繢滿眼，而實有靈氣行乎其間。細心吟繹，覺味美方回，引人入勝，既不病其晦澀，亦不見其堆垛，此與清真、梅溪、白石並為詞學之正宗，一脈真傳，特稍變其面目耳。猶之玉溪生之詩，藻采組織，而神韻流轉，旨趣永長，未可妄譏其獺祭也。（《七家詞選》）

孫麟趾云：夢窗足醫滑易之病，不善學者便流於晦。余謂詞中之有夢窗，猶詩中之有李長吉。篇篇長吉，閱者生厭；篇篇夢窗，亦難悅目。又云：石以

皺為貴，能皺必無滑易之病，夢窗最善此。（《詞逕》）

馮煦云：夢窗之詞，麗而則，幽邃而綿密，脈絡井井，而卒焉不能得其端倪。（《六十一家詞選例言》）

陳廷焯云：夢窗精於造句，超逸處，則仙骨珊珊，洗脫凡豔，幽索處，則孤懷耿耿，別締古歡。（《白雨齋詞話》）

周爾墉云：於逼塞中見空靈，於渾樸中見勾勒，於刻畫中見天然，讀夢窗詞當於此着眼。性情能不為詞藻所掩，方是夢窗法乳。（周評《絕妙好詞》）

樊增祥云：世人無真見解，惑於樂笑翁「七寶樓臺」之論，遂謂夢窗詞多理少，能密緻不能清疏，真瞽談耳。（樊評《彊村詞》稿本）

陳洵云：天祚斯文，鍾美君特，水樓賦筆，年少承平，使北宋之緒微而復振。尹煥謂「前有清真，後有夢窗」，信乎其知言矣。又云：飛卿嚴妝，夢窗亦嚴妝，惟其國色所以為美。若不覩其倩盼之質，而徒眩其珠翠，則飛卿且譏，何止夢窗！玉田所謂「拆碎不成片段」者，眩其珠翠耳。（《海綃說詞》）

況周頤云：近人學夢窗輒從密處入手，夢窗密處，能令無數麗字一一生動飛舞，如萬花為春，非若琱璚蹙繡毫無生氣也。如何能運動無數麗字，恃聰明，尤恃魄力；如何能有魄力，唯厚乃有魄力。夢窗密處易學，厚處難學。又云：重者，沈著之謂；在氣格，不在字句，於夢窗詞庶幾近之。卽其芬菲鏗麗之作，中間雋豔字句，莫不有沈摯之思，灝瀚之氣，挾之以流轉，令人翫索而不能盡，則其中之所存者厚。沈著者，厚之發見乎外者也。欲學夢窗之緻密，先學夢窗之沈著：卽緻密，卽沈著，非出乎緻密之外，超乎緻密之上，別有沈著也。夢窗與蘇、辛二公實殊流而同源，其見為不同，則夢窗緻密其外耳。其至高至勝處，雖擬議形容之，未易得其神似。穎惠之士，束髮

操觚，勿輕言學夢窗也。（《蕙風詞話》）
王國維云：夢窗之詞，余得取其詞中之一語以評之曰：「映夢窗凌亂碧。」
（《人間詞話》）

## 渡江雲 西湖清明

羞紅鬢淺恨，晚風未落，片繡點重茵①。舊堤分燕尾②，桂棹③輕鷗，寶勒④倚殘雲。千絲⑤怨碧，漸路入仙塢迷津。腸漫回，隔花時見、背面楚腰⑥身。　逡巡，題門⑦惆悵，墮履⑧牽縈。數幽期難準，還始覺留情緣眼，寬帶⑨因春。明朝事與孤煙冷，做滿湖風雨愁人。山黛暝，塵波澹綠無痕。

【註解】

①重茵，厚蓆也，喻芳草。
②燕尾，西湖蘇堤與白堤交叉，形如燕尾。
③桂棹，以桂木為棹之舟。
④寶勒，勒馬絡頭，寶勒即指寶馬。

⑤千絲，指柳絲。
⑥楚腰，謂美人腰細。楚諺：「楚王好細腰，宮中多餓死。」
⑦題門，本呂安題嵇康門事，見《世說新語》。但此處作不過解。
⑧墮屨，本張良遇黃石公事，見《史記》。但此處作留宿解。
⑨寬帶，見前李之儀《謝池春》註。

【評箋】

陳洵云：此詞與《鶯啼序》第二段參看。「漸路入仙塢迷津」，即「遡紅漸招入仙溪」。「題門墮屨」與「錦兒偷寄幽素」是一時事，蓋相遇之始矣。「明朝」以下，天地變色，於詞為奇幻，於事為不詳，宜其不終也。（《海綃說詞》）

## 夜合花

白鶴江入京，泊葑門，有感①。

柳暝河橋，鶯清台苑，短策②頻惹春香。當時夜泊，温柔便入深鄉。詞韻窄，酒杯長，翦蠟花、壺箭③催忙。共追遊處，凌波翠陌，連棹橫塘。十年一夢淒涼，似西湖燕去，吳館巢荒。重來萬感，依前喚酒銀罌④。溪雨急，岸花狂，趁殘鴉飛過蒼茫。故人樓上，憑誰指與，芳草斜陽？

【註解】

①白鶴江，本松江別派，見《蘇州府志》。又葑門在蘇州東南角。
②策，馬鞭。
③壺箭，古代以銅壺盛水，壺中立箭以計時刻。
④銀罌，大腹小口酒器。

## 霜葉飛　重九

斷煙離緒，關心事，斜陽紅隱霜樹。半壺秋水薦黃花，香噀①西風雨。縱玉勒、輕飛迅羽，淒涼誰弔荒臺②古。記醉踏南屏③，綵扇咽寒蟬，倦夢不知蠻素④。　聊對舊節傳杯，塵箋蠹管，斷闋經歲慵賦。小蟾⑤斜影轉東籬，夜冷殘蛩語。早白髮、緣愁萬縷，驚飆從捲烏紗⑥去，漫細將、茱萸⑦看，但約明年，翠微高處。

【註解】

①噀，本作潠，噴水。

②荒臺，宋武帝重陽日登戲馬臺，臺在彭城，楚項羽閱兵處。

③南屏，西湖十題有：「南屏晚鐘。」

④蠻素，白居易詩：「櫻桃樊素口，楊柳小蠻腰。」

⑤小蟾，小月。

⑥烏紗，古官帽名，視朝及見賓客之服，見《唐書車服志》。

⑦茱萸，植物名，《續齊諧記》言桓景一家曾於九月九日佩茱萸，登高飲菊花酒以避災。杜詩：「明年此會知誰健，醉把茱萸仔細看。」

【評箋】

陳洵云：起七字已將「縱玉勒」以下攝起在句前。「斜陽」六字，依稀風景。「半壺」至「風雨」十四字，情隨事遷。以下五句上二句突出悲涼，下三句平放和婉。彩扇屬蠻、素，倦夢屬寒蟬，徒聞寒蟬不見蠻、素，但髮鬅其歌扇耳，今則更成倦夢，故曰「不知」，兩句神理結成一片，所謂關心事者如此。換頭於無聊中尋出消遣，斷闋慵賦，則仍是消遣不得。殘蛩對上寒蟬，又換一境。蓋鑾、素既去，則事事都嫌矣。收句與聊對舊節一樣意思，現在如此，未來可知，極感愴卻極閒冷，想見覺翁胸次。（《海綃說詞》）

陳廷焯云：有筆力，有感慨。淒惊處，只一二語，已覺秋聲四起。（《白雨齋詞話》）

## 宴清都　連理海棠

繡幄①鴛鴦柱，紅情密、膩雲低護秦樹②。芳根兼倚，花梢鈿合③，錦屏人妒。東風睡足交枝④，正夢枕瑤釵燕股⑤。障灩蠟、滿照歡叢，嫠蟾⑥冷落羞度。　人間萬感幽單，華清⑦慣浴，春盎⑧風露。連鬟⑨並暖，同心共結，向承恩處。憑誰為歌《長恨》⑩？暗殿鎖、秋燈夜語。敘舊期、不負春盟，紅朝翠暮。

### 【註解】

①繡幄，繡幕，所以籠花。

②秦樹，秦中有雙株海棠。

③鈿合，鈿盒，有上下兩扇。
④交枝，枝柯相交，韓愈詩：「珊瑚玉樹交枝柯。」
⑤燕股，釵有兩股如燕尾。
⑥蔘蟾，孀娥無夫故曰蔘蟾。
⑦華清，指楊貴妃嘗浴於華清池。
⑧盎，指豐滿的池水。
⑨連鬟，女子所梳雙髻，名同心結。
⑩《長恨》，白居易有《長恨歌》。

## 【評箋】

朱孝臧云：濡染大筆何淋漓。（朱評《夢窗詞》）

陳洵云：此詞寄託高遠，其用筆運意，奇幻空靈；離合反正，精力彌滿。若徒賞其鎔煉，則失之矣。「人間萬感幽單」一句，將全篇精神振起。「華清慣浴，春盎風露」，有好色不與民同樂意，天寶之不為靖康者，幸耳。此段意理全類稼軒，可以證周氏由北開南之說。稼軒豪雄，夢窗穠摯，可以證周氏由南追北之說。咏物最稱碧山，然如此等作，足使碧山有望回之歎。（《海綃說詞》）

## 齊天樂

煙波桃葉西陵路①，十年斷魂潮尾。古柳重攀，輕鷗聚別，陳跡危亭獨倚。涼颸②乍起，渺煙磧③飛帆，暮山橫翠。但有江花，共臨秋鏡④照憔悴。　華堂燭暗送客，眼波回盼處，芳豔流水。素骨凝冰，柔蔥⑤蘸雪，猶憶分瓜深意。清尊未洗，夢不溼行雲，漫沾殘淚。可惜秋宵，亂蛩疏雨裏。

【註解】

①西陵，在今錢塘江之西。古詞：「何處結同心，西陵松柏下。」桃葉、西陵皆指所思之妓。

②颸，涼風。

③磧，沙洲。

④秋鏡，秋水如鏡。

⑤柔蔥，指手。

【評箋】

譚獻云：起平而結響頗遒。「淙颸乍起」是領句，亦是提肘書法。但有二句沉著。換頭是追敍。（《譚評詞辨》）

陳廷焯云：傷今感昔，憑眺流連，此種詞真入白石之室矣。一片感喟，情深語至。（《白雨齋詞話》）

陳洵云：此與《鶯啼序》蓋同一年作，彼云十載，此云十年也。西陵邂逅之地，提起；「斷魂潮尾」，跌落；中間送客一事，留作換頭點睛；三句相為起伏，最是局勢精奇處。譚復堂乃謂為平起，不知此中曲折也。「古柳重攀」，今日；「輕鷗聚別」，當時；平入逆出。「陳跡危亭獨倚」，歇步；「淙颸乍起」，轉身；「渺煙磧飛帆，暮山橫翠」，空際出力；「但有江花，共臨秋鏡照憔悴」，收合。倚亭送客者，送妾也；柳渾侍兒名琴客，故以客稱妾。新雁過妝樓之「宜城當時放客」，「風入松」之「舊會送客」，「尾犯」之「長亭曾送客」，皆此「客」字。「眼波回盼」，是將去時之客；「素骨凝冰，柔蔥蘸雪」，是未去時之客。「猶憶分瓜深意」，別後始覺不詳，極幽抑怨斷之致，豈其人於此時已有去志乎？「清尊未洗」，此愁酒不能消，「淙颸」句是領下，此句是煞上。「行雲」句著一「溼」字，藏行雨在內，言朝來相思，至暮無夢也。夢窗運典隱僻，如詩家之玉溪。亂蛩疏雨所謂漫霑殘淚。（《海

## 花犯

郭希道送水仙索賦

小娉婷[1]清鉛素靨[2]，蜂黃[3]暗偷暈，翠翹[4]攲鬢。昨夜冷中庭，月下相認，睡濃更苦淒風緊。驚回心未穩，送曉色、一壺蔥蒨[5]，纔知花夢準。湘娥[6]化作此幽芳，凌波路，古岸雲沙遺恨。臨砌影，寒香亂、凍梅藏韻。熏鑪畔、旋移傍枕，還又見、玉人垂紺鬒[7]。料喚賞、清華池館，臺杯[8]須滿引。

【註解】

①娉婷，美貌。
②靨，面上酒渦。清鉛素靨，形容水仙白瓣。
③蜂黃，形容水仙黃蕊。
④翠翹，翠玉妝飾，形容水仙綠葉。
⑤蔥蒨，青翠顏色。

⑥湘娥，湘江女神。
⑦紺，青色。鬒，美髮。
⑧臺杯，大小杯重疊成套名臺杯。

**【評箋】**

陳洵云：自起句至「相認」，全是夢境，「昨夜」逆入，「驚回」反跌，極力為「送曉色」一句追逼；復以「花夢準」三字，鉤轉作結。後片是夢非夢，純是寫神。「還又見」應上「相認」，「料喚賞」應上「送曉色」，眉目清醒，度人金針。（《海綃說詞》）

朱孝臧云：集中《花犯·郭希道送水仙詞》有「清華池館」語，清華疑即希道。（《夢窗詞小箋》）

## 浣溪沙

門隔花深舊夢遊，夕陽無語燕歸愁，玉纖[1]香動小簾鉤。落絮無聲春墮淚，行雲有影月含羞，東風臨夜冷於秋。

【註解】

①玉纖，手。

【評箋】

陳廷焯云：《浣溪沙》結句貴情餘言外，含蓄不盡。如吳夢窗之「東風臨夜冷於秋」，賀方回之「行雲可是渡江難」，皆耐人玩味。（《白雨齋詞話》）

陳洵云：「夢」字點出所見，惟夕陽歸燕，玉纖香動，則可聞而不可見矣。是真是幻，傳神阿堵，門隔花深故也。「春墮淚」為懷人，「月含羞」因隔面，義兼比興。東風回睇夕陽，俯仰之間，已為陳跡，卽一夢亦有變遷矣。「秋」字不是虛擬，有事實在，卽起句之舊遊也。秋去春來，又換一番世界，一「冷」字可思。此篇全從張子澄「別夢依依到謝家」一詩化出，須看其遊思飄渺、纏綿往復處。（《海綃說詞》）

## 浣溪沙

波面銅花①冷不收，玉人垂釣理纖鉤②，月明池閣夜來秋。　江燕話歸成曉別，水花紅減似春休，西風梧井葉先愁。

【註解】

①銅花，銅鏡，喻水波清澈如鏡。

②纖鉤，月影，黃庭堅《浣溪沙》：「驚魚錯認月沈鉤。」

【評箋】

陳洵云：「玉人垂釣理纖鉤」是下句倒影，非謂真有一玉人垂釣也。纖鉤是月，玉人言風景之佳耳。「月明池閣」下句醒出，甲稿《解蹀躞》「可憐殘照西風，半妝樓上」，半妝亦謂殘照西風。西子、西湖，比興常例，淺人不察，則謂覺翁晦耳。（《海綃說詞》）

## 點絳唇 試燈夜初晴

捲盡愁雲，素娥①臨夜新梳洗。暗塵不起，酥潤淩波地。　輦路②重來，彷彿燈前事。情如水，小樓熏被，春夢笙歌裏。

【註解】

①素娥，月。

②輦，帝王之車。輦路，帝王車駕經行之路。

【評箋】

譚獻云：起稍平，換頭見拗怒，「情如水」三句，足當咳唾珠玉四字。（《譚評詞辨》）

## 祝英臺近　春日客龜溪①遊廢園

採幽香，巡古苑，竹冷翠微路。鬭草②溪根，沙印小蓮步。自憐兩鬢清霜，一年寒食，又身在雲山深處。　晝閒度，因甚天也慳春，輕陰便成雨？綠暗長亭，歸夢趁風絮。有情花影闌干，鶯聲門徑，解留我霎時凝佇。

【註解】

①龜溪《德清縣志》：「龜溪古名孔愉澤，即余不溪之上流。昔孔愉見漁者得白龜於溪上，買

而放之。」

②鬭草，見前陳亮《水龍吟》註。

【評箋】

陳廷焯云：婉轉中自有筆力。（《白雨齋詞話》）

## 祝英臺近 除夜立春

翦紅情，裁綠意①，花信上釵股。殘日東風，不放歲華去。有人添燭西窗，不眠侵曉，笑聲轉新年鶯語②。 舊尊俎，玉纖曾擘黃柑，柔香繫幽素③。歸夢湖邊，還迷鏡中路④。可憐千點吳霜，寒消不盡，又相對落梅如雨。

【註解】

①紅情綠意，剪綵為紅花綠葉。

②新年鶯語，杜甫詩：「鶯入新年語。」

③幽素，幽情素心。

④鏡中路，言湖水如鏡。

【評箋】

周密云：立春前一日，臨安府進大春牛，用五色絲綵杖鞭牛，掌管預造小春牛數十，飾綵旛雪柳，分送殿閣巨璫，各隨以金銀錢彩段為酬。是月後苑辦造春盤供進，及分賜貴邸宰臣巨璫、翠縷、紅絲、金雞、玉燕，備極精巧，每盤值萬錢，學士院撰進春帖子，皇后、貴妃、夫人、諸閣各有定式，絳羅金縷，華粲可觀。（《武林舊事》）

彭孫遹云：余獨愛夢窗《除夕立春》一闋，兼有天人之巧。（《金粟詞話》）

許昂霄云：換頭數語，指春盤綵縷也。「歸夢」二句從「春歸在客先」想出。（《詞綜偶評》）

陳廷焯云：「上」字婉細。（《白雨齋詞話》）

陳洵云：前闋極寫人家守歲之樂，全為換頭三句追攝遠神，與「新腔一唱雙金斗」一首同一機杼。彼之「何時」，此之「舊」字，皆一篇精神所注。（《海綃說詞》）

## 澡蘭香　淮安重午

盤絲①繫腕，巧篆②垂簪，玉隱紺紗睡覺③。銀瓶④露井，綵箑⑤雲窗，往事少年依約。為當時曾寫榴裙⑥，傷心紅綃褪萼。黍夢光陰，漸老汀洲煙蒻⑦。　莫唱江南古調，怨抑難招，楚江沈魄⑧。薰風燕乳，晴雨槐黃，午鏡⑨澡蘭⑩簾幕。念秦樓⑪、也擬人歸，應翦菖蒲⑫自酌。但悵望一縷新蟾，隨人天角。

【註解】

①盤絲，腕上繫五色絲絨。

②巧篆，簪上插精巧紙花。

③玉隱紺紗睡覺，玉人隱在天青色紗帳中睡覺。紺，天青色。

④銀瓶，指宴。

⑤綵箑，彩扇，指歌。

⑥榴裙，《宋書》：羊欣著白練裙晝寢，王獻之詣之，書其裙數幅而去。

⑦煙蒻，柔弱蒲草。

⑧楚江沈魄，指屈原自沈。

⑨午鏡，水清如鏡。

⑩澡蘭，五月五，蓄蘭沐浴，見《大戴禮》。

⑪秦樓，秦穆公女弄玉與蕭史吹簫引鳳，穆公為築鳳臺，後遂傳為秦樓。見《列仙傳》。

⑫菖蒲，端午以菖蒲一寸九節者泛酒，以辟瘟氣。見《荊楚歲時記》。

【評箋】

《宋史地理志》云：淮南東路南渡後州九，揚、楚、海、秦、泗、滁、淮安、真、通。紹定元年，升山陽縣為淮安軍。端平元年，改軍為淮安州。

先著云：亦是午日情事，但筆端幽豔，如古錦爛然。（《詞潔》）

陳洵云：此懷歸之賦也。起五句全敘往事，至第六句點出寫裙，是睡中事。「榴」字融人事入風景，褪萼見人事都非，卻以風景不殊作結。後片純是空中設景，主意在「秦樓也擬人歸」一句，「歸」字緊與「招」字相應，言家人望已歸，如宋玉之招屈原也。既欲歸不得，故曰「難招」、曰「莫唱」、曰「但悵望」，則「也擬」亦徒然耳。擊首則尾應，擊尾則首應，擊中間則首尾皆應，陣勢奇變極矣。金針度人，全在數虛字，屈原事不過借古以陳今。「薰風」三句，是家中節物，秦樓倒影。秦樓用弄玉事，謂家所在。（《海綃說詞》）

## 風入松

聽風聽雨過清明，愁草瘞[1]花銘。樓前綠暗分攜路，一絲柳、一寸柔情。料峭春寒中酒，交加曉夢啼鶯。西園日日掃林亭，依舊賞新晴。黃蜂頻撲鞦韆索，有當時纖手香凝。惆悵雙鴛[2]不到，幽階一夜苔生。

【註解】

①瘞，埋葬。

②雙鴛，履跡。古詩：「全由履跡少，併欲上階生。」

【評箋】

許昂霄云：結句亦從古詩「全由屧跡少，併欲上階生」化出。（《詞綜偶評》）

陳廷焯云：情深而語極純雅，詞中高境也。（《白雨齋詞話》）

陳洵云：思去妾也，此意集中屢見。《渡江雲》題曰：「西湖清明」，是邂逅之始；此則別後第一個清明也。「樓前綠暗分攜路」，此時覺翁當仍寓西湖。風雨新晴，非一日間事，除了風雨，卽是新晴，蓋云我只如此度日掃林亭，猶望其還賞，則無聊消遣，見鞦韆而思纖手，因蜂撲而念香凝，純是癡望神理。「雙鴛不到」，猶望其到；「一夜苔生」，蹤跡全無，則惟日日惆悵而已。（《海綃說詞》）

譚獻云：此是夢窗極經意詞，有五季遺響。「黃峰」二句，是癡語，是深語。結處見温厚。（《詞綜偶評》）

## 鶯啼序　春晚感懷

殘寒正欺病酒，掩沈香繡戶。燕來晚、飛入西城，似說春事遲暮。畫船載、清明過卻，晴煙冉冉吳宮樹。念羈情、遊蕩隨風，化為輕絮。　十載西湖，傍柳繫馬，趁嬌塵軟霧。遡紅漸招入仙溪，錦兒①偷寄幽素。倚銀屏、春寬夢窄，斷紅溼②、歌紈金縷③。暝隄空，輕把斜陽，總還鷗鷺。　幽蘭旋老，杜若還生，水鄉尚寄旅。別後訪、六橋④無信，事往花委，瘞玉埋香，幾番風雨。長波妒盼，遙山羞黛，漁燈分影春江宿。記當時、短楫桃根渡⑤，青樓彷彿。臨分敗壁題詩，淚墨慘淡塵土。危亭望極，草色天涯，歎鬢侵半苧⑥。暗點檢、離痕歡唾，尚染鮫綃⑦。嚲鳳⑧迷歸，破鸞⑨慵舞。殷勤待寫，書中長恨，藍霞遼海沈過雁。漫相思、彈入哀箏柱。傷心千里江南⑩，怨曲重招，斷魂在否？

【註解】

①錦兒，錢塘妓楊愛愛侍兒，見《侍兒小名錄》。
②斷紅溼，言淚溼。
③歌紈，歌唱時之紈扇。金縷，金綫繡成之衣。
④六橋，西湖之堤橋，外湖六橋宋蘇軾建，名映波、鎖瀾、望山、壓堤、東浦、跨虹。裏湖六橋明楊孟映建，名環璧、流金、臥龍、隱秀、景竹、濬源。
⑤桃根渡，見前姜夔《琵琶仙》註。
⑥苧，蔴科，背面白色，此處形容髮白如苧。
⑦鮫綃，謂鮫人所織之綃，見《文選》左思《吳都賦》註。
⑧嚲，垂下貌。嚲鳳，垂翅之鳳。
⑨破鸞，謂破鏡。見前錢惟演《木蘭花》註。
⑩千里江南，《招魂》：「目極千里兮傷春心，魂兮歸來哀江南。」

【評箋】

陳廷焯云：全章精粹，空絕千古。（《白雨齋詞話》）

陳洵云：第一段傷春起，卻藏過傷別，留作第三段點睛。燕子畫船，含無限情事；清明吳宮，是其最難忘處。第二段「十載西湖」提起，而以第三段「水鄉尚寄旅」作鉤勒。「記當時短楫桃根渡」，「記」字逆出，將第二段情事盡銷納此一句中。臨分淚墨，十載西湖，乃如此了矣。臨分於別後為倒應，別後於臨分為逆提，漁燈分影於水鄉為複筆，作兩番鉤勒，筆力最渾厚。「危亭望極，草色天涯」，遙接「長波妒盼，遙山羞黛」，「望」字遠情，「歎」字近況，全篇神理，只消此二字。歡唾是第二段之歡會，離痕是第三段之臨分。「傷心千里江南，怨曲重招，斷魂在否？」應起段「遊蕩隨風，化為輕絮」作結。通體離合變幻，一片淒迷，細繹之，正字字有脈絡，然得其門者寡矣。（《海綃説詞》）

## 惜黃花慢

次吳江，小泊，夜飲僧窗惜別。邦人趙簿攜小妓侑尊，連歌數闋，皆清真詞。酒盡已四鼓，賦此詞餞尹梅津。①

送客吳皋，正試霜夜冷，楓落②長橋。望天不盡，背城漸杳，離亭黯黯，恨水迢迢。翠香零落紅衣③老，暮愁鎖、殘柳眉梢。念瘦腰、沈郎④舊日，曾繫蘭橈。仙人鳳咽瓊簫，悵斷魂送遠，《九辯》⑤難招。醉鬟留盼，小窗翦燭，歌雲載恨，飛上銀霄。素秋不解隨船去，敗紅趁一葉寒濤。夢翠翹⑥，怨鴻料過南譙⑦。

【註解】

①尹梅津，名煥，字惟曉，山陰人。嘉定十年進士，自畿漕除右司郎官。

②楓落，唐崔明信詩：「楓落吳江冷。」

③紅衣，荷花。

④沈郎，見前李之儀《謝池春》註。

⑤《九辯》、《楚辭》，篇名，屈原弟子宋玉作。

⑥翠翹，女子首飾，即以代表所思之女子。

⑦南譙，南樓。

【評箋】

萬樹云：夢窗七寶樓臺，拆下不成片段；然其用字精密處，嚴確可愛。其所用正、試、夜、望、背、漸、翠、念、瘦、舊、繫、鳳、悵、送、醉、載、素、夢、怨、料諸去聲字，兩篇皆相合。

律呂之學有不可假借如此。（《詞律》）

陳洵云：題外有事，當與《瑞龍吟》黯分袖參看。沈郎謂梅津，「繫蘭橈」蓋有所眷也。「仙人」謂所眷者，「鳳簫」則有夫婦之分。「斷魂」二句，言如此分別，雖《九辯》難招，況清真詞乎？含思悽惋，轉出下四句，實處皆空矣。素秋言此間風景不隨船去，則兩地趁濤，堆葉依稀有情。翠翹郎上之仙人，特不知與《瑞龍吟》所別是一是二。（《海綃説詞》）

## 高陽臺

宮粉雕痕，仙雲墮影，無人野水荒灣。古石埋香，金沙鎖骨連環。南樓不恨吹橫笛，恨曉風千里關山。半飄零、庭上黃昏，月冷闌干。　壽陽空理愁鸞，問誰調玉髓①，暗補香瘢？細雨歸鴻，孤山無限春寒。離魂難倩招清些，夢縞衣②解佩溪邊。最愁人、啼鳥晴明，葉底清圓。

【註解】

①玉髓香瘢，指壽陽梅花妝。

②縞衣，白衣。

【評箋】

陳廷焯云：夢窗《高陽臺》一篇，既幽怨，又清虛，幾欲突過中仙咏物諸篇，集中最高之作。（《白雨齋詞話》）

## 高陽臺　豐樂樓分韻得「如」字

修竹凝妝，垂楊駐馬，憑闌淺畫成圖。山色誰題？樓前有雁斜書。東風緊送斜陽下，弄舊寒、晚酒醒餘。自消凝，能幾花前，頓老相如①？　傷春不在高樓上，在燈前攲枕，雨外熏鑪。怕艤②遊船，臨流可奈清臞③？飛紅若到西湖底，攪翠瀾、總是愁魚。莫重來、吹盡香綿，淚滿平蕪。

【註解】

①相如，司馬相如，漢武帝時賦家，所作有《子虛》、《上林》、《大人》等賦。

②檥，或作艤，附船著岸也。

③清臞，清瘦。

【評箋】

咸淳《臨安志》云：豐樂樓在豐豫門外，舊名聳翠樓，據西湖之會，千峯連環，一碧萬頃，為遊覽最。顧以官酤喧雜，樓亦卑小，弗與景稱。咸淳九年，趙安撫與𥲅始撤新之，瑰麗宏特，高切雲漢，遂為西湖之壯，縉紳多聚拜於此。

周密云：豐樂樓在湧金門外，舊為眾樂亭，又改聳翠樓，政和中改今名。淳祐間，趙京尹與𥲅重建，宏麗為湖山冠。又甃月池，立鞦韆，梭門植花木，構數亭，春時遊人繁盛。舊為酒肆，後以學館致爭，但為朝紳同年會拜鄉會之地。吳夢窗嘗大書所作《鶯啼序》於壁，一時為人傳誦。（《武林舊事》）

陳廷焯云：題是樓，偏說傷春不在高樓上，何等筆力！（《白雨齋詞話》）

陳洵云：「淺畫成圖」，半壁偏安也；「山色誰題」，無與託國者；「東風緊送」，則危急極矣。凝妝駐馬，依然歡會；酒醒人老，偏念舊寒；燈前雨外，不禁傷春矣。「愁魚」，殃及池魚之意。「淚滿平蕪」，城邑邱墟，高樓何有焉，故曰「傷春不在高樓上」。是吳詞之極沈痛者。

（《海綃說詞》）

麥孺博云：穠麗極矣，仍自清空，如此等詞，安能以「七寶樓臺」誚之！（《藝蘅館詞選》）

## 三姝媚

過都城舊居有感

湖山經醉慣，漬[1]春衫，啼痕酒痕無限。又客長安，歎斷襟零袂，涴[2]塵誰浣。紫曲門荒，沿敗井、風搖青蔓。對語東鄰，猶是曾巢，謝堂雙燕[3]。　春夢人間須斷，但怪得當年，夢緣能[4]短。繡屋秦箏，傍海棠偏愛，夜深開宴。舞歇歌沈，花未減、紅顏先變。佇久河橋欲去，斜陽淚滿。

【註解】

①漬，染也。

②涴，泥着物也。

③謝堂雙燕，劉禹錫詩：「舊時王謝堂前燕，飛入尋常百姓家。」

④能，如此也。

【評箋】

陳洵云：過舊居，思故國也。讀起句，可見啼痕酒痕、悲歡離合之跡；以下緣情佈景，憑弔興亡，蓋非僅興懷陳跡矣。春夢須斷，往來常理，「人間」二字不可忽過，正見天上可哀，夢緣能短，治日少也。「秦箏」三句回首承平；紅顏先變，盛時已過，則惟有斜陽之淚，送此湖山耳。此蓋覺翁晚年之作；讀草窗「與君共是承平年少」，及玉田「獨憐水賦樓筆，有斜陽還怕登臨」，可與知此詞。（《海綃說詞》）

## 八聲甘州

靈巖陪庾幕諸公遊

渺空煙四遠，是何年、青天墜長星。幻蒼崖雲樹，名娃金屋①，殘霸宮城。箭徑②，酸風射眼，膩水染花腥。時靸③雙鴛響，廊葉秋聲。　宮裏吳王沈醉，倩五湖倦客④，獨釣醒醒。問蒼波無語，華髮奈山青。水涵空、闌干高處，送亂鴉、斜日落漁汀。連呼酒，上琴臺去，秋與雲平。

【註解】

①名娃金屋，《越絕書》云：吳人於研石山，置館娃宮，山頂有三池：曰月池，曰研池，曰玩花池，蓋吳時所鑿也。山上舊傳有琴臺，又有響屧廊，或曰鳴屐廊，廊以楩枬藉地，西子行，則有聲，故名。

②箭徑，《吳郡志》云：「靈巖山前有採香徑橫斜如臥箭。」

③靸，履無踵直曳曰靸。

④五湖倦客，指范蠡。

## 【評箋】

張炎云：如夢窗《登靈巖》云：「連呼酒，上琴臺去，秋與雲平。」《閏重九》云：「簾半捲，帶黃花，人在小樓。」皆平易中有句法。（《詞源》）

麥孺博云：奇情壯采。（《藝蘅館詞選》）

陳洵云：換頭三句，不過言山容水態，如吳王、范蠡之醉醒耳。「蒼波」承「五湖」，「山青」承「宮裏」，獨醒無語，沈醉奈何，是此詞最沈痛處，今更為推進之，蓋惜夫差之受欺越王也。長頸之毒，蠡知而王不知，則王醉而蠡醒矣。女真之猾，甚於勾踐；北甬之辱，奇於甬東；五國城之崩，酷於卑猶位；遺民之憑弔，異於鴟夷之逍遙。而遊艮嶽、幸樊樓者，乃荒於吳宮之沈湎。北宋已矣，南渡宴安，又將岌岌，五湖倦客，今復何人？一「倩」字有眾人皆醉意，不知當時庾幕諸公，何以對此？（《海綃說詞》）

## 踏莎行

潤玉①籠綃，檀櫻②倚扇，繡圈③猶帶脂香淺。榴心空疊舞裙紅，艾枝④應壓愁鬟亂。　午夢千山，窗陰一箭，香瘢新褪紅絲腕⑤。隔江人在雨聲中，晚風菰葉⑥生秋怨。

【註解】

①潤玉，指玉肌。

②檀櫻，指檀口。

③繡圈，繡花妝飾。

④艾枝，端午以艾為虎形，或剪綵為小虎，粘艾葉以戴。見《荊楚歲時記》。

⑤紅絲腕，五月五日以五綵絲繫臂，辟鬼及兵。一名長命縷，一名續命縷，一名辟兵縷。見

《風俗通》。

⑥菰葉，蔬類植物，生淺水中，高五六尺。春月生新芽如筍，名茭白。葉細長而尖，秋結實曰菰米，可煮飯。

【評箋】

王國維云：介存謂夢窗詞之佳者，如天光雲影，搖蕩綠波，撫玩無極，追尋已遠。余覽夢窗甲乙丙丁稿中，實無足當此者。有之，其「隔江人在雨聲中，晚風菰葉生秋怨」二語乎？（《人間詞話》）

陳洵云：讀上闋，幾疑真見其人矣。換頭點睛，卻只一夢，惟有雨聲菰葉，伴人淒涼耳。「生秋怨」，則時節風物，一切皆空。（《海綃説詞》）

## 瑞鶴仙

晴絲牽緒亂，對滄江斜日，花飛人遠。垂楊暗吳苑，正旗亭①煙冷，河橋風暖。蘭情蕙盼②，惹相思、春根酒畔。又爭③知、吟骨縈消，漸把舊衫重翦。淒斷流紅千浪，缺月孤樓，總難留燕。歌塵凝扇，待憑信，拚分鈿④。試挑燈欲寫，還依不忍，箋幅偷和淚捲。寄殘雲賸雨蓬萊⑤，也應夢見。

【註解】

①旗亭，市樓，張衡《西京賦》：「旗亭五重。」

②蘭情蕙盼，喻人之濃厚情誼，周邦彥詞：「水盼蘭情。」

③爭，怎。

④鈿，金寶等飾器之名，白居易《長恨歌》：「釵擘黃金合分鈿。」

⑤蓬萊，仙境，指所思人之住處。

【評箋】

陳洵云：吳苑是其人所在地，此時覺翁不在吳也，故曰「花飛人遠」。《鶯啼序》云：「晴煙冉冉吳宮樹。」《玉蝴蝶》云：「羨故人還買吳航。」「尾犯」贈浪翁重客吳門曰：「長亭曾送客。」「新雁過妝樓」曰：「江寒夜楓怨落。」又是吳中事。是其人既去，由越入吳也。「旗亭」二句，當年邂逅，正是此時。「蘭情」二句，對面反擊，跌落下二句，思力沈透極矣。舊衫是其人所裁，「流紅千浪」，複上闋之「花飛」；「缺月孤樓，總難留燕」，複上闋之「人遠」，為「淒斷」二字勾勒。「歌塵凝扇」，對上「蘭情蕙盼」；人一處，物一處。「待憑信，拚分鈿」縱開，「還依不忍」，仍轉故步。「箋幅偷和淚捲」複「挑燈欲寫」；疑往而復，欲斷還連，是深得清真之妙者。「應夢見」，尚不曾夢見也。含思淒惋，低徊不盡。（《海綃說詞》）

## 鷓鴣天　化度寺作①

池上紅衣伴倚闌，棲鴉常帶夕陽還。殷雲度雨疏桐落，明月生涼寶扇閒。　鄉夢窄，水天寬，小窗愁黛淡秋山。吳鴻好為傳歸信，楊柳閶門屋數間。

【註解】

①化度寺，《杭州府志》：「化度寺在仁和縣北江漲橋，原名水雲，宋治平二年改。」

【評箋】

陳洵云：楊柳閶門，其去姬所居也。全神注定，是此一句。吳鴻歸信，言已亦將去此間矣，

眼前風景何有焉！（《海綃説詞》）

## 夜遊宮

人去西樓雁杳，敍別夢，揚州一覺。雲淡星疏楚山曉，聽啼烏，立河橋，話未了。　雨外蛩聲早，細織就霜絲①多少？説與蕭娘②未知道，向長安，對秋燈，幾人老？

【註解】

①霜絲，指白髮。

②蕭娘，見前周邦彥《夜遊宮》註。

【評箋】

陳洵云：楚山夢境，長安京師，是運典；揚州則舊遊之地，是賦事；此時覺翁身在臨安也。詞則沈樸渾厚，直是清真後身。（《海綃説詞》）

## 賀新郎　陪履齋先生①滄浪②看梅

喬木生雲氣，訪中興、英雄③陳跡，暗追前事。戰艦東風④慳借便，夢斷神州故里。旋小築、吳宮閒地，華表月明歸夜鶴⑤，歎當時、花竹今如此，枝上露，濺清淚。　遨頭⑥小簇行春隊，步蒼苔、尋幽別墅，問梅開未？重唱梅邊新度曲，催發寒梢凍蕊。此心與東君⑦同意，後不如今今非昔，兩無言相對滄浪水，懷此恨，寄殘醉。

【註解】

①履齋先生，吳潛字毅夫，號履齋，淳祐中，觀文殿大學士，封慶國公。景定初，安置循州卒。

②滄浪，亭名，在蘇州府學東，初為吳越錢元璙池館，後廢為寺，寺後又廢。蘇舜欽在蘇州買水石，作滄浪亭於邱上，後為韓世忠別墅。

③英雄，指韓世忠。

④戰艦東風，指韓世忠黃天蕩之捷。

⑤歸夜鶴，見前王安石《千秋歲引》註。

⑥遨頭，太守曰遨頭，見《成都記》。

⑦東君，原謂春神，此指吳履齋。楊鐵夫以為其時夢窗又為吳客，故以東君稱之。

【評箋】

龔明之云：滄浪亭在郡學之東，中吳節度使孫承祐之池館，其後蘇子美得之，為錢不過四萬，歐公詩所謂「清風明月本無價，可惜只賣四萬錢」是也。余家舊與章莊敏俱有其筆，余盡為韓王所得矣。吳潛《賀新郎．滄浪亭》和《吳夢窗韻》云：「撲盡征衫氣，小夷猶，尊壘杖履，踢開花事。邂逅山翁行樂處，何似烏衣舊里，歎荒草舞臺歌地。百歲光陰如夢斷，算古今興廢都如此，何用灑，兒曹淚。江南自有漁樵隊，想家山猿愁鶴怨，問人歸未。寄語寒梅休放盡，留取三花兩蕊，待老子領些春意。皎皎風流心自許，儘何妨瘦影橫斜水。煩翠羽，伴醒醉。」（《中吳紀聞》）

陳洵云：要心與東君同意，能將履齋忠款道出，是時邊事日亟，將無韓、岳，國脈微弱，又非昔時。履齋意主和守而屢疏不省，卒致敗亡，則所謂「後不如今今非昔，兩無言相對滄浪水。懷此恨，寄殘醉」也。言外寄慨，學者須理會此皆。前闋滄浪起，看梅結；後闋看梅起，滄浪結，章法一絲不走。（《海綃說詞》）

## 唐多令

何處合成愁？離人心上秋①，縱芭蕉、不雨也颼颼。都道晚涼天氣好，有明月，怕登樓。　年事夢中休，花空煙水流，燕辭歸、客尚淹留。垂柳不縈裙帶②住，漫長是、繫行舟。

**【註解】**

①心上秋，合成「愁」字。

②裙帶，指燕，指別去女子。

**【評箋】**

張炎云：此詞疏快，不質實。（《詞源》）

沈際飛云：所以感傷之本，豈在蕉雨？妙妙。又云：垂柳句原不熟爛。（《草堂詩餘正集》）

王士禛云：「何處合成愁？離人心上秋。」滑稽之雋，與龍輔《閨怨》詩：「得郎一人來，便可成仙去」，同是《子夜》變體。（《花草蒙拾》）

陳洵云：玉田不知夢窗，乃欲拈出此關牽彼就我，無識者，羣聚而和之，遂使四明絕調，沈沒幾六百年，可歎！（《海綃說詞》）

陳廷焯云：張皋文《詞選》獨不收夢窗，以夢窗與耆卿、山谷、改之同列，不知夢窗者也。至董毅《續詞選》只取夢窗《唐多令》、《憶舊遊》兩篇，此二篇絕非夢窗高詣；《唐多令》幾於油腔滑調，在夢窗集中，最屬下乘，續選獨取，豈故收其下者以實皋文之言耶？謬矣！（《白雨齋詞話》）

# 黃孝邁

孝邁，字德夫，號雪舟。

## 湘春夜月

近清明，翠禽枝上消魂。可惜一片清歌，都付與黃昏。欲共柳花低訴，怕柳花輕薄，不解傷春。念楚鄉旅宿，柔情別緒，誰與温存？空尊夜泣，青山不語，殘照當門。翠玉樓①前，惟是有、一陂湘水，搖蕩湘雲。天長夢短，問甚時、重見桃根②?者次第③、算人間沒箇并刀④，翦斷心上愁痕。

## 【註解】

①翠玉樓，美麗之樓。

②桃根，見姜夔《琵琶仙》註。

③者次第，這許多情況。

④并刀，并州產快剪刀。杜甫詩：「焉得并州快剪刀，剪取吳松半江水。」

## 【評箋】

萬樹云：此調他無作者，想雪舟自度，風度婉秀，真佳詞也。或謂首句明字起韻，非也，如此佳詞，豈有借韻之理！（《詞律》）

查禮云：情有文不能達、詩不能道者，而獨於長短句中，可以委婉形容之；如黃雪舟自度《湘春夜月》云云。雪舟才思俊逸，天分高超，握筆神來，當有悟入處，非積學所到也。劉後村跋雪舟樂章，謂其清麗；叔原、方回，不能加其綿密，駸駸秦郎「和天也瘦」之作。後村可

為雪舟之知音。（《銅鼓書堂遺稿》）

麥孺博云：時事日非，無可與語，感喟遙深。（《藝蘅館詞選》）

## 潘希白

希白字懷古，永嘉人。寶祐進士，幹辦臨安府節制司公事，德祐初，以史館詔，不赴。自號漁莊。

### 大有　九日

戲馬臺①前，採花籬下，問歲華、還是重九。恰歸來、南山翠色依舊。簾櫳昨夜聽風雨，都不似登臨時候。一片宋玉②情懷，十分衛郎③清瘦。　紅萸佩④，空對酒。砧杵動微寒，暗欺羅袖。秋已無多，早是敗荷衰柳。強整帽檐⑤攲側，曾經向天涯搔首。幾回憶、故國蓴鱸⑥，霜前雁後。

【註解】

①戲馬臺，見前吳文英《霜葉飛》註。

②宋玉，見前柳永《戚氏》註。

③衛郎，見前周邦彥《大酺》註，

④紅萸佩，見前吳文英《霜葉飛》註。

⑤帽檐，見前吳文英《霜葉飛》註。

⑥蓴鱸，見前辛棄疾《水龍吟》註。

【評箋】

查禮云：用事用意，搭凑得瑰瑋有姿，其高淡處，可以與稼軒比肩。（《銅鼓書堂遺稿》）

# 黃公紹

公紹字直翁，邵武人。咸淳元年進士，隱居樵溪。有《在軒詞》，見《彊村叢書》刊本。

## 青玉案

年年社日①停針線②，怎忍見、雙飛燕？今日江城春已半，一身猶在，亂山深處，寂寞溪橋畔。　春衫著破誰針線？點點行行淚痕滿。落日解鞍芳草岸，花無人戴，酒無人勸，醉也無人管。

【註解】

①社日，見前周邦彥《應天長》註。

②停針線，《墨莊漫錄》云：「唐、宋婦人社日不用針線，謂之忌作。」張籍詩：「今朝社日停針線。」

【評箋】

龔頤正云：周美成「社日停針線」，蓋用張文昌《吳楚詞》：「今朝社日停針線」，有自來矣。若此起句，亦本文昌也。（《芥隱筆記》）

先著云：「花無人戴，酒無人勸，醉也無人管。」與晁補之《憶少年》起句：「無窮官柳，無情畫舸，無根行客。」同一警絕；唐以後特地有詞，正以有如許妙語，詩家收拾不盡耳。

又云：一詞中針線字兩見，必誤，然俱有作意。（《詞潔》）

賀裳云：詞有如張融危膝，不可無一不可有二者，如劉改之：「天仙子」別妾是也，中云：「馬兒不住去如飛，牽一憩、坐一憩。」又云：「去則是、住則是，煩惱自家煩惱你。」再若效顰，寧非打油惡道乎。然篇中「雪迷村店酒旗斜」，固非雅流不能作一二語。至無名氏《青玉案》：「日落解鞍芳草岸，花無人戴，酒無人勸，醉也無人管。」語淡而情濃，事淺而言深，真得詞家三昧，非鄙俚樸陋者可冒。（《皺水軒詞筌》）

陳廷焯云：不是風流放蕩，只是一腔血淚耳！（《白雨齋詞話》）

案黃公紹《在軒詞》不載此首。秦刻本《陽春白雪》、《翰墨大全》、《花草粹編》等書引此首均不註撰人。惟《詞林萬選》、《歷代詩餘》作黃詞。

## 朱嗣發

嗣發，字士榮。其先當炎、紹之際，避兵烏程常樂鄉，地曰東朱，適與姓同，遂占籍焉。頗志奉親，後舉充提學學官，亦不受。

## 摸魚兒

對西風、鬢搖煙碧，參差前事流水。紫絲羅帶鴛鴦結，的的鏡盟釵誓。渾不記，漫手織回文①，幾度欲心碎。安花著葉，奈雨覆雲翻，情寬分②窄，石上玉簪脆。　朱樓外，愁壓空雲欲墜，月痕猶照無寐。陰晴也只隨天意，枉了玉消香碎。君且醉，君不見長門③青草春風淚。一時左計，悔不早荊釵，暮天修竹④，頭白倚寒翠。

【註解】

①回文，見前晏幾道《六幺令》註。

②分，猶緣也。

③長門，見前辛棄疾《摸魚兒》註。

④暮天修竹，杜甫詩，「天寒翠袖薄，日暮倚修竹。」

# 劉辰翁

辰翁，字會孟，盧陵人。少登陸象山之門，補太學生，景定壬戌，廷試對策，忤賈似道，置丙第。以親老請濂溪書院山長，薦居史館，又除太學博士，皆固辭。宋亡，隱居卒。有《須溪詞》一卷，《補遺》一卷，見《彊村叢書》刊本。

況周頤云：須溪詞風格遒上，似稼軒；情辭跌宕，似遺山。有時意筆俱化，純任天倪，竟能略似坡公。往往獨到之處，能以中鋒達意，以中聲赴節，世或目為別詞，非知人之言也。（《蕙風詞話》）

## 蘭陵王

丙子①送春

送春去，春去人間無路。鞦韆外、芳草連天，誰遣風沙暗南浦。依依甚意緒？漫憶海門飛絮。亂鴉過、斗轉城荒，不見來時試燈②處。　春去誰最苦？但箭雁沈邊，梁燕無主，杜鵑聲裏長門暮。想玉樹凋土，淚盤如露③。咸陽送客屢回顧，斜日未能度。　春去尚來否？正江令④恨別，庾信⑤愁賦，蘇堤盡日風和雨。歎神遊故國，花記前度。人生流落，顧孺子，共夜語。

【註解】

①丙子，宋景炎元年（一二七六年）。

②試燈，張燈。

③淚盤如露，《三輔故事》云：「漢武帝以銅作承露盤，高二十丈，大十圍，上有仙人掌承露，和玉屑飲之以求仙。」李賀《詩序》云：「魏明帝青龍元年八月，詔宮官牽車西去，取漢孝武捧露盤仙人，欲立置前殿，宮官既折盤，仙人臨載乃潸然淚下。」

④江令，見前周邦彥《過秦樓》註。

⑤庾信，見前周邦彥《大酺》註。

【評箋】

卓人月云：「送春去」二句悲絕，「春去誰最苦」四句淒清，何減夜猿；第三疊悠揚悱惻，卽以為《小雅》、《楚騷》可也。（《詞統》）

張宗橚云：按樊榭論詞絕句，「送春苦調劉須溪」信然。（《詞林紀事》）

陳廷焯云：題是《送春》，詞是悲宋，曲折說來，有多少眼淚。（《白雨齋詞話》）

## 寶鼎現

紅妝春騎，踏月影竿旗穿市。望不盡、樓臺歌舞，習習香塵蓮步底。簫聲斷、約彩鸞①歸去，未怕金吾②呵醉。甚輦路、喧闐且止，聽得念奴③歌起。父老猶記宣和④事，抱銅仙、清淚如水。還轉盼、沙河⑤多麗。滉漾明光連邸第，簾影凍、散紅光成綺。月浸葡萄十里，看往來、神仙才子，肯把菱花撲碎。　腸斷竹馬兒童，空見說、三千樂指。等多時春不歸來，到春時欲睡。又說向燈前擁髻，暗滴鮫珠⑥墜。便當日親見《霓裳》⑦，天上人間夢裏。

## 【註解】

①彩鸞，太和末，書生文蕭遇女仙彩鸞，吟詩曰：「若能相伴陟仙壇，應得文蕭駕彩鸞。自有繡襦並甲帳，瓊臺不怕雪霜寒。」後遂登仙而去。見《唐人傳奇集》。

②金吾，漢官有執金吾，顏師古註：「金吾，鳥名也，主辟不祥。天子出行，職主先導，以禦非常，故執此鳥之象，因以名官。」

③念奴，唐天寶時名歌女。

④宣和，宋徽宗年號。

⑤沙河，錢塘南五里有沙河塘，宋時居民甚盛，碧瓦紅檐，歌管不絕。

⑥鮫珠，《述異記》：「南海中有鮫人室，水居如魚，人廢機織。其眼能泣則出珠。」

⑦《霓裳》，樂曲名，《樂苑》：「《霓裳羽衣曲》，開元中，西涼府節度揚敬述進。」

【評箋】

張孟浩云：劉辰翁作《寶鼎現》詞，時為大德元年，自題曰丁酉元夕，亦義熙舊人，只書甲子之意，其詞有云：「父老猶記宣和事，抱銅仙、清淚如水。」又云：「腸斷竹馬兒童，空見説三千樂指。」又云：「向燈前擁髻，暗滴鮫珠墜，便當日親見《霓裳》，天上人間夢裏。」反反覆覆，字字悲咽，真孤竹、彭澤之流。（《歷代詩餘引》）

楊慎云：詞意淒婉，與《麥秀》歌何殊？（《詞品》）

陳廷焯云：通篇煉金錯采，絢爛極矣；而一二今昔之感處，尤覺韻味深長。（《白雨齋詞話》）

## 永遇樂

余自乙亥①上元，誦李易安《永遇樂》，為之涕下。今三年矣，每聞此詞，輒不自堪，遂依其聲，又託之易安自喻，雖辭情不及，而悲苦過之。

璧月初晴，黛雲遠淡，春事誰主？禁苑嬌寒，湖堤倦暖，前度遽如許。香塵暗陌，華燈明晝，長是懶攜手去。誰知道斷煙禁夜，滿城似愁風雨。　宣和舊日，臨安[2]南渡，芳景猶自如故。緗帙[3]離離，風鬢三五，能賦詞最苦。江南無路，鄜州[4]今夜，此苦又誰知否？空相對殘釭[5]無寐，滿邨社鼓。

【註解】

①乙亥，宋德祐元年（一二七五年）。
②臨安，今杭州。
③緗帙，淺黃色之書衣，因謂書卷曰緗帙。
④鄜州，在今陝西省中部縣南。杜甫詩：「今夜鄜州月，閨中只獨看。」
⑤殘釭，殘燈。

## 摸魚兒　酒邊留同年徐雲屋

怎知他、春歸何處？相逢且盡尊酒。少年嫋嫋天涯恨，長結西湖煙柳。休回首，但細雨斷橋，憔悴人歸後。東風似舊，向前度桃花，劉郎[1]能記，花復認郎否？　君且住，草草留君翦韭，前宵正恁時候。深杯欲共歌聲滑，翻溼春衫半袖。空眉皺，看白髮尊前，已似人人有。臨分把手，歎一笑論文，清狂顧曲，此會幾時又？

【註解】

①劉郎，劉禹錫詩：「種桃道士歸何處？前度劉郎今又來。」

# 周密

密字公謹，號草窗，濟南人。流寓吳興，居弁山；自號弁陽嘯翁，又號蕭齋，又號四水潛夫。淳祐中為義烏令。有《草窗詞》二卷，《補遺》二卷，見《知不足齋叢書》本，又有曼陀羅華閣刊本，又《蘋州漁笛譜》二卷，《集外詞》一卷，見《彊村叢書》本，又嘗選南宋詞，題曰：《絕妙好詞》。

張宗橚云：鄭元慶《湖錄》：四水者，湖城以苕水、餘不水、前溪水、北流水合而入於郡，霅溪故名四水。舊人詩：「四水交流霅霅聲」是也，據此，則四水潛夫與弁陽嘯翁，皆寓公之意。（《詞林紀事》）

周濟云：公謹敲金戛玉，嚼雪望花，新妙無與為匹。又云：公謹只是詞人，頗有名心，未能自克，故雖才情詣力，色色絕人，終不能超然遐舉。（《介

存齋論詞雜著》）

戈載云：其詞盡洗靡曼，獨標清麗；有韶倩之色，有綿渺之思，與夢窗旨趣相侔，二窗並稱，允矣無忝。其於律亦極嚴謹，蓋交遊甚廣，深得切劘之益。（《七家詞選》）

陳廷焯云：周公謹詞刻意學清真，句法、字法居然合拍，惟氣體究去清真已遠，其高者可步武梅溪，次亦平視竹屋。（《白雨齋詞話》）

李慈銘云：南宋之末，終推草窗、夢窗兩家，為此事眉目，非碧山、竹屋輩所可頡頏。（《孟學齋日記》）

## 高陽臺 送陳君衡①被召

照野旌旗，朝天車馬，平沙萬里天低。寶帶金章，尊前茸帽②風欺。秦關汴水經行地，想登臨都付新詩。縱英遊、疊鼓清笳，駿馬名姬。　酒酣應對燕山雪，正冰河月凍，曉隴雲飛。投老殘年，江南誰念方回③？東風漸綠西湖岸，雁已還人未南歸。最關情、折盡梅花，難寄相思。

【註解】

①陳君衡，名允平，號西麓，四明人。有詞名《日湖漁唱》。

②茸帽，皮帽。

③方回，賀鑄字。黃庭堅詩：「解道江南腸斷句，世間惟有賀方回。」以方回自比。

## 瑤華

后土之花，天下無二本，方其初開，帥臣以金瓶飛騎，進之天上，間亦分致貴邸。余客輦下，有以一枝（下缺，按他本題，改作瓊花。）

朱鈿寶玦，天上飛瓊，比人間春別。江南江北，曾未見、漫擬梨雲梅雪。淮山春晚，問誰識、芳心高潔？消幾番、花落花開，老了玉關豪傑。　金壺翦送瓊枝，看一騎紅塵①，香度瑤闕。韶華正好，應自喜、初亂長安蜂蝶。杜郎老矣，想舊事花須能說。記少年一夢揚州，二十四橋②明月。

【註解】

①一騎紅塵，杜牧詩：「一騎紅塵妃子笑，無人知是荔枝來。」

②二十四橋，杜牧詩：「二十四橋明月夜，玉人何處教吹簫。」

【評箋】

蔣子正云：揚州瓊花天下衹一本，士大夫愛重，作亭花側，榜曰：無雙。德祐乙亥，北師至，花遂不榮。趙棠國炎有絕句弔曰：「名擅無雙氣色雄，忍將一死報東風。他年我若修花史，合傳瓊妃烈女中。」（《山房隨筆》）

江昱云：草窗詞意，似亦指此。又杜斿有瓊花記。「杜郎」句，蓋用樊川點出此人。（《草窗詞疏證》）

周密云：揚州后土祠瓊花，天下無二本，絕類聚八仙，色微黃而有香。仁宗慶曆中，當分植禁苑，明年輒枯，遂復載還祠中，敷榮如故；淳熙中，壽皇亦嘗移植南內，逾年憔悴無花，仍送還之；其後宦者陳源，命園丁取孫枝移接聚八仙根上，遂活，然其香色則大減矣；杭之褚家塘瓊花園是也。今后土之花已薪，而人間所有者，特當時接本，彷彿似之耳！（《齊東野語》）

陳廷焯云：不是咏瓊花，只是一片感歎，無可說處，借題一發洩耳。（《白雨齋詞話》）

## 玉京秋

長安獨客，又見西風，素月、丹楓，淒然其為秋也，因調夾鍾羽一解。

煙水闊，高林弄殘照，晚蜩①淒切。碧砧度韻，銀牀②飄葉。衣溼桐陰露冷，採涼花時賦秋雪③。歎輕別，一襟幽事，砌蟲能說。　客思吟商還怯，怨歌長、瓊壺暗缺④。翠扇恩疏⑤，紅衣香褪，翻成消歇。玉骨西風，恨最恨、閒卻新涼時節。楚簫咽，誰寄西樓淡月。

【註解】

①蜩，蟬也。

②銀牀，井闌如銀，因稱銀牀。

③秋雪，指蘆花。

④瓊壺暗缺，見前周邦彥《浪淘沙慢》註。

⑤翠扇恩疏，班婕妤《怨詩行》有「裁成合歡扇，團團似明月。」

【評箋】

陳廷焯云：此詞精金百煉，既雄秀、又婉雅，幾欲空絕古今，一「暗」字，其恨在骨。（《白雨齋詞話》）

譚獻云：南渡詞境高處，往往出於清真，「玉骨」二句，髀肉之歎也。（《譚評詞辨》）

## 曲遊春

禁煙湖上薄遊，施中山①賦詞甚佳，余因次其韻。蓋平時遊舫，至午後則盡入裏湖，抵暮始出斷橋，小駐而歸，非習於遊者不知也。故中山亟擊節余「閒卻半湖春色」之句，謂能道人之所未云。

禁苑②東風外，颺暖絲晴絮，春思如織。燕約鶯期，惱芳情偏在，翠深紅隙。漠漠香塵隔，沸十里、亂絲叢笛。看畫船盡入西泠③，閒卻半湖春色。

柳陌，新煙凝碧，映簾底宮眉④，堤上遊勒⑤。輕暝籠寒，怕梨雲夢冷，杏香愁冪。歌管酬寒食，奈蝶怨良宵岑寂。正滿湖碎月搖花，怎生去得？

【註解】

①施中山，名岳，字仲山，吳人。

②禁苑，皇宮園林。南宋都杭，西湖一帶因稱禁苑。

③西泠，橋名，在西湖。

④簾底宮眉，樓中麗人。

⑤堤上遊勒，堤上乘馬遊人。

【評箋】

周密云：都城自過燒鐙，貴遊巨室皆爭先出郊，謂之探春，至禁煙為最盛。兩堤駢集，幾於無置足地，水面畫楫，櫛比如魚鱗，亦無行舟之路。歌歡簫鼓之聲，振動遠近，其盛可以想見。若遊之次第，則先南而後北，至午則盡入西泠橋裏湖，其外幾無一舸矣。弁陽老人有詞云：「看畫船盡入西泠，閒卻半湖春色。」蓋紀實也。既而小泊斷橋，千舫駢聚，歌管絃奏，粉黛羅列，最為繁盛。橋上少年郎，競縱紙鳶以相鉤牽剪截，以線絕者為負，此雖小技，亦有專門。爆仗起輪走線之戲，多設於此。至花影暗而月華生，始漸散去。絳紗籠燭，車馬爭閂，日以為常。（《武林舊事》）又云：虎頭巖施梅川墓，名岳，字仲山，吳人。能詞，精於律呂，楊守齋為樹梅，作亭以葬，薛梯飈為誌，李篔房書，周草窗題，蓋絕妙好詞。施岳《曲遊春・清明湖上》云：「畫舸西陵路，占柳陰花影，芳意如織，小楫衝波，度麴塵扇底，粉香簾隙，岸轉斜陽隔，又過盡、別船簫笛，傍斷橋、翠繞紅圍，相對半篙晴色。頃刻，千山暮碧，向沽酒樓前，猶繫金勒，乘月歸來，正梨苑夜縞，海棠煙冪，院宇明寒食，醉乍醒一庭春寂，任滿身露濕東風，欲眠未得。」（《齊東野語》）

江昱云：《志雅堂雜鈔》，公謹稱施仲山曰先友，則知仲山，實公謹父交也。（《草窗詞疏證》）

許昂霄云：前闋兩「絲」字，後闋兩「煙」字犯重，似失檢點。（《詞綜偶評》）

馬臻《西湖春日壯遊》詩云：「畫船過午入西泠，人擁孤山陌上塵；應被弁陽模寫盡，晚來閒卻半湖春。」（《霞外集》）

## 花犯　水仙花

楚江湄，湘娥①再見，無言灑清淚，淡然春意。空獨倚東風，芳思誰寄？凌波路冷秋無際。香雲隨步起，漫記得、漢宮仙掌②，亭亭明月底。　冰絲寫怨更多情，騷人恨，枉賦芳蘭幽芷。春思遠，誰歎賞國香③風味？相將共、歲寒伴侶，小窗靜，沈煙熏翠被。幽夢覺、涓涓清露，一枝燈影裏。

【註解】

①湘娥，即湘妃，喻水仙花。

②漢宮仙掌，漢武帝作柏梁、銅柱、承露仙人掌之屬，見《漢書郊祀志》。註：「仙人以手掌擎盤承甘露也。」

③國香，蘭為國香，此謂水仙為國香。

【評箋】

周濟云：草窗長於賦物，然惟此及瓊花二闋，一意盤旋，毫無渣滓。他人縱極工巧，不免就題尋典，就典趁韻，就韻成句，墮落苦海矣。特拈出之，以為南宋諸公針砭。（《宋四家詞選》）

# 蔣捷

捷字勝欲，陽羨人。咸淳進士，自號竹山，遁跡不仕。有《竹山詞》一卷，見《六十家詞》刊本，又見《彊村叢書》刊本，又《竹山詞》二卷，見涉園景宋元明詞續刊本。

毛晉云：竹山詞語語纖巧，字字妍倩。（《竹山詞跋》）

《四庫全書提要》云：捷詞煉字精深，音詞諧暢，為倚聲家之榘矱。（《竹山詞》提要）

周濟云：竹山薄有才情，未窺雅操。（《介存齋論詞雜著》）

劉熙載云：蔣竹山詞未極流動自然，然洗煉縝密，語多創獲。其志視梅溪

較貞，視夢窗較清。劉文房為五言長城，竹山其亦長短句之長城歟！（《藝概》）

沈雄評竹山云：其詞章之刻入纖豔，非遊戲餘力為之者，乃有時故作狡獪耳。（沈雄《古今詞話》）

## 瑞鶴仙 鄉城見月

紺①煙迷雁跡，漸碎鼓零鐘，街喧初息。風檠②背寒壁，放冰蟾③，飛到蛛絲簾隙。瓊瑰④暗泣，念鄉關、霜華似織。漫將身化鶴歸來⑤，忘卻舊遊端的⑥。　歡極蓬壺蕖⑦浸，花院梨溶，醉連春夕。柯雲罷弈⑧，櫻桃在⑨，夢難覓。勸清光、乍可⑩幽窗相照，休照紅樓夜笛。怕人間換譜《伊涼》⑪，素娥未識。

【註解】

①紺，紅青色。

②檠，燈架。

③冰蟾，月光。

④瓊瑰，瓊玉瑰珠也，《左傳》云：「聲伯夢涉洹，或與已瓊瑰食之，泣而為瓊瑰，盈其懷。」

⑤化鶴歸來，見前王安石《千秋歲引》註。

⑥端的，確實情況。

⑦藻，芙藻，荷花也。

⑧柯雲罷弈，晉王質入山採樵，遇二童對弈，一童以一物如棗核與質食之，不饑。局終，童云：「汝柯爛矣。」質歸家已及百歲。見《述異記》。

⑨櫻桃在，有人夢鄰女遺二櫻桃，食之，既覺，核墜枕側。見段成式《酉陽雜俎》。

⑩乍可，寧可。

⑪《伊涼》，《伊州》、《涼州》，曲名。

**【評箋】**

先著云：句意警拔，多由於拗峭，然須煉之精純，殆不失於生硬。竹山此詞云，「勸清光、乍可幽窗相照，休照紅樓夜笛。」夢窗云：「問閶門，自古春送多少？」玉田云：「能幾番遊，看花又是明年。」妙語獨立，各不相假借，正不必舉全詞，即此數語，可長留數公天地間。

（《詞潔》）

## 賀新郎

夢冷黃金屋，歎秦箏斜鴻陣裏①，素絃塵撲。化作嬌鶯飛歸去，猶認紗窗舊綠。正過雨、荊桃如菽。此恨難平君知否？似瓊臺、湧起彈棋局②，消瘦影，嫌明燭。　鴛樓碎瀉東西玉③，問芳蹤、何時再展？翠釵難卜。待把宮眉橫雲樣，描上生綃畫幅。怕不是新來妝束。綵扇紅牙今都在，恨無人、解聽開元曲④。空掩袖，倚寒竹⑤。

【註解】

①斜鴻陣裏，雁柱斜列如雁，故云斜鴻陣裏。

②彈棋，古博戲，《述異記》謂漢武帝時已有之。此言世事變幻如棋局。

③東西玉，《詞統》云：「山谷詩：『佳人斗南北，美酒玉東西。』註：酒器也。」

④開元，唐玄宗年號。開元曲，盛唐歌曲。

⑤倚寒竹，杜甫詩：「天寒翠袖薄，日暮倚修竹。」

【評箋】

譚獻云：瑰麗處鮮妍自在，然詞藻太密。（《譚評詞辨》）

陳廷焯云：處處飛舞，如奇峯怪石，非平常蹊徑也。（《白雨齋詞話》）

## 女冠子

元夕

蕙花香也，雪晴池館如畫。春風飛到，寶釵樓上，一片笙簫，琉璃①光射。而今燈漫掛，不是暗塵明月，那時元夜。況年來、心懶意怯，羞與蛾兒②爭耍。　江城人悄初更打，問繁華誰解，再向天公借？剔殘紅灺③，但夢裏隱隱，鈿車羅帕。吳箋銀粉砑④，待把舊家風景，寫成閒話。笑綠鬟鄰女，倚窗猶唱，夕陽西下。

【註解】

①琉璃，扁青石（鉛與鈉之矽酸化合物），為藥料燒成之物，以前宮殿之琉璃瓦用之。《武休

舊事》：「又有幽坊靜巷多設五色琉璃泡燈，更自雅潔。」

②蛾兒，婦人所戴綵花。

③紅炧，燭燼。

④砑，發光也。

**【評箋】**

周密云：元夕張燈，好事家間設雅戲、煙火，花邊水際，燈燭粲然，遊人士女縱觀，則迎門酌酒而去。又是幽坊靜巷，多設五彩琉璃泡燈，更自雅潔，靚妝笑語，望之如神仙。又云：婦人皆戴珠翠，鬧蛾、玉梅、雪柳、菩提葉燈毬，銷金合蟬、貉袖項帕，而衣多尚白，蓋月下所宜也。（《武林舊事》）

陳廷焯云：極力渲染，「而今」二字，忽然一轉，有水逝雲捲、風馳電掣之妙。（《白雨齋詞話》）

# 張炎

炎字叔夏，號玉田，又號樂笑翁。循王諸孫。本西秦人，家臨安，生於淳祐間，宋亡，落魄縱遊。有《山中白雲詞》八卷，見曹氏刊本，許氏刊本，又有四印齋本，《彊村叢書》本。

鄧牧云：玉田《春水》一詞，絕唱今古，人以「張春水」目之。（《伯牙琴》）

鄭思肖云：玉田先輩，仰扳姜堯章、史邦卿、盧蒲江、吳夢窗諸名勝，互相鼓吹春聲於繁華世界，能令三十年西湖錦繡山水，猶生清響。（《山中白雲序》）

戴表元云：玉田張叔夏，酒酣氣張，取平生所為樂府詞自歌之，噌嗚宛抑，流麗清暢，不唯高情曠度，不可褻企；而一時聽之，亦能令人忘去窮達得喪所在。（《剡源集》）

仇遠云：《山中白雲詞》，意度超元，律呂協洽，當與白石老僊相鼓吹。又云：鉛汞交煉而丹成，情景交煉而詞成，指迷妙訣，吾將近叔夏北面而事之。（《山中白雲序》）

舒閬云：叔夏詞有周清真雅麗之思，未脫承平公子故態。（《山中白雲序》）

陸文圭云：西秦玉田張君，著《詞源》上下卷，推五音之數，演六幺之譜，按月紀節，賦情咏物；自稱得音律之學於守齋楊公、南溪徐公。（《山中白雲序》）

樓敬思云：南宋詞人姜白石外，唯張玉田能以翻筆、側筆取勝，其章法、句法俱超，清虛騷雅，可謂脫盡溪徑，自成一家。迄今讀集中諸闋，一氣捲舒，不可方物，信乎其為山中白雲也。（《詞林紀事》引）

《四庫全書提要》云：炎生於淳祐戊申，當宋邦淪覆，年已三十有三，猶及見臨安全盛之日；故所作往往蒼涼激楚，卽景抒情，備寫其身世盛衰之感，非徒以剪紅刻翠為工。至其研究聲律，尤得神解，以之接武姜夔，居然後

勁，宋、元之間，亦可謂江東獨秀矣。（《山中白雲》提要）

先著云：美成如杜，白石兼王、孟、韋、柳之長，與白石並有中原者，後起之玉田也。（《詞選》）

周濟云：玉田近人所最尊奉，才情詣力亦不後諸人，終覺積穀作米，把纜放船，無開闊手段；然其清絕處，自不易制。又云：玉田詞佳者匹敵聖與，往往有似是而非者，不可不知。又云：叔夏所以不及前人處，只在字句上着功夫，不肯換意；若其用意佳者，卽字字珠輝玉映，不可指摘；近人喜學玉田，亦為修飾字句易、換意難。（《介存齋論詞雜著》）

江昱云：詞自白石後惟玉田不愧大宗，而用意之密，適肖題分，尤稱極詣。（《山中白雲疏證》）

鄧廷禎云：西泠詞客，石帚而外首數玉田。論者以為堪與白石老仙相鼓吹，要其登堂拔幟，又自壁壘一新；蓋白石硬語盤空，時露鋒芒，玉田則返虛入渾，不啻嚼蕊吹香。（《雙硯齋隨筆》）

戈載云：學玉田以空靈為主，但學其空靈而筆不轉深，則其意淺，非入於滑，卽入於麤；玉田以婉麗為宗，但學其婉麗而句不煉精，則其音卑，非近於弱，卽近於靡矣。故善學之，則得門而入升其堂、造其室，卽可與清真、白石、夢窗諸公互相鼓吹；否則浮光掠影，貌合神離，仍是門外漢而已。（《七家詞選》）

劉熙載云：張玉田詞清遠蘊藉、悽愴纏綿，大段瓣香白石，亦未嘗不轉益多師，卽《探芳信》次韻草窗，《瑣窗寒》之悼碧山，《西子妝》之效夢窗可見。（《藝概》）

王國維云：玉田之詞，余得取其詞中之一語以評之曰「玉老田荒」。（《人間詞話》）

# 高陽臺　西湖春感

接葉巢鶯①，平波捲絮，斷橋②斜日歸船。能幾番遊？看花又是明年。東風且伴薔薇住，到薔薇、春已堪憐。更淒然，萬綠西冷③，一抹荒煙。　當年燕子知何處？但苔深韋曲④，草暗斜川⑤。見說新愁，如今也到鷗邊。無心再續笙歌夢，掩重門、淺醉閒眠。莫開簾，怕見飛花，怕聽啼鵑。

【註解】

①接葉巢鶯，杜甫詩：「接葉暗巢鶯。」

②斷橋，「斷橋殘雪」是杭州西湖十景之一，斷橋在孤山側。

③西冷，西湖橋名。

④韋曲，在長安南皇子陂西，唐代諸韋世居此地，因名韋曲。

⑤斜川在江西星子、都昌二縣間，陶潛有《遊斜川》詩。

【評箋】

陳廷焯云：玉田《高陽臺》，淒涼幽怨，鬱之至，厚之至，與碧山如出一手，樂笑翁集中亦不多見。（《白雨齋詞話》）

譚獻云：「能幾番」二句，運掉虛渾。「東風」二句，是措注，惟玉田能之，為他家所無。換頭見章法，玉田云：「最是過變不可斷了曲意」是也。（《譚評詞辨》）

麥孺博云：亡國之音哀以思。（《藝蘅館詞選》）

沈祥龍云：詞貴愈轉愈深，稼軒云：「是他春帶愁來，春歸何處，卻不解帶將愁去。」玉田云：「東風且伴薔薇住，到薔薇春已堪憐。」下句即從上句轉出，而意更深遠。（《論詞隨筆》）

## 渡江雲

久客山陰，王菊存問予近作，書以寄之。

山空天入海，倚樓望極，風急暮潮初。一簾鳩外雨，幾處閒田，隔水動春鋤。新煙禁柳，想如今、綠到西湖。猶記得、當年深隱，門掩兩三株。　愁余，荒洲古漵①，斷梗疏萍，更漂流何處？空自覺圍羞帶減，影怯煙孤。長疑即見桃花面②，甚近來翻致無書。書縱遠，如何夢也都無。

【註解】

①溆，水浦。

②桃花面，唐崔護詩：「人面桃花相映紅。」

【評箋】

許昂霄云：曲折如意。（《詞綜偶評》）

## 八聲甘州

辛卯歲，沈堯道同余北歸，各處杭、越。踰歲，堯道來問寂寞，語笑數日，又復別去，賦此曲，並寄趙學舟。

記玉關、踏雪事清遊，寒氣脆貂裘。傍枯林古道，長河飲馬，此意悠悠。短夢依然江表，老淚灑西州①。一字無題處，落葉都愁。　載取白雲歸去，問誰留楚佩，弄影中洲？折蘆花贈遠，零落一身秋。向尋常、野橋流水，待招來、不是舊沙鷗。空懷感，有斜陽處，卻怕登樓。

【註解】

①西州，古城名，在今南京市西。晉謝安還都，輿病入西州門。安薨後，所知羊曇行不由西州路。嘗大醉，不覺至西州門，因慟哭而去。見《晉書》。

【評箋】

別本辛卯作庚寅，堯道作秋江，趙學舟作曾心傳。江賓谷云：秋江即堯道，與曾心傳同以庚寅歲寫經至都，為玉田北遊之友；故前後諸作，多沈與曾並，別本題正可互參。又云：《絕妙好詞》：趙元仁字元父，號學舟，《宋史宗室世系表》：燕王德昭十世孫，希挺長子。又云：《大觀錄》曾心傳自序，謂庚寅入京，前《臺城路》詞註：庚辰九月，「辰」字乃寅字之誤，辨見詞後。《三姝媚》詞觀海雲杏，則係春日尚留燕京，而北歸之非本年冬日明矣。此庚寅自當從別本作辛卯為是。又云：庚寅，元世祖至元二十七年，史稱六月繕寫金字《藏經》，凡糜金三千二百四十四兩。

譚獻云：一氣旋折，作壯詞須識此法，白石嚶求稼軒，脱胎耆卿，此中消息，願與知音人參之。「一字無題處」，二句恢詭，結有不著屠沽之妙。（《譚評詞辨》）

## 解連環　孤雁

楚江空晚，恨離羣萬里，怳然①驚散。自顧影、卻下寒塘，正沙淨草枯，水平天遠。寫不成書，只寄得相思一點②。料因循誤了，殘氈擁雪③，故人心眼。　誰憐旅愁荏苒④，漫長門夜悄⑤，錦箏彈怨。想伴侶、猶宿蘆花，也曾念春前，去程應轉。暮雨相呼，怕驀地、玉關重見。未羞他、雙燕歸來，畫簾半捲。

【註解】

①怳然，悵然。

②相思一點，《至正直記》云：「張叔夏《孤雁》詞，有『寫不成書，只寄得相思一點。』人皆稱之曰『張孤雁』。」

③殘氈擁雪，用蘇武雁足繫書事。

④荏苒，謂旅愁如日月之漸增。

⑤長門夜悄，見辛棄疾《摸魚兒》註。

【評箋】

許昂霄云：「暮雨相呼疾，寒塘欲下遲。」唐崔塗《孤雁》詩也。（《詞綜偶評》）

譚獻云：起是側入而氣傷於僄。「寫不成書」二句，若檇李之有指痕；「想伴侶」二句，清空如話；「暮雨」二句，若浪花之圓蹴，頗近自然。（《譚評詞辨》）

繼昌云：「寫不成書，只寄得相思一點。」沈崑詞：「奈一繩雁影，斜飛點點，又成心字。」周星譽詞：「無賴是秋鴻，但寫人人，不寫人何處。」三詞咏雁字名目巧思，皆不落恆蹊。（《左庵詞話》）

## 疏影

咏荷葉①

碧圓自潔，向淺洲遠浦，亭亭清絕。猶有遺簪，不展秋心，能捲幾多炎熱？鴛鴦密語同傾蓋②，且莫與、浣紗人③說。恐怨歌忽斷花風，碎卻翠雲千疊。　回首當年漢舞，怕飛去漫皺，留仙裙摺④。戀戀青衫，猶染枯香，還歎鬢絲飄雪。盤心清露如鉛水，又一夜西風吹折。喜淨看、匹練飛光，倒瀉半湖明月。

【註解】

①咏荷葉，張炎《山中白雲》卷六有「紅情」、「綠意」兩詞，序云：「『疏影』、『暗香』姜白石為梅著語，因易之曰『紅情』、『綠意』，以荷花荷葉咏之。」

②傾蓋，駐車交蓋。孔子與程子相遇於途，傾蓋而語。見《孔叢子》。

③浣紗人，鄭谷詩：「多謝浣溪人未折，雨中留得蓋鴛鴦。」

④留仙裙摺，《趙后外傳》：「后歌歸風送遠之曲，帝以文犀箸擊玉甌。酒酣風起，后揚袖曰，『仙乎仙乎，去故而就新。』帝令左右持其裙，久之，風止，裙為之皺。后曰：『帝恩我，使我仙去不得。』他日宮姝或襞裙為皺，號留仙裙。」

【評箋】

張惠言云：此傷君子負枉而死，蓋似李綱、趙鼎之流，「回首當年漢舞」云者，言其自結主知，不肯遠引。結語喜其已死而心得白也。（張惠言《詞選》）

## 月下笛

孤遊萬竹山①中，閒門落葉，愁思黯然，因動黍離之感。時寓甬東積翠山舍。

萬里孤雲，清遊漸遠，故人何處？寒窗夢裏，猶記經行舊時路。連昌②約略無多柳，第一是難聽夜雨。漫驚回淒悄，相看燭影，擁衾無語。　張緒③歸何暮？半零落依依，斷橋鷗鷺。天涯倦旅，此時心事良苦。只愁重灑西州淚④，問杜曲⑤人家在否？恐翠袖天寒，猶倚梅花那樹。

【註解】

①萬竹山，《赤城志》云：「萬竹山在縣西南四十五里，絕頂曰新羅，九峯回環，道極險隘，嶺上叢薄敷秀，平曠幽窈，自成一村。薛左丞昂詩所謂：『萬竹源中數百家，重重流水繞桑麻』是也。」

②連昌，唐宮名，高宗所置，在河南宜陽縣西，多植柳，元稹有《連昌宮詞》。

③張緒，南齊吳郡人，字思曼，官至國子祭酒。風姿清雅，武帝置蜀柳於靈和殿前，嘗曰：「此柳風流可愛，似張緒當年。」

④西州淚，見前《八聲甘州》註。

⑤杜曲，唐時杜氏世居於此，故名。《雍錄》：「樊川韋曲東十里，有南杜、北杜，杜固謂之南杜，杜曲謂之北杜。」地在長安縣南。

# 王沂孫

沂孫，字聖與，號碧山，又號中仙，又號玉笥山人，會稽人。至元中為慶元路學正，有《碧山樂府》，又名《花外集》，有《知不足齋叢書》本，又有四印齋刊本。

張炎云：碧山能文工詞，琢句峭拔，有白石意度。（《詞源》）

周濟云：碧山饜心切理，言近指遠，聲容調度，一一可循。又云：碧山胸次恬淡，故《黍離》、《麥秀》之感，只以唱歎出之，無劍拔弩張習氣。又云：詠物最爭託意，隸事處以意貫串，渾化無痕，碧山勝場也。（《四家詞選序論》）又云：中仙最多故國之感，故著力不多，天分高絕，所謂意能尊體也。又云：中仙最近叔夏一派，然玉田自遜其深遠。（《介存齋論詞雜著》）

鄧廷禎云：王聖與工於體物，而不滯色香。（《雙硯齋隨筆》）

戈載云：予嘗謂白石之詞，空前絕後，匪特無可比肩，抑且無從入手，而能學之者，則惟中仙。其詞運意高遠，吐韻妍和，其氣清、故無沾滯之音，其筆超、故有宕往之趣，是真白石之入室弟子也。（《七家詞選》）

陳廷焯云：王碧山詞，品最高、味最厚、意境最深、力量最重，感時傷世之言，而出以纏綿忠愛，詩中之曹子建、杜子美也。詞人有此，庶幾無憾。又云：詞法之密，無過清真；詞格之高，無如白石；詞味之厚，無過碧山；詞壇三絕也。又云：碧山詞，觀其全體，固自高絕；即於一字一句間求之，亦無不工雅，瓊枝寸寸玉，旃檀片片香；吾於詞見碧山矣，於詩則未有所遇也。（《白雨齋詞話》）

王鵬運云：碧山詞頡頏雙白，揖讓二窗，實為南宋之傑。（《碧山詞跋》）

## 天香

龍涎香

孤嶠①蟠煙，層濤蛻月，驪宮②夜採鉛水。汛③遠槎風④，夢深薇露，化作斷魂心字⑤。紅磁候火⑥，還乍識、冰環玉指⑦。一縷縈簾翠影，依稀海天雲氣。 幾回殢嬌半醉，翦春燈、夜寒花碎。更好故溪飛雪，小窗深閉。荀令⑧如今頓老，總忘卻尊前舊風味。漫惜餘薰，空篝素被⑨。

## 【註解】

①嶠，山銳而高。
②驪宮，驪龍所居之處。
③汛，水盛。
④槎，水中浮木。
⑤心字，香名。番禺人作心字香，見范成大《驂鸞錄》。
⑥候火，及時之火。
⑦冰環玉指，香餅形狀如環如指。
⑧荀令，荀彧字文若，為漢侍中，守尚書令，曹公與籌軍國大事，稱之為荀令君。習鑿齒《襄陽記》：「荀令君至人家，坐幙三日，香氣不歇。」

⑨空籌素被，見前周邦彥《花犯》註。

【評箋】

許昂霄云：諸香龍涎為最，出大食國，近海傍，常有雲氣罩山間，即知有龍睡其下。半載或一二載，土人更相守視，俟雲散龍去，往必得龍涎。又一說大洋海中，龍在其下，湧出之涎，為日所爍成片，風漂至岸，人得取之。（《詞綜偶評》）

《嶺南雜記》云：龍枕石而睡，涎沫浮水，積而能堅，鮫人採之，以為至寶，新者色白，久者色紫，甚久則黑，其氣近於臊；形如浮石而輕，膩理光澤，入香焚之，則翠煙浮空，結而不散；又云和眾香焚之，能聚香煙，縷縷不散，蓋龍能興雲，亦蜃氣樓臺之例也。

《樂府補題》云：宛委山房賦《龍涎香》，調《天香》；浮翠山房賦《白蓮》，調《水龍吟》；紫雲山房賦《蓴》，調《摸魚兒》；餘閒書院賦《蟬》，調《齊天樂》；天柱山房賦《蟹》，調《桂枝香》。倡和者為玉笥王沂孫聖與、蘋州周密公謹、天柱王易簡理得、友竹馮應瑞祥父、瑤翠唐藝孫英發、紫雲呂同老和父、篔房李彭老商隱、宛委陳恕可行之、菊山唐珏玉潛、月洲趙汝鈉真卿、五松李居仁師呂、玉田張炎叔夏、山村仇遠仁近，皆宋遺民也。

蔡絛云：奉宸庫者，祖宗之珍藏也。政和中，太上於庫中得龍涎香二，分錫大臣近侍，其模製甚大而質古，外視不大佳，每以一豆大爇之，輒作異花氣，芬郁滿座，終日累不歇。於是太上大奇之，命藉被賜者隨數多寡，復收以歸中禁，因號曰古龍涎，為貴也。諸大璫爭取一瓶，可直百緡，金玉穴而以青絲貫之，掛於頸，時於衣領間摩挲以相示，坐此遂作佩香焉。今佩香，蓋因古龍涎始也。（《鐵圍山叢談》）

蔡絛又云：舊説薔薇水，乃外國採薔薇花上露水；殆不然。實用白金為甑，採薔薇花蒸氣成水，則屢採屢蒸，積而為香，此所以不敗。但異域薔薇花氣馨烈非常，故大食國薔薇水雖貯琉璃缶中，蠟密封其外，然香猶透徹，聞數十步。洒著人衣袂，經十數日不歇。至五羊效外國造香，則不能得薔薇，第取素馨茉莉花為之，亦足襲人鼻觀。但視大食國真薔薇水猶奴爾。（《鐵圍山叢談》）

周爾墉云：密栗是極用力之作。（周評《絕妙好詞》）

## 眉嫵　新月

漸新痕懸柳，淡彩穿花，依約破初暝。便有團圓意，深深拜①，相逢誰在香徑？畫眉未穩，料素娥、猶帶離恨。最堪愛、一曲銀鉤②小，寶奩掛秋冷。　千古盈虧休問，歎慢磨玉斧③，難補金鏡。太液池④猶在，淒涼處、何人重賦清景？故山夜永，試待他窺戶端正。看雲外山河，還老桂花舊影。

【註解】

①深深拜，李端《新月》詩：「開簾見新月，即便下階拜。細語人不聞，北風吹裙帶。」
②銀鉤，喻新月。
③玉斧，相傳漢吳剛曾以斧伐月中桂，見《酉陽雜俎》。
④太液池，盧多遜《新月》詩：「太液池邊看月時。」

【評箋】

陳廷焯云：千古句忽將上半闋意一筆撇去，有龍跳虎臥之奇，結更高簡。（《白雨齋詞話》）

譚獻云：聖與精能以婉約出之。律以詩派，大歷諸家，去開、寶未遠，玉田正是勁敵，但士氣則碧山勝矣，「便有」三句，則寓意自深，音辭高亮，歐、晏如蘭亭真本，此僅一翻。（《譚評詞辨》）

張惠言云：碧山咏物諸篇，並有君國之憂，此喜君有恢復之志，而惜無賢臣也。（《張惠言

詞選》）

## 齊天樂　蟬

一襟餘恨宮魂斷①，年年翠陰庭樹。乍咽涼柯，還移暗葉，重把離愁深訴。西窗過雨，怪瑤佩流空，玉箏調柱。鏡暗妝殘，為誰嬌鬢尚如許？　銅仙鉛淚似洗，歎移盤去遠，難貯零露。病翼驚秋，枯形閱世，消得斜陽幾度？餘音更苦，甚獨抱清商②，頓成淒楚。漫想薰風，柳絲千萬縷。

【註解】

①宮魂斷，齊王后怨王而死，屍變為蟬，見《古今註》。

②清商，即清商曲，古樂府之一種。曹丕《燕歌行》：「援琴鳴絃發清商，短歌微吟不能長。」

【評箋】

周濟云：此家國之恨。（《宋四家詞選》）

譚獻云：此是學唐人句法、章法：「庾郎先自吟愁賦」，遜其蔚跂。（《譚評詞辨》）

陳廷焯云：字字淒斷，卻渾雅不激烈。（《白雨齋詞話》）

端木埰云：詳味詞意，殆亦黍離之感耶！宮魂字點出命意，乍咽還移，慨播遷也。「西窗」三句，傷敵騎暫退，燕安如故。「鏡暗」二句，殘破滿眼，而修養飾貌，側媚依然，衰世臣主，全無心肝，千古一轍也。「銅仙」三句，宗器重寶，均被遷敗，澤不下究也。「病翼」二句，是痛哭流涕，大聲疾呼，言海島棲流，斷不能久也。「餘音」三句，遺臣孤憤，哀怨難論也。「漫想」二句，責諸臣到此，尚安危利災，視若全盛也。（張惠言《詞選》評）

## 長亭怨慢　重過中庵①故園

泛孤艇東皋過遍，尚記當日，綠陰門掩。屐齒②莓苔，酒痕羅袖事何限？欲尋前跡，空惆悵成秋苑。自約賞花人，別後總、風流雲散。　水遠，怎知流水外，卻是亂山尤遠。天涯夢短，想忘了綺疏雕檻。望不盡冉冉斜陽，撫喬木年華將晚。但數點紅英，猶識西園淒婉。

【註解】

①中庵，元劉敏中號中庵，有《中庵樂府》。

②展齒，木履施兩齒，可以踐泥。

【評箋】

周爾墉云：後半闋一片神行，筆墨到此俱化。（周批《碧山詞》）

## 高陽臺　和周草窗寄越中諸友韻

殘雪庭陰，輕寒簾影，霏霏玉管春葭①。小帖金泥②，不知春是誰家？相思一夜窗前夢，奈箇人、水隔天遮。但淒然、滿樹幽香，滿地橫斜。　江南自是離愁苦，況遊驄古道，歸雁平沙。怎得銀箋，殷勤說與年華。如今處處生芳草，縱憑高不見天涯。更消他，幾度東風，幾度飛花。

【註解】

①春葭，見前盧祖皋《宴清都》註。

②小帖金泥，唐進士及第，以泥金書帖附家中，報登科之喜。見《盧氏雜記》。

【評箋】

周密原詞云：小雨分江，殘寒迷浦，春容淺入蒹葭，雪霽空城，燕歸何處人家。夢魂欲渡蒼茫去，怕夢輕、還被愁遮。感流年，夜汐東還，冷照西斜。淒淒望極王孫草，認雲中煙樹，漚外平沙。白髮青山，可憐相對蒼華。歸鴻自趁潮回去，笑倦遊猶是天涯。問東風，先到垂楊，後到梅花？（《草窗詞》）

張惠言云：此傷君臣晏安，不思國恥，天下將亡也。（張惠言《詞選》）

周爾墉云：莫兩山詞，「直饒明日便春晴，已是一春閒過了」；與此收筆用意相反，而一用進筆，一用縮筆，洵為異曲同工。（周批《草窗詞》）

況周頤云：結筆低徊掩抑，盪氣回腸。（《蕙風詞話》）

陳廷焯云：上半闋是敍其遠遊未還，懸揣之詞；下半闋是言其他日歸後情事，逆料之詞。（《白雨齋詞話》）

譚獻云：「相思」句點逗清醒，換頭又是一層鉤勒。《詩品》云：返虛入渾，如今二句是也。（《譚評詞辨》）

王闓運云：此等傷心語，詞家各自出新，實則一意，比較自知文法。（《湘綺樓詞選》）

## 法曲獻仙音

聚景亭梅次草窗韻

層綠①峨峨，纖瓊②皎皎，倒壓波痕清淺。過眼年華，動人幽意，相逢幾番春換。記喚酒尋芳處，盈盈褪妝晚。　已消黯，況淒涼近來離思，應忘卻明月，夜深歸輦。荏苒一枝春，恨東風人似天遠。縱有殘花，灑征衣、鉛淚都滿。但殷勤折取，自遣一襟幽怨。

【註解】

①層綠，指綠梅。

②纖瓊，細玉，指白梅。

# 彭元遜

元遜字巽吾，廬陵人。

【評箋】

周密原詞云：松雪飄寒，嶺雲吹凍，紅破數枝春淺，襯舞臺荒，浣妝池冷，淒涼市朝輕換，歎花與人凋謝，依依歲華晚。共悽黯，問東風幾番吹夢，應慣識當年，翠屏金輦。一片古今愁，但廢綠平煙空遠。無語銷魂，對斜陽衰草淚滿。又西泠殘笛，低送數聲春怨。（《草窗詞》）

董嗣杲云：聚景園在清波園外，阜陵致養北宮，拓圃西湖之東，斥浮屠之廬九，曾經四朝臨幸，繼以諫官陳言，出郊之令遂絕，園今蕪圮，唯柳浪橋花光亭存。（《西湖百咏註》）

吳自牧云：高似孫《過聚景園詩》云，翠華不向苑中來，可是年年惜露臺，水際春風寒漠漠，官梅卻作野梅開。（《夢粱錄》）

張宗橚云：按此闋和草窗原韻，但草窗題是香雪亭，此云聚景亭，異。（《詞林紀事》）

## 疏影　尋梅不見

江空不渡，恨蘼蕪杜若①，零落無數。遠道荒寒，婉娩流年，望望美人遲暮。風煙雨雪陰晴晚，更何須春風千樹。儘孤城、落木蕭蕭，日夜江聲流去。　日晏山深聞笛，恐他年流落，與子同賦。事闊心違，交淡媒勞②，蔓草③沾衣多露。汀洲窈窕餘醒寐，遺佩環、浮沈澧浦④。有白鷗、淡月微波，寄語逍遙容與⑤。

### 【註解】

①蘼蕪、杜若，皆香草名。見《楚辭》。

②媒勞《楚辭九歌》：「心不同兮媒勞，恩不甚兮輕絕。」

③蔓草，《詩經．鄭風》：「野有蔓草，零露漙兮。」

④澧，水名。《楚辭九歌》：「余佩兮醴浦。」澧，醴，古書通用。

⑤逍遙容與，逍遙而遊，容與而戲，《楚辭九歌》：「聊逍遙兮容與。」

## 六醜　楊花

似東風老大，那復有當時風氣。有情不收，江山身是寄，浩蕩何世？但憶臨官道，暫來不住，便出門千里。癡心指望回風墜，扇底相逢，釵頭微綴。他家萬條千縷，解遮亭障驛，不隔江水。　瓜洲曾艤，等行人歲歲，日下長秋，城烏夜起。帳廬好在春睡，共飛歸湖上，草青無地。愔愔雨、春心如膩，欲待化、豐樂樓前帳飲，青門①都廢。何人念、流落無幾，點點摶作雪綿鬆潤，為君裛②淚。

【註解】

①青門，古長安城門名。門外出佳瓜，廣陵人邵平為秦東陵侯，秦破為布衣，種瓜青門外。見《三輔黃圖》。王績詩：「失路青門引，藏名白社遊。」

②裛，浥也，濡也。陶潛詩：「裛露掇其英。」

## 姚雲文

雲文，字聖瑞，高安人。宋咸淳進士，入元授承直郎，撫、建兩路儒學提舉。有《江村遺稿》。

### 紫萸香慢

近重陽、偏多風雨，絕憐此日暄明。問秋香濃未，待攜客、出西城。正自羈懷多感，怕荒臺①高處，更不勝情。向尊前又憶、漉酒②插花人，只座上已無老兵③。　淒清，淺醉還醒，愁不肯、與詩平。記長楸走馬，雕弓搾④柳，前事休評。紫萸⑤一枝傳賜，夢誰到、漢家陵。儘烏紗⑥便隨風去，要天知道，華髮如此星星，歌罷涕零。

【註解】

①荒臺，見前吳文英《霜葉飛》註。

②漉酒，陶淵明嘗取頭上葛巾漉酒，見蕭統《陶淵明傳》。

③老兵，晉謝奕嘗逼桓溫飲，溫走避之。奕遂引溫一兵帥共飲曰：「失一老兵，得一老兵。」見《晉書》。

④搾，射擊。雕弓搾柳卽百步穿楊意。
⑤紫萸，見前吳文英《霜葉飛》註。
⑥烏紗，帽也，用孟嘉事，見前吳文英《霜葉飛》註。

# 僧揮

僧揮姓張氏，安州進士。因事出家，名仲殊，字師利，住蘇州承天寺，杭州吳山寶月寺，東坡所稱蜜殊者是也。

黃昇云：仲殊之詞多矣，佳者固不少，而小令為最，小令之中《訴衷情》一調又其最；蓋篇篇奇麗，字字清婉，高處不減唐人風致也。（《花庵詞選》）

蘇軾云：蘇州仲殊師利和尚，能文，善詩及歌詞，皆操筆立成，不點竄一字。予曰，此僧胸中無一毫髮事，故與之遊。（《東坡志林》）

沈雄云：詞選中有方外語，蕪累與空疏同病。要寓意言外，一如尋常，不別立門戶，斯為入情，仲殊、覺範、祖可尚矣。（沈雄《古今詞話》）

## 金明池

天闊雲高，溪橫水遠，晚日寒生輕暈。閒階靜、楊花漸少，朱門掩、鶯聲猶嫩。

悔匆匆、過卻清明，旋占得、餘芳已成幽恨。卻幾日陰沈，連宵慵困，起來韶華都盡。怨入雙眉閒鬬損，乍品得情懷，看承[1]全近[2]。深深態、無非自許，厭厭意、終羞人問。爭知道、夢裏蓬萊，待忘了餘香，時傳音信。縱留得鶯花，東風不住，也則[3]眼前愁悶。

【註解】

①看承，特別看待意。

②全近，極其親近。

③也則，依然意。

## 李清照

清照號易安居士，濟南人，格非之女、趙明誠妻。有《漱玉集》一卷，見《汲古閣詩詞雜俎》刊本，又有四印齋所刻詞刊本，李文裿輯本，趙萬里輯本。

王灼云：易安居士，京東提刑李格非之女，建康守趙明誠之妻；若本朝婦人，當推詞采第一。趙死再嫁某氏，訟而離之，晚節流蕩無歸。作長短句能曲折盡人意，輕巧尖新，姿態百出，閭巷荒淫之語，肆意落筆，自古縉紳之家，能文婦女，未見如此無顧藉也。（《碧雞漫志》）

伊世珍云：趙明誠幼時，其父將為擇婦，明誠晝寢，夢咏一書，覺來惟憶三句：「言與司合，安上已脫，芝芙草拔。」以告其父，其父為解曰：「汝殆得能文詞婦也，言與司合是『詞』字，安上已脫，是『女』字，芝芙草拔，是『之夫』二字，非謂汝為詞女之夫乎。」後李翁以女妻之，卽易安也。（《瑯嬛記》）

周煇云：頃見易安族人，言明誠在建康日，易安每值天大雪，卽頂笠披蓑，循城遠覽，以尋詩得句，必邀其夫賡和，明誠每苦之也。（《清波雜志》）

陸游云：張子韶對策有「桂子飄香」之語，趙明誠妻李氏嘲之曰：「露花倒影柳三變，桂子飄香張九成。」（《老學庵筆記》）

朱熹云：本朝婦人能文者，惟魏夫人及李易安二人而已。（沈雄《古今詞話》引）

黃昇云：李易安、魏夫人，使在衣冠之列，當與秦七、黃九爭雄，不徒擅名閨閣也。（《花庵詞選》）

吳衡照云：易安居士再適張汝舟，卒至對簿，有與綦處厚啓云云。宋人說部多載其事，大抵彼此衍襲，未可盡信。《宋史李文叔傳》附見易安居士，不著此語，而容齋去德甫未遠，其載於《四筆》中無微辭也。且失節之婦，子朱子又何以稱乎，反覆推之，易安當不其然。（《蓮子居詞話》）

沈雄云：李別號易安居士，適趙明誠，明誠在太學，朔望出質衣，取半千錢，市碑文果實，歸相玩味，吟和過日。（沈雄《古今詞話》）

王士禛云：張南湖論詞派有二，一曰婉約，一曰豪放，僕謂婉約以易安為宗，豪放惟幼安稱首，皆吾濟南人，難乎為繼矣。（《花草蒙拾》）

沈謙云：男中李後主，女中李易安，極是當行本色。（《填詞雜說》）

《四庫全書提要》云：清照以一婦人而詞格乃抗軼周、柳，雖篇帙無多，固不能不寶而存之，為詞家一大宗矣。（《漱玉詞》提要）

李調元云：易安在宋諸媛中，自卓然一家，不在秦七、黃九之下，詞無一首不工，其煉處可奪夢窗之席，其麗處直參片玉之班，蓋不徒俯視巾幗，直欲壓倒鬚眉。（《雨村詞話》）

周濟云：閨秀詞推清照最優，究苦無骨。（《介存齋論詞雜著》）

陳廷焯云：李易安獨闢門徑，居然可觀，其源自從淮海、大晟來；而鑄語則多生造，婦人有此，可謂奇矣。（《白雨齋詞話》）

沈曾植云：易安跌宕昭彰，氣調極類少游，刻摯且兼山谷，篇章惜少，不過窺豹一斑，閨房之秀，固文士之豪也。才鋒大露，被謗始亦因此。自明以來，隨情者醉其芬馨，飛想者賞其神駿，易安有靈，後者當許為知己。漁洋稱易安、幼安為濟南二安，難乎為繼；易安為婉約主，幼安為豪放主，此論非明代諸公所及。（《菌閣瑣談》）

## 鳳凰臺上憶吹簫

香冷金猊[1]，被翻紅浪[2]，起來慵自梳頭。任寶匳[3]塵滿，日上簾鉤。生怕離懷別苦，多少事、欲說還休。新來瘦，非干病酒，不是悲秋。　休休，者回去也，千萬遍《陽關》④，也則難留。念武陵人遠⑤，煙鎖秦樓。惟有樓前流水，應念我、終日凝眸。凝眸處，從今又添，一段新愁。

【註解】

①金猊，獅形之銅香爐。
②紅浪，錦被上繡文。
③寶奩，美麗之鏡匣。
④《陽關》，原為王維七絕，後歌入樂府，以為送別之曲。
⑤武陵人遠，用陶潛《桃花源記》武陵人到桃花源事，意指所思之人遠去。

【評箋】

李攀龍云：寫其一腔臨別心神，新瘦新愁，真如秦女樓頭，聲聲有和鳴之奏。（《草堂詩餘雋》）

沈際飛云：懶說出妙。瘦為甚的？千萬遍痛甚。又云：清風朗月，陡化為楚雨巫雲；阿閣洞

房，立變為離亭別墅；至文也。（《草堂詩餘正集》）

楊慎云：「欲説還休」與「怕傷郎又還休道」同意。（《詞品》）

張祖望云：「惟有樓前流水，應念我、終日凝眸。」癡語也。如巧匠運斤，毫無痕跡。（《古今詞論》引）

陳廷焯云：「新來瘦」三語，婉轉曲折，煞是妙絕。（《白雨齋詞話》）

## 醉花陰

薄霧濃雲愁永晝，瑞腦①消金獸②。佳節又重陽，玉枕紗廚③，半夜涼初透。　東籬把酒黃昏後，有暗香④盈袖。莫道不消魂？簾捲西風，人比黃花瘦。

【註解】

①瑞腦，一種香料，即龍腦，舊稱冰片，香氣甚濃。

②金獸，即獸形之銅香爐。

③紗廚，即碧紗廚。

④暗香，幽香。林逋詩：「暗香浮動月黃昏。」指梅花，此用陶詩「採菊東籬下」，指菊花。

**【評箋】**

胡仔云：「簾捲西風，人比黃花瘦」，此語亦婦人所難到也。（《苕溪漁隱叢話》）

伊世珍云：易安作此詞，明誠歎絕，苦思求勝之，乃忘寢食三日夜，得十五闋，雜易安作以示友人陸德夫。德夫玩之再三，曰：只有「莫道不消魂」三句絕佳。（《嫏嬛記》）

柴虎臣云：語情則紅雨飛愁，黃花比瘦，可謂雅暢。（《古今詞論》）

王士禛云：「薄霧濃雲」，新都引中山王《文木賦》「薄霧濃雰」，以折「雲」字之非；楊博奧，每失穿鑿，如王右丞詩，玉角羓與朱鬛馬之類，殊墮狐穴，此「雰」字辨證獨妙。（《花草蒙拾》）

沈際飛云：康詞「比梅花瘦幾分」，一婉一直，並時爭衡。（《草堂詩餘正集》）

王世貞云：康與之「人比梅花瘦幾分」；又「天還知道，和天也瘦」；又「簾捲西風，人比黃花瘦」；又「應是綠肥紅瘦」；又「人共博山煙瘦」；字字俱妙。（《藝苑卮言》）

況周頤云：中山王《文木賦》：「奔電屯雲，薄霧濃雰。」易安《醉花陰》首句用此，俗本改「雰」為「雲」，陋甚！升庵楊氏嘗辨之，且卽付之歌喉，「雲」字殊不入律，不如「雰」字起調，可為知者耳。稼軒詞《木蘭花慢》送張仲固帥興元句云：「追亡事、今不見，但山川滿目淚沾衣」，「追亡」用韓信事，俗本改作「興亡」，則毫無故實，是亦「薄霧濃雲」之流亞也。（《蕙風詞話》）

陳廷焯云：深情苦調，元入詞曲往往宗之。（《白雨齋詞話》）

## 聲聲慢

尋尋覓覓，冷冷清清，淒淒慘慘戚戚。乍暖還寒時候，最難將息①。三杯兩盞淡酒，怎敵他、晚來風急。雁過也，最傷心，卻是舊時相識。　滿地黃花堆積，憔悴損、如今有誰堪摘。守著窗兒，獨自怎生得黑？梧桐更兼細雨，到黃昏、點點滴滴。者次第②，怎一個、愁字了得。

## 【註解】

①將息，休養。

②者次第，這許多情況。

## 【評箋】

羅大經云：起頭連疊七字，以婦人乃能創意出奇如此。（《鶴林玉露》）

楊慎云：宋人中填詞，易安亦稱冠絕，使在衣冠，當與秦七、黃九爭，不獨爭雄於閨閣也。其詞名《漱玉集》，尋之未得，《聲聲慢》一詞，最為婉妙。（《詞品》）

張端義云：此乃公孫大娘舞劍手，本朝非無能詞之士，未曾有一下十四疊字者，用《文選》諸賦格。後疊又云：「梧桐更兼細雨，到黃昏點點滴滴」，又使疊字，俱無斧鑿痕。更有一奇字云：「守著窗兒獨自怎生得黑？」「黑」字不許第二人押。婦人中有此文筆，殆間氣也。（《貴耳集》）

萬樹云：此遒逸之氣，如生龍活虎，非描塑可擬。其用字奇橫而不妨音律，故卓絕千古，人若不見才而故學其筆，則未免類狗矣。（《詞律》）

徐釚云：首句連下十四個疊字，真似大珠小珠落玉盤也。（《詞苑叢談》）

吳灝云：易安以詞專長，揮灑俊逸，亦能琢煉；最愛其「草綠階前，暮天雁斷」，極似唐人。其《聲聲慢》一闋，張正夫稱為公孫大娘舞劍手，以其連下十四疊字也，此卻不是難處，因調名《聲聲慢》而刻意播弄之耳；其佳處在後又下「點點滴滴」四字，與前照應有法，不是草草落句。玩其筆力，本自矯拔，詞家少有，庶幾蘇、辛之亞。（《歷朝名媛詩詞》）

周濟云：雙聲麈韻字，要著意佈置，有宜雙不宜疊、宜疊不宜雙處；重字則既雙且疊，尤宜斟酌，如李易安之「淒淒慘慘戚戚」，三疊韻、六雙聲，是鍛煉出來，非偶然拈得也。（《介存齋詞選序論》）

劉體仁云：周美成不止不能作情語，其體雅正，無旁見側出之妙。柳七最尖穎，時有俳狎，故子瞻以是呵少游，若山谷亦不免，如「我不合太撋就」類，下此則蒜酪體也；惟易安居士「最難將息」，「怎一個愁字了得」，深妙穩雅，不落蒜酪，亦不落絕句，真此道本色當行第一人也。（《七頌堂隨筆》）

梁紹壬云：詩有一句疊三字者，吳融《秋樹》詩：「槭槭淒淒葉葉同」是也；有一句連三字者，劉駕詩：「樹樹樹梢啼曉鶯，夜夜夜深聞子親」是也；有兩句連三字者，白樂天詩：「新詩三十軸，軸軸金玉聲」是也；有一句疊四字者，古詩：「行行重行行」；《木蘭詩》：「唧唧復唧唧」是也；有兩句互疊字者，王胄詩：「年年歲歲花常發，歲歲年年人不同」是也；有三聯疊字者，古詩：「青青河畔草」是也；有七聯疊字者，昌黎《南山詩》：「延延離又屬」十四句是也；至李易安詞：「尋尋覓覓，冷冷清清，淒淒慘慘戚戚」，連上十四疊字，則出奇制勝，真匪夷所思矣。（《兩般秋雨盦隨筆》）

許昂霄云：易安此詞，頗帶傖氣，而昔人極口稱之，殆不可解。（《詞綜偶評》）

陳廷焯云：後幅一片神行，愈唱愈妙。（《白雨齋詞話》）

陸鎣云：疊字之法最古，義山尤喜用之，然《如菊詩》「暗暗淡淡紫，融融冶冶黃」，轉成笑柄，宋入中易安居士善用此法，其《聲聲慢》一詞，頓挫淒絕。（《問花樓詞話》）

## 念奴嬌

蕭條庭院，有斜風細雨，重門須閉。寵柳嬌花寒食近，種種惱人天氣。險韻①詩成，扶頭酒醒，別是閒滋味。征鴻過盡，萬千心事難寄。　樓上幾日春寒，簾垂四面，玉闌干慵倚。被冷香消新夢覺，不許愁人不起。清露②晨流，新桐初引，多少遊春意。日高煙斂，更看今日晴未。

## 【註解】

①險韻，以生僻字協韻。

②清露，二句見《世說新語》。

## 【評箋】

黃昇云：前輩嘗稱易安「綠肥紅瘦」為佳句，余謂此篇「寵柳嬌花」之語，亦甚奇俊，前此未有能道之者。（《花庵詞選》）

楊慎云：「清露晨流，新桐初引」，用《世說》入妙。（《詞品》）

王世貞云：「寵柳嬌花」，新麗之甚。（《藝苑卮言》）

李攀龍云：上是心事，難以言傳；下是新夢，可以意會。（《草堂詩餘雋》）

鄒祗謨云：李易安「被冷香消新夢覺，不許愁人不起。」「守著窗兒，獨自怎生得黑？」皆

用淺俗之語，發清新之思，詞意並工，閨情絕調。（《遠志齋詞衷》）

毛先舒云：嘗論詞貴開宕，不欲沾滯，忽悲忽喜，乍遠乍近，斯為妙耳。如遊樂詞須微著悲思，方不癡肥；李春晴詞本閨怨，結云「多少遊春意，更看今日晴未」，忽爾開柘，不但不為題束，並不為本意所苦，直如行雲，舒捲自如，人不覺耳。（《詞苑叢談》引）

黃蓼園云：只寫心緒落寞，近寒食更難遣耳，陡然而起，便爾深邃；至前段云：「重門須閉」，後段云不許起，一開一合，情各戛戛生新。起處雨，結句晴，局法渾成。（《蓼園詞選》）

## 永遇樂

落日鎔金，暮雲合璧，人在何處？染柳煙濃，吹梅笛怨，春意知幾許？元宵佳節，融和天氣，次第豈無風雨。來相召、香車寶馬，謝他酒朋詩侶。中州①盛日，閨門多暇，記得偏重三五②。鋪翠冠兒，撚金雪柳③，簇帶爭濟楚④。如今憔悴，風鬟霧鬢，怕見夜間出去。不如向簾兒底下，聽人笑語。

【註解】

①中州，通常河南省曰中州，以其處九州之中也。
②三五，謂元宵節。
③撚金雪柳，剪貼之紙花。
④濟楚，整潔貌。

## 【評箋】

張端義云：晚年賦《永遇樂．元宵》詞云：「落日鎔金，暮雲合璧」，已自工緻。至於「染柳煙濃，吹梅笛怨，春意知幾許？」氣象更好。後疊云：「於今憔悴，風鬟霧鬢，怕見夜間出去」，皆以尋常語度入音律，煉句精巧則易，平淡入調者難。（《貴耳集》）

張炎云：昔人咏節序，付之歌喉者，不過為應時帖括之作，所謂清明「拆桐花爛熳」，端午「梅霖乍歇」，七夕「炎光謝」，若律以詞家風度，則俱未然。豈如周美成《解語花》咏元夕，史邦卿《東風第一校》咏立春，不獨措辭精粹，且見時序風物之感，若易安《永遇樂》咏元夕云，「不如向簾兒底下，聽人笑語」，亦自不惡；如以俚詞歌於坐花醉月之下，為真可惜。（《詞源》）

楊慎云：辛稼軒詞「泛菊杯深，吹梅笛怨」，蓋用易安「染柳煙濃，吹梅笛怨」也；然稼軒改數字更工，不妨襲用；不然蓋盜狐白裘手耶。（《詞品》）

□ 責任編輯：劉　華
□ 再版校對：熊玉霜
□ 裝幀設計：李婧琳
□ 排　　版：沈崇熙
□ 印　　務：林佳年

# 宋詞三百首箋註

□
重編
上彊村民
箋註
唐圭璋

□
出版
中華書局（香港）有限公司
香港北角英皇道 499 號北角工業大廈一樓 B
電話：(852) 2137 2338　傳真：(852) 2713 8202
電子郵件：info@chunghwabook.com.hk
網址：http://www.chunghwabook.com.hk

□
發行
香港聯合書刊物流有限公司
香港新界荃灣德士古道 220 - 248 號
荃灣工業中心 16 樓
電話：(852) 2150 2100　傳真：(852) 2407 3062
電子郵件：info@suplogistics.com.hk

□
版次
2012 年 3 月初版
2024 年 2 月第 4 次印刷


□
規格
32 開 (210 mm × 153 mm)

□
ISBN：978-988-8148-37-0